CONSTELADO

千 里 远 景 ， 如 在 尺 寸 之 间 。

LEAH PURCELL

THE DROVER'S WIFE

莫利

[澳] 利亚·珀塞尔 著 段满福 刘小虾 译

中国工人出版社

献给贝恩，用我全部的爱

序　幕

1913 年

我爱疏花桉。

它那粗壮的树干，坚实有力……沾上水的时候，树干上显示出漂亮的彩色图案；真是一件来自上帝的礼物。

结实的树枝向外伸展，等待着承受冬天的重量……你的重量。

啊，秋日的一场阵雨过后……正是这稀世之美提醒我，我为什么还在这里驻留。

夜深了，丹尼·约翰逊独自坐在一栋古老而简陋的农庄住宅露台上，提灯挂得很低，他正在灯光下读着一本破旧的笔记。这个笔记本已经有十六年的历史了——上面用素描和诗歌记载着满满的回忆。他知道，不管怎样，他都不得不放下这一切了。

放下从他们四个——丹尼、乔·朱尼尔、亨利·詹姆斯和小德尔菲跑进大山里和他们待在一起那个时刻算起，在那短暂的四年里他学到的所有东西。他们的知识放到现在，古老到无法理解，他们能够分享的也就那么多。他们已经与这个时代和社会格格不入了。

现在，丹尼已经三十二岁了，他快速翻阅着笔记本，曾经画过的素描人物仿佛都活跃起来了。他的目光停留在其中一页上，上面画着一轮满月，他画的无数个圆圈象征着比月亮还要大的光晕；强大的光芒和能量，大地也为之撼动。

丹尼的思绪飘回到他突然想写诗的那个时刻，这个建议是路易莎提出的，“要不，写首诗吧。它可以缓解疼痛，忘掉伤害，忘却遗憾。你无须把诗给任何人看，或是与他人分享。这是独属于你的诗，丹尼”。

很久以前，路易莎·克林托夫夫人教他写诗，她是一家报社的老板，也是丹尼的朋友。丹尼还清楚地记着这首诗所描绘的那段时光。那些痛苦的时刻，他一直默默放在心底，并未同任何人讲起，哪怕是自己的弟弟妹妹们。虽然他们如今都已长大成人，但保护他们仍是他的责任。

这破旧的笔记本里隐藏着一个故事，关于一位伟大的女性，她坚强、笃定、可靠、善良，这便是他的妈妈：莫利·约翰逊，她本姓斯图尔特，是号称“万事通”的苏格兰人——乔克·斯图尔特的女儿。这是一个关于母爱的故事，热烈又真实。故事里还有一个黑人亚达卡，他高尚、睿智、儒雅，是一位具有古老智慧的勇士——但遗憾的是，他并不是丹尼的父亲。丹尼依然清晰地记得他们是如何小心翼翼地相遇、相识和分享彼此故事的。他从亚达卡身上学到很多，他们之间逐渐相互了解，并开始真正尊重对方。他们经常围着火坑交谈，但亚达卡的停留是短暂的。那轮满月将指引亚达卡一路向北，回到他母亲的家园。

那年冬天第一个满月之夜，这一天，对于他们每一个人，都非常重要……

一

1893年底，午夜前几小时

*我没命了！*莫利·约翰逊这样想着，一顿毒打过后，她只能躺在地上装死。她一边让自己镇定，一边用布满血丝的眼睛观察着周围。“接下来我该怎么办？”她鼻子流着血，嘴唇肿胀，沉重地喘息着，呼出的气息将鼻子和嘴唇下松软的草皮吹得来回摇摆。

她听人说过，死亡降临时，眼前会闪过一生的经历。“哎呀……见鬼去吧，”莫利想，“我还有孩子，我要活下去。”

她知道她必须等待时机。首先，她得活下去。她需要恢复体力，思考她的下一步，她绝非这两个浑蛋的对手。一个恶毒的诅咒从她的脑海中闪过，这是她想回敬给这两个家伙的，她想向全世界大声呼喊出她的诅咒。但她的呼喊声只有她简陋的棚屋前面庄严的山脉能够听到，山谷发出回声，把这个诅咒传回来，直接扇打在她本就饱受摧残的脸颊上。在这里，没有人在意她的想法。她只是一个女人。

一轮又大又圆的月亮高高地悬在夜空中，周围许多晕圈闪闪发光，银色的月光倾泻而下，照亮了莫利家的前院。那间小棚屋后面立着几块巨石，棚屋的四周稀疏地长着几棵疏花桉，树干在月光下闪着微光。

莫利微微抬起头，恰好看见两个赶牲口人在喘息。其中一个从体型上看像个男孩，穿一件油皮大衣，马裤外面套着女人的衬裙。他从腰带上取下一根绳子。他的帽子拉得很低，在脸上形成一个影子。那根树干原木紧挨着火坑，火坑旁躺着一个神志不清的男人，这个赶牲口人用绳子捆绑住了他的双脚。莫利的头微微向一侧倾斜，看见另一个赶牲口人，正是刚才殴打她的那个人。这个家伙正在使用莫利的水桶，平常莫利和孩子们就是用这个水桶打水，只见他沿着陡峭的斜坡一路走到穆伦比吉河岸，又走回来。他壮得像头公牛。莫利浑身上下每一根骨头都痛得要命，尤其是她的头。疼痛对她来说已不是什么新鲜事儿。在这之前，她还会感到愤怒，但现在她已经麻木了。也可能正是她的麻木，让她今晚饱尝老拳。

那个年纪大的赶牲口人长着满脸络腮红胡子，咳嗽起来，水从他的嘴里喷出。胡子上沾着的水滴，月光下像钻石一样闪烁着。

“呛死你就好了，你个老浑蛋！”莫利想。她厌恶死了这个家伙，她突然一阵恶心——也可能是因为她嘴里的积血？

“妈的。”莫利一边低下头一边想着。她真的受够这里了。接着，她看见了她的斧子，就在她面前，那把锋利的大斧子。此刻，这把斧子就放在旧砧板旁的泥地上，沾着血一样的东西。

“加上他一共多少个了？”年轻的赶牲口人指着那个神志不清的男人问道。

“三十八个。”

“就这么多吗？真是越老越不中用了。”

“这次，我不会得到赏金了。”

年纪大的赶牲口人把剩下的水倒在脸上，水珠顺着他的络腮胡子滴下。他从腰带上解下一根绳子，开始打结。

夜，万籁俱寂，准备面对即将发生的事情。

“……啊啊啊哈嘿！”从他们身后传来一阵极度痛苦的喊叫声。莫利已经捡起斧子，用尽浑身力气挥动起来。两个赶牲口人踮着脚后跟转过身来，只见莫利就站在他们面前，高举着斧头。她看上去像疯了似的，岔开双脚站着，蓬乱的头发像极了高地上丛生的灌木，狂怒而吓人。莫利左右挥动手中的斧头，两个赶牲口人散开了。其中一个跑开的同时，将那个神志不清的男人绑好的双腿重重地摔在原木上。

斧子撞击地面的瞬间，莫利紧紧护住了自己的肋骨。剧烈的疼痛穿透她的上半身——她的肋骨断了。她痛苦地喘息着，上气不接下气。她很生气，生气自己失手了。*我究竟在想什么？*她本来应该躺在地上，假装被打晕了，祈祷他们只把那个神志不清的男人带走，把他们的报复发泄在他身上。其实，她也不愿这样做，但如果这样做可以救自己的命，不会使自己与孩子们分开，她也只能这样选择。有时候，在雪山（the Snowy Mountains）的高地上，这么偏僻的地方，她能做什么呢？*每一个孩子都需要妈妈*。

莫利感觉自己像个傻子一样，身上哪里都痛：肿胀的脸、颧骨上血红的鞭痕、抽动的下巴和一触即痛的肋骨。她筋疲力尽，倚在斧子上支撑着自己。吸气时，带着盐分的汗液混着血流进嘴里。莫利试图再次用尽全力抡起斧子，却是徒劳。两个赶牲口人带着嘲讽。有着男孩体格的那个家伙冷笑着，露出一口烂牙。莫利努力去举起斧子。她的呼吸急速而短促。

红胡子赶牲口人掉转过他的枪口，“放下斧子，否则我就打死你！”

莫利没有动。

“你真他妈丢人，让一个臭娘们帮你。”红胡子赶牲口人冲着那个被绑起来神志不清的男人喊道，他的上半身被火坑旁的原木挡住了，只能看到裤子和靴子。“为了这个恶棍，你要赔上自己的命吗？”他又厌恶地冲着莫利说道。

莫利饱受摧残的脸上满是泪痕，眼泪与鼻涕、汗水和鲜血交织在一起，顺着脸颊流了下来。年轻的赶牲口人问道：“你打算开枪吗？”

老赶牲口人做出射击姿势。莫利知道自己打不过这两个家伙。她向前迈了一步，老赶牲口人迅速端起步枪。年轻的赶牲口人也举起了手枪。随着一声痛苦的嘶吼，莫利将斧子重重地砍向那块砧板。铁与硬木撞击在一起，火花四溅。莫利后退了一步，她知道一切都结束了。

红胡子赶牲口人猛地扑了过来，莫利向后退缩。“我的孩子们！求求你了，看在我孩子们的份儿上！我的孩子们！”

莫利后退着，红胡子抓住了她一只胳膊，举起他那脏兮兮多毛的拳头，一拳接一拳地猛击，把莫利的头打得一次次后仰。随后他停下来，松开手。莫利倒下了，四肢伸开，仰面躺在地上。那个年轻的赶牲口人朝着莫利走过去……

*

我的脚开始感到刺痛，身体各部位逐渐失去意识，直至全身麻木。我的思绪飘荡，把我从这里带到很远的地方……

我来到开满野花的田野中，那里有我五岁的小女儿，花蕾般可爱。她递给我一个野雏菊花冠，恰好与我脖子上戴着的雏菊项链相配……

五颜六色的野花在田野中绽放，光鲜亮丽。从我身后传来我三个儿子的欢笑声。他们正在嬉戏打闹着……

战斗。黑暗像一层毯子蒙上了我的思维，要和黑暗抗争……*战斗*，我听见有人说。*战斗*，我听见自己说……

我可以与他们战斗，但我实在承受不了那个人的拳头，我陷入黑暗中……

我听见撕裂的声音，我不确定撕裂的是衣服，还是我的肉体，然后，我就失去了意识……

*

再往前走，越过一个凸出来的旧木柴堆，那棵古老的疏花桉像哨兵一样矗立在月光中，粗壮的身体像一个女人的身姿一样曲折有致，它强劲的枝条向外伸展，等待着承受冬天的重量。疏花桉后面树影中蹲伏着一个人，人们看不见他，他注视着这一切，一轮满月照亮了他们面前的这场暴行。

二

一个月前

我们经常散步。有些周日，我们会漫无目的地走上几英里。这是一次不会有人打扰的，只属于我们的散步。我们心照不宣，就单纯地走呀走。

每隔一个周日，我们就会穿上最好的衣服，这些衣服并不比平时穿的衣服更华丽，充其量也就是些破衣烂衫。但我们要洗干净脸，熨平男孩子们的衬衫，整理好德尔菲的头发。乔·朱尼尔和亨利·詹姆斯仍然穿着他们破旧的靴子。丹尼光着脚丫。今年冬天，他应该就会穿上爸爸的靴子了。

丹尼的年龄不大不小，正处于成长阶段。事实上，明年他就能去赶牲口了……唉，一想到此，我就摇摇头。我的小男孩正在成长为一个男人。差不多两个月前，他就已经十二岁了。我能坚持到丹尼不得不去工作的那一天，但我真的不希望那一天到来。我需要他在家里至少再待上几年。

该死！我都没考虑过他不去工作的后果。他可能必须去工作！经济形势紧迫。经济大萧条已经带给我们沉重的打击，使得我们的境遇比正常时期更糟。羊产业几乎消失了，这最后赶的一批羊，唉……他们从昆士兰带来了一万五千只羊，乔（我名义上的丈夫；我对他没有感情——只是为了孩子们，真的，我尽到了一个甘于奉献的妻子应尽的责任）和几个伙伴经常一起赶羊，他们与那些赶来羊群的人们交接之后，就将羊群赶到高地上，在那里放牧三个月，在高地上第一次降雪前把羊群赶下来，进行售卖。到目前为止，这种模式已经持续了近八年。我不知道乔在同谁一起赶羊。这和我无关。我也真的不在乎。我只在乎他提供的钱和给养。他经常外出工作，我就独自一人和孩子们待在一起，享受我们的快乐时光。

*

丹尼抓住妈妈的一只手，看着她。她是一个身强力壮的女人，脸上镌刻着这四十多年来艰难生活的印记。“你怎么啦，妈妈？你老是皱着眉头。”

*

我看着他，我的漂亮男孩，橄榄色肌肤，金色的头发从侧面分开——长得不算完美，但他已经尝试按“男孩”的方式打扮自己了。他是一个英俊的小伙子。什么样的人才能成为好丈夫呢。那就是这个小伙子了。

“又在想阿利盖特了，刚才想我们可能在哪儿见过它”，我笑着对丹尼说。

丹尼看着我们周围的灌木丛，渴望他那忠实的杂种老狗蹦跳着跑回来。“才丢失两周时间，妈妈。它会回来的。”

丹尼很小的时候，阿利盖特就和他形影不离了。丹尼那时才三岁，阿利盖特还只是一只小狗，满身是跳蚤和疥癣。那天，阿利盖特从外面那棵疏花桉后爬进来，尾巴夹在两腿之间。可以看出它被打了。我们用灌木皂给它洗了澡；把金合欢的叶子揉成团，加一些水，就可以做出绝好的泡沫肥皂水。我还是个小女孩时，一位土著妇女给我展示过制作过程。当时，我和爸爸正躲在灌木丛里，“嘘！别出声”。爸爸用手指抵着嘴唇，小声说道。一大群人正穿过灌木丛，离我们大约二十五码远。爸爸吹了声口哨，一个土著妇女停下脚步，环顾四周。她当时看上去三十五岁左右。她丢下什么东西，然后继续往前走。大约半小时后，她返回来了。我模糊地记得她冲着我微笑，然后我只记得她把我带到河边，用金合欢叶子给我擦洗。我很喜欢那种感觉，无数个泡泡从金合欢叶子间飘起。那时候我认为那是一种魔法。

我们给这条小狗打上泡沫，浑身擦上巨蜥油去疥癣，又在它的脖子后面涂抹了一点儿桉树汁，赶走跳蚤。我们给它喂食，丹尼很喜欢它。小狗慢慢好起来了。丹尼给它取名叫阿利盖特，他当时应该是这么叫的。阿利盖特成了丹尼的守护者——也可以说，是我们一家的保护者，真的。

丹尼喜欢讲述他的狗多么勇敢，但他最喜欢讲的就是那条该死的铜头蝮蛇闯入我们家里的故事。要说我在这里最害怕的东西，非铜头蝮蛇莫属，它是最后一个进入冬眠的爬行动物，无论是谁，被它咬上一口都得死。不管我和我的孩子们哪个被咬了，我们都得完蛋。明白了吧，这就是我不找人给我们家堆放木头的原因。我们曾经找过一个土著人，这个蠢货竟把木头堆成了空心的，一条蛇从下面钻了进去。它从正坐在土里玩耍的亨利·詹姆斯身上爬了过去。乔·朱尼尔当时应该就在不远处。他和亨利·詹姆斯就像一个豆荚里的两颗豌豆，他只比亨利大一岁。

然而丹尼却拖着一根比他自己还大的棍子追了上去。“滚开！”我一把拽回他，冲着那条蛇喊道。铜头蝮蛇爬到了木材堆下面，阿利盖特冲着木材堆狂吠，来回蹦跳着。

那天晚上，我们设法在院子里的火坑旁吃了晚饭，但孩子们都累了。典型的在丛林里长大的孩子——伴着落日上床睡觉，迎着第一缕阳光起床。所以我不得不让他们睡在餐桌上，以免遭受铜头蝮蛇的攻击。整个晚上我都坐在那儿守望着，等着那条浑蛋铜头蝮蛇出来。那晚简直就是人间炼狱。

阿利盖特伏在棚屋门口，注视着床下的影子。时不时竖起全身毛发低声咆哮，然后又安静下来。

我始终想着怎么把那条蛇赶出来。刚到冬天，也许它在冬眠前最后一次寻找食物？它攻击我——为了食物，当然是！我想起了一位老妇人跟我说过的话——就是那个土著妇女，她多年前就告诫我要小心。她当时用略显蹩脚的英语，加上手势和身体动作警告我，“蛇能闻到你母乳的味道”。我并没当回事。此时，我感到乳房胀得厉害——德尔菲要醒来吃奶了——我正好抓住这个机会，从胸部上方顺着乳房往下推，一直推到乳头，把乳汁挤到一个碟子里。我把这个碟子放在尽可能离床近的地方，铜头蝮蛇就藏在床下面。

大约半小时后，阿利盖特开始低声吠叫，背部的毛发也立起来了。它抬起两条前腿，准备往前跳，它的咆哮声低沉，充满威胁。接着，我看见铜头蝮蛇从床底探出头来，慢慢地滑向盛着母乳的碟子。我站在那里，尽可能保持镇定，不发出一点儿声响，手里握着丹尼早先用的那根棍子。我用棍子猛击铜头腹蛇，阿利盖特却挡在中间。它的鼻子就这样莫名其妙地挨了一棍子，可怜的阿利盖特。坚强的老杂种狗并没有因此退缩，它咬住铜头蝮蛇，胡乱地来回甩动，直到咬断蛇的背部。丹尼为他的英雄狗感到无比自豪。

我停止了对往事的回忆，笑了，温柔地拍拍丹尼的小手，让他安心，我就是皱皱眉头，没事儿的。他又蹦蹦跳跳地跑开了。丹尼对我来说很特别——他是我的天使，我的灵魂小伴侣。

今年冬天，他就该穿上爸爸的靴子了，但我想给他买双全新的。他配得上一双新靴子。他已经历过很多事了。我一直在尽力庇护他。我能做的只有这么多了。

孩子们喜欢我们在一起散步。我们一起编故事，看谁能编得最长、最精彩。丹尼很擅长编故事，我也很擅长。散步给孩子们提供了一个难得的机会，他们可以问我问题，询问我过往的生活；我也能借机敞开心扉，告诉他们我知道的一切。如果他们在家里问起同样的问题，我总会巧妙地避开。在这样一个开放的空间，人的思维也活跃起来。我会讲到我从爸爸那里、从日常生活中、从我小时候的经历中学到的东西。

散步便是我经常讲的一件事。那时，我们经常散步。我和爸爸几乎走遍了所有地方。他干过很多工作，是一个多面手，我们会走到他工作的地方。我特别喜欢散步，也很怀念那时的散步。散步中遇到的事物都是鲜活生动的，因为沿途我们会遇见好多人。当我们设法搭上途经的货车或小贩的马车，我们总会与人交谈，听他们讲故事，或长或短的故事，听的时候学着辨别真假。我们也会分享自己的故事，但不会讲很多细节——只分享一些爸爸想让他们了解的内容。告诉你们吧，我爸爸可是编故事和讲故事的一把好手！

“你妈妈呢？”人们总会看着我疑惑地问道。这时爸爸总会说，“生孩子时难产死了，就是因为生这个女孩”。爸爸朝我点点头，就什么也不说了。这就是我对自己的全部了解，他们听后便同情地看着我。如果我们搭乘的是一个小贩的马车，听到我妈妈的悲惨故事后，小商贩通常就会送我一件小饰品。

“妈妈！”乔·朱尼尔在叫我。他又发现了一个袋熊洞。要是你掉进一个袋熊洞，就死定了。幸好他总是紧盯着我。我今天回忆了太多过去。但这就是散步的目的：分享生活故事。

我看向我的女儿德尔菲，她正在一蹦一跳地往前跑，长长的卷发忽上忽下飘动着。昨晚洗完澡之后，我便帮她整理好了头发。她是天生的自来卷，所以我把她湿漉漉的卷发按原样分开，用撕成条的旧床单包好搓干。有人受伤的话我也会用到这些床单布条。德尔菲昔日的红裙子，如今已变成淡粉色，膝盖下方的裙摆窸窣作响，背后用大安全别针将裙身紧固在一起。这件裙子，她现在穿有点儿大，再过几年穿才正好。这件裙子是在雪莉小姐组织的一场基督教慈善捐衣活动中获赠的。我们每年都会收到一个小包裹，这可帮了我们大忙。德尔菲正用美妙的小号女高音唱着歌，自娱自乐。如果我爸爸听到了，肯定会说，“简直像一个小天使在唱歌”。她又唱又跳，没有任何尘世的烦扰。

没有任何尘世的烦扰……我认为我做不到，我时时刻刻都在担心着某件事或某个人。小时候，我就整日担忧。现在还是，但我知道如何从容面对了。我不会让这种担忧影响到孩子们，尽管丹尼马上就要察觉到了。

小时候，我总是担心爸爸会不会死在我面前，尤其是在他醉酒的时候。他喝醉酒后鼾声经常卡在喉咙后面，每当这时我都会把他推醒。一次打鼾结束，他会再次吸上一口气，完整地重复一遍上面的过程：他的鼾声被卡住，我轻轻推他，他呼气，再吸气。这样循环往复，直到天亮。太阳从地平线上升起，他的呼吸开始趋于平稳，我终于可以睡上一小会儿了。每当这种时刻，我总会忍不住想：要是他真的死了，谁会管我呢？谁能理解我？谁愿意为我烦恼呢？

下雨的时候我会担忧：*我们能去哪里避雨呢*？阳光灿烂时我会担忧：爸爸苍白的皮肤会被太阳灼伤。独自被留在剪毛棚睡觉时我会担忧：祈祷爸爸晚上能回来，不要卷入一场打斗，那样他会被逮捕或被打死。我为下一顿饭担忧。我为不知道去哪里上厕所而担忧。我终日提心吊胆。因此，看见我的女儿无忧无虑地在这个世界上蹦蹦跳跳，这意味着我已完成了我的使命，作为一个母亲我找到了自己在这个世界上的位置。我已经找到了我的位置，因为我的孩子们。

我心里还藏着一件令人担忧的事情。今天走在路上，我心里扛着一个秘密，如果这个秘密泄露出来，我会死的。也许这就是我今天头脑不清的原因。

我还有比阿利盖特走失更担心的事情。我有点儿担忧生孩子，尽管一切进展很顺利。这次怀孕和以往几次没什么不同，但现在我已经老了，都四十岁了。我知道这将是我最后一次生孩子了。想到这儿，我忽然有点儿难过。还有许多东西要准备，但没钱，剩下的时间也不多了。我无奈地摇摇头——周日散步，就是为了让疲惫不安的心灵得到休息。

此时，丹尼追上了德尔菲，从她身边跑过时忽然去挠她的痒痒，我听到了德尔菲咯咯的笑声。正如所料，德尔菲另外几个讨厌的哥哥挠她痒痒变成了用手掌拍打，当他们用皮带击打她后脑勺，德尔菲平静的时光变成一种折磨。但她是个坚强的女孩子。虽然只有五岁，她仍然能够挺身对抗她的哥哥们。她开始飞奔，穷追不舍几个哥哥。尘土在他们身后飞扬……

我总是跑啊跑，寻求帮助时会跑，危险临近时会跑，不确定时我也会跑。婚礼当晚我跑了，乔喝醉了没能追上我。但第二个晚上，他没喝多，我还没来得及计划逃跑，他便捉住了我。我们还没有夫妻之实，我还是处女。但那天晚上，他在捉住我之后，用皮带捆住了我的脚踝，无论我怎样尝试都无法逃脱。他在我身上疯狂发泄，我真的很疼，就像雪莉小姐说的那样疼。于是，我就想到了孩子，我要拥有我自己的孩子。我爱他们，他们也爱我。

我第一次去和雪莉小姐——牧师的妻子——居住的时候，并不比现在的德尔菲大多少。麦吉尼斯神父比雪莉小姐大十岁。雪莉小姐经常说，她不能生育，但有很多教徒。她干预所有年轻母亲的事务，使她们很反感去教堂。“孩子们身体不舒服”，可怜的丈夫们总是这样撒谎。

我只有和她居住的时候才会去教堂。大家都称呼她“雪莉小姐”。她们家是最早在这里的高地定居的家族之一——她们家和爱德华兹家，现在他们还住在这个地区。爱德华兹家族是大户人家，有很多土地，也很有钱。据说，他们家参与了一个古老的偏远村镇——克雷斯特希尔——的融资，那里现在正在变成一个城镇。这些都是乔告诉我的。不过，现在我不知道这个建设新城镇的想法实施得怎样了。我有段时间没进城了，也该去了。

雪莉小姐的确把我照顾得很好，给我喂食，为我穿衣，把我打扮得像个洋娃娃。爸爸结伴去赶牲口那段时间，是他唯一离开我的时间。其他时间，他去哪儿，我就跟到哪儿。我是个好帮手，一个优秀的小不点干活人。

一次，我们为一个老农民干活，爸爸干一些杂务，而我则是老农民妻子的暖脚工和夜间护士，这位老太太几近失明。我总是躺在床尾，用身子裹住她的双脚去捂热，直到她的丈夫钻进被窝。然后我挪到地板上，爬进靠近敞开式壁炉旁的一张小稻草床。我有一条毯子和一个塞满破布的枕头，这让我很有安全感，既温暖又舒适。夜间的时候我也会帮助她上厕所，她总说：“给我擦屁股，从前往后。”我一边穿过冰冷的地板，一边扯下她的睡衣，她总是靠在我身上。老农在床上的时候，我从不上到老太太的床上。那时我才十岁，但我既不幼稚也不傻，我拥有超越我年龄的智慧。

在我更小的时候，我会偷偷溜进爸爸喝酒的一些酒馆。他在哪张桌子坐，我就总躺在那张桌子下面。相信我！我看到许多事情。许多只手，好多手指在裙子和衬衫上摸来摸去，解开衣扣，双手悄然探入，就像伸到兔子洞里。诸如此类的见识使我受益匪浅。

今天，我看着我的孩子们，琢磨着爸爸会怎样看待他们呢？他会怎么看我呢？我给孩子们创造了这样的生活，他会感到骄傲吗？他会认为我给了孩子们一个属于自己的家和我从来不曾得到过的母爱，从而使他们免受伤害吗？我希望他能以我为荣。

大约十岁时，我再一次和雪莉小姐、神父麦吉尼斯住在一起。在教堂里，我总会看见一些妈妈双眼饱含着深情看着自己的孩子。看见她们如何抚摸自己的孩子们——一只手臂搂着他们的肩膀，或一只手温柔地触摸着他们的脸颊，以示关心。言行举止中流露着爱意与骄傲，笑得都合不拢嘴。有时我会抓住雪莉小姐的一只胳膊，搂在我肩膀上。

我努力从爸爸身上看到这种爱，我想我在很多方面都看到了。喝醉的时候，他经常会唱歌给我听，歌唱得很动听，以至于他总会失控大哭，我也会跟着哭。“黑，黑，黑是我真爱头发的颜色……”他的苏格兰嗓音浑厚，尤其在他喝醉的时候，但这是多么美妙的歌声啊，是一种注定要被听到的声音。爸爸唱过很多挽歌，自己也编了几首。

有个小姑娘叫莫利，
她常常想要洋娃娃。
她说当我的洋娃娃到来。
我会给她取个名字。
我就叫她玛丽！
我们唱啊唱啊唱，
我们唱啊唱啊唱。

我常常想，爸爸唱到“黑色的头发”时，是不是在想我妈妈，我的头发是稍稍带红的金黄色。

爸爸表现出很爱我的样子。在我们食物不足，晚饭只有肥肉和肉汁（还是前一天晚上煮一块肉剩下的），以及浸着油汁的干面包或发霉面包时，他总是让我先吃，吃最新鲜的那片，或者总是说：“今晚来点儿不一样的——我们烤那些该死的干面包吧。”他烤得很用心，从来没有烤煳过。

今天，我们该一起散步了。丹尼出生后，每个月的第二个星期日我们都一起散步。孩子们在前面开心地跑着，玩着某种游戏，譬如，谁能最先看到一群牲畜中的一匹野马，或像蘑菇一样的某块巨石，或只给出首字母作为线索，让其他人猜测他看见了什么。这些游戏对他们的教育大有益处。今天，我沉浸在自己的思绪里。孩子们熟悉我们走的每条小路。我们扔一块树皮，粗糙的一面朝上，就走右边；光滑的一面朝上，就走左边。然后从前面或后面再扔一次，改变前进的方向。

我低头看看自己已经七个半月的孕肚，一只手在上面轻抚着。我的第五个孩子不久就要出生了，我希望他能够活下来。这是——*让我想想，我得算算*——这是我第十次怀孕。我连续四次流产，间隔一到两年，或者三年。最后一次流产，我二十四岁，往后四年一直相安无事，最终生下丹尼，他活了下来。这就是为什么我称他是我的天使。如果当初丹尼死了，他们肯定会把我埋在他的身边——我可能已经自行了断了。生活太艰难了，在各个方面。

乔·朱尼尔通常会这样问："妈妈，求你了，给我们讲讲那些过往的考验与磨难吧！"其实他已经听过很多次了，他们都听过很多次。然而，生活故事本就如此：被人们一遍遍讲述。目的就是被记住。你死后，还有其他人记着。这就是家庭史。

有一次，他离开了十八个月；我想他是去昆士兰赶牲口去了。这里的他，是指我的新丈夫乔·约翰逊，也就是你们的父亲。

我从来不会称乔·约翰逊为他们的爸爸，我只称呼他"你们的父亲"。

我那时十六岁，我记得他是三十六岁。他离开的时候，我已经怀孕三个月了。那是我们结婚后，他第一次去赶牲口。我爸爸当时已是奄奄一息。我埋葬了他。后来，还是那个土著妇女帮助了我。她居然哭得泪流成河。她大声恸哭，像暴风雨中呼啸的风声。她有点儿吓到我了，但她的哭声中也有美好与抚慰。看起来，她并不认识我爸爸……但现在回想起来，我觉得她认识他。

不久之后，杰克出生了，孩子们的大哥哥。乔·朱尼尔喜欢听有关于杰克的故事；丹尼却不喜欢，可能因为他想成为妈妈的第一个也是唯一一个大男孩吧。杰克六个月大的时候夭折了。我抱着我死去的儿子骑马跑了十九英里寻求帮助。最后，我将他埋了。上帝啊，我真的很爱他。紧接着我的两只奶牛也死了。那时的我，真的很孤独……

我生命垂危的爸爸——乔克·斯图尔特，安排了这桩婚姻。爸爸在乔·约翰逊年轻时就认识他，他总和乔一起赶牲口。这是一桩基于利害关系的婚姻——爸爸希望这桩婚姻能带给我表面上的社会地位和一些孩子，而这正是我所渴望的。他让我坐下来，向我讲述他的计划，他虽然头脑清醒，却还是将血咯在了手帕上。他知道我想要孩子，只有孩子可以让我体会到什么是无条件的爱。我总是向他抱怨说我没有兄弟姐妹，他也知道我讨厌孤身一人。

我不想让我的孩子孤苦无依。如果我突发不幸，我希望他们至少可以拥有彼此。哦，天哪！一定是我的荷尔蒙在作祟。今天我正想着一些很长一段时间里没有想过的事情。我在焦虑吗？我能维持住这个现状么？只要没人要打扰我们的生活——确实也没有，或者没有人向我刨根问底，我就会没事的。我们也会没事的。我们会玩游戏，看谁能编最长的故事，一直编下去……这不是撒谎，只是我们玩的一个游戏。我很擅长这个游戏。从最擅长编故事的人那儿学会的。接着，不久以后……我从没想过结局，车到山前必有路。因为焦虑，我反倒思维清晰。

我的丈夫乔，6.5 英尺高，一个山一样的男人，就像环绕着棚屋的高地。他不难看。第一次见面，当我看见他胯部鼓鼓囊囊，便向后退缩；雪莉小姐也为此警示过我。

当我开始流血时，爸爸把我带到雪莉小姐那里，让她照顾我一周。她告诉了我所有关于“女人”的事情：维系一段婚姻需要什么，一个好妻子应该是什么样子，我该如何服侍好他。“我要做到这些，那他应该做什么呢？”我曾这样问道，雪莉小姐没有回答。

我尽力说服爸爸，让他相信我不需要一个男人来保护我的安全。多亏了爸爸和我的家庭熏陶，我能照顾好自己，尽管我可能改变一些事情，但总的来说，我的人生旅程已经造就了现在的我。我非常理解爸爸希望我嫁人的立场。我知道爸爸时日不多了，尽管我不想承认这一点。为了让他安心，我答应了他的要求，条件是我可以拥有一个像样的做饭的厨灶。

几天后，一个像样的厨灶就出现了，嵌在巨大的河岩石烟囱中。是乔·约翰逊带来的。我站在门前的疏花桉树后，贴着树干偷看，在我以为他正要转过来看我的时候，马上缩回脑袋。他将厨灶搬进了棚屋，竟把墙给撞倒了。你很容易就可以推倒这堵墙——只有天知道它是如何立在地面上的。这个有两个房间的房子是爸爸在一场纸牌游戏中赢的，它竟然如此脆弱不堪。爸爸总是说他会修理，但从未付诸实践——他最后实在病得太重了。乔在家时修理过，但修复东西这件事，还得我来做。

一次，乔装好厨灶后，为我点燃了它。这次我正好站在棚屋里，身体一部分躲在用来分隔两个房间的窗帘后。我想我们可能在调情，但那是唯一一次我确实感觉被他吸引住了。所以我猜这可能代表着什么？我怎么会知道，也不知道该问谁。现在看来，应该是荷尔蒙和天性在作祟。

我打算炖袋鼠肉，做硬面包，这是我的拿手菜，他决定留下来吃。爸爸教会了我如何捕猎、宰杀、剥皮、去内脏、切割和烹饪。爸爸没有让我把死袋鼠拖回家，谢天谢地！那该死的家伙可比我大得多。七岁时，我就知道如何做这些事情了。爸爸教会我的。他曾说："如果上帝要把我带走，我得知道你可以猎杀动物，为自己做饭。"

我与乔过得很艰难。他不是那种深情的人，话也不多，他不在的时候我才感到更自在。我忍受着夫妻之事，因为我知道，那可以为我带来孩子。

爸爸说得对，结婚确实能给你带来某种身份。你属于某人：乔·约翰逊夫人，我的乔、一个赶牲口人的妻子。一个赶牲口人的妻子的身份，确实给我带来了更高的地位。许多来找工作或乞食一片面包的流浪汉，如果他们知道我是赶牲口人的妻子，他们都会听我讲自己的经历，如果你不能给他们提供食物，他们就会离开，不会纠缠。但总有那么几个无赖，那种脑子有毛病的浑蛋，会在日落时过来讨要一张床。他们一生中从未辛勤工作过，哪怕一天。

然而，我还是喜欢乔不在的日子。他总是喝很多酒，打我，强行和我发生关系，动身去工作。这就是我们的日常生活。谢天谢地！他工作的时间很长！谢天谢地！西部有一个女人，可以心甘情愿地让他发泄欲望。这的确有助于减轻我与他上床的负担。通常，他会在外出工作前满足自己，然后在回家途中去找那个心甘情愿的西部女人。我才不在乎呢。不过，有一天我在乎了。

孩子们的拌嘴声把我拉回现实。他们正在争论着，看谁先跑到“转向”点，就可以赢得比赛。我感觉我们好像刚出发一样。一路上我的思绪游移不定，完全没有把心思放在这一天的散步上！我甚至没注意平时百看不厌的美丽风景。高大的山白蜡幼树，笔直而粗壮。树底下是金合欢幼苗，等待着早春时节再次绽放，只是现在还为时尚早。秋天就要过去了，树干幽灵般的银白色，树底下灌木丛的橄榄绿色，干枯叶子的百般秋色——一道红色、棕色、橙色的彩虹洒落在地面。美极了！我震撼于这样的美景。

争吵声变得更大了。“够了！”我听见自己说。“够了，别闹了！”

比赛又开始了，看谁能甩掉对方最先跑到我身边。德尔菲先发制人，男孩子们还在准备，她就已经开跑了。在这个年龄段，她的确是一个聪明的女孩。最后，我伸出双手向德尔菲跑去。她跌落进我的臂弯里，她赢了！这令男孩子们都很沮丧。

我们该回去了。天要下雨，虽说这雨等一阵子才会来，这是最后一场秋雨了。幸好，早上的时候阳光灿烂。我们已经在家待了好些天，我们需要出来走一走。

正因如此，我脑子里才充满了这些乱七八糟的事情？关在屋子里，只能看四面的墙，孩子们大声喊叫着，不知疲倦地争吵打闹着。思绪无处可逃，只能看着我用来填补墙体裂缝的材料被雨水一点一点地冲刷掉。到处都湿透了，我只能坐在厨房的桌子旁。乔已经离开三个月了，现在物资短缺，情况一点儿也不乐观。我要暂时搁置这些思绪，后天再想，因为明天是洗衣日。如果不下雨的话……

这就是一个赶牲口人的妻子的生活。我将纷繁的思绪消散在这条孤独的生活轨道上。但愿这些思绪能留在原处。*都过去了。*

“来吧，孩子们。我看见了一样以 B 开头的东西。Ba, ba, ba–B。”

“Ba, ba, ba, 是 baby（婴儿）吗？”德尔菲回答道。

“答对啦，”我说，“真棒，我们给他取个什么名字好呢？”

丹尼大声应答道：“我和男孩子们认为，如果是女孩就叫莫利，是男孩的话就叫马修。”我点点头，思索着。

德尔菲插话说：“是女孩就叫黛西，是男孩就叫迪格比吧。”

“你从哪儿听到迪格比这个名字的？”我问。

“我们的墓园里，那只死去的猫的墓碑上面。”男孩子们哈哈大笑，说一些幼稚的话，说死去的猫复活了，转世到婴儿身上。迪格比是我发现的一只野生姜斑猫。我们搬进棚屋时，它找到了我们。也许，它本就住在那儿。我现在也记不清了。爸爸去世后不久，它也死了，我将爸爸和它，以及一块记忆石一同埋进了家族墓园里，那是一块河石，代表着我妈妈。

“到我啦！”德尔菲大喊，她的叫喊声盖过了兄弟们的胡言乱语。“我的小眼睛看见了以 ta, ta, ta–T 开头的东西。”

“简单，”丹尼说，“Tree（树）。”

三

伦敦城从未真的睡去。这个晚上，路易莎·克林托夫坐立不安。

*

我在黎明前醒来。既激动，又害怕。怎么可能有人睡得着呢？我转过身，看见英俊的丈夫和漂亮的儿子还真睡着了，一抹笑意不禁涌上我的唇角。赛缪尔睡在我俩中间，他的床和房间都收拾好了，我们在准备搬家。妈妈称此次搬家是“大行动”。爸爸却认为这样做很愚蠢：“你们难道不知道我们正处于全球经济大萧条之中吗？”我们即将环绕半个地球，前往受经济危机影响最重的地方，这一切的始发地：澳大利亚。

我是一个探险者，也是一个冒险家。澳大利亚维多利亚政府保证我们安全通行，内特也迫切希望可以在除英国军队管理岗位之外其他行业找到一个就业机会。所以，我们必须得走。

我尽可能轻地爬下床，走进厨房。通常我们的女佣克拉拉会过来推醒我，然后，打开百叶窗。但是今天，她在我家的工作已经全部完成，我们互相道别时，她哭得很厉害，我敢说泰晤士河因此涨了一英寸。

从我大约八岁起，克拉拉就与我在一块儿了。那时，妈妈与爸爸的生意兴隆，政治兴趣高涨，这使他们周游了整个英国。克拉拉是一位真正的朋友，也是一位细心的保姆，她只比我大八岁，我把她当大姐姐一样对待。是克拉拉让我想起她在家里的身份，也使我想起我还有一个比自己大三岁的亲姐姐汉娜。汉娜由妈妈的未婚姐姐照顾，贝瑟尼姨妈在汉娜刚出生时就对她照料有加：照料她，给她洗澡，带她去公园里长时间散步。老实说，人们都以为汉娜是姨妈的孩子。

汉娜五岁时，妈妈已感受到她们之间的关系非常紧密。因此，妈妈决定把汉娜送到贝瑟尼姨妈家，让她在那里待上一小段假期。然而，这个假期一再延长。在写给妈妈的信中，贝瑟尼姨妈说汉娜是个好帮手，她特别珍惜汉娜的陪伴。如今，再回想起这些事，或许我们当时该问问汉娜的意见，听听她想要的是什么，她对自己的处境有什么想法。汉娜会在假期时回来，但和我们很疏离，不知是出于怨恨，还是她早已习惯了姨妈的隐居方式。老早以前，在汉娜还没有和姨妈生活在一起的时候，妈妈就总说汉娜特别像她的姐姐贝瑟尼。

正是那些隐居的习惯导致了汉娜的早逝。我不禁责怪自己没有在我们一起成长的过程中更加努力地和她建立起姐妹关系，让她明白她可以和我分享心事，就像姐妹之间那样，或者和她保持联系，这样我就能看到一些迹象，知道她在婚姻中并不安全。妈妈说，关于汉娜的遭遇，我们什么也改变不了，但我相信，我们一定可以阻止这些遭遇发生在其他人身上。为此，我们致力于妇女运动，为那些遭受暴力的妻子们发声。

水壶里的水烧开了，发出嗞嗞的声音，吓了我一跳。声音特别尖锐，空荡荡的房间里到处响着回声。我赶忙把水壶从火上拿起，将冒着热气的开水倒进我的小绿茶壶里。先向右转三圈，再向左转三圈，这是一个快速冲泡茶叶的小技巧，然后再将热气腾腾的深色液体倒入我最喜欢的茶杯里，我通常只用这一个茶杯泡茶。我往茶杯里挤了一点儿柠檬，然后走出去，最后一次欣赏我的花园。我庭院中的小花园，是我最喜欢的地方。我不是一位真正意义上的园丁，但我的确能鉴赏那些开花的植物或树木的美丽和芳香。种植花园是莉斯贝丝的主意，她是我最好的朋友，我俩的出生日期只相隔七天。我们的妈妈彼此熟识，但我们在四岁时才在公园里相遇，在我们的妈妈聊天的时候，我们一起玩耍，就这样慢慢熟络起来。从那以后，我和莉斯贝丝便一直是最好的朋友。由于出生时间只相隔七天，莉斯贝丝和我总是对外声称我们是双胞胎。莉斯贝丝是个感性的小女生，而我则像个理性的假小子，我们的性格是互补的。

我的花园里到处都是各种自给自足的植物，很不协调。这些植物只需偶尔浇浇水、修剪一下，像角落里的攀缘玫瑰。终于，这枝玫瑰一路攀缘到内特安置在侧墙上的金属丝上。

我有些情不自禁——我必须坐在我种的植物中间，因为这是我最后一次这么长时间坐在这里了。我坐在最下面的一层台阶上，左右都是薰衣草丛，还有我为纪念祖母种下的雏菊。我的祖母名叫黛西·玛格丽特，她是我发表的第一首诗的主人公。

黛西·玛格丽特

作为一位年轻的女士，她优雅、美丽，
作为一位母亲，她自豪、快乐，
作为一位祖母，她体贴、慈爱，
作为一位曾祖母，她困于疾病，垂垂老矣。

作为一位年轻的女士，她年轻、健康，
作为一位母亲，她不苟言笑、善良、诚实，
作为一位祖母，她为人们树立榜样，
作为一位曾祖母，她疾病缠身、痛苦不堪、行将就木。

她年轻时的样子我不曾知晓，
她做母亲时的劳作我未曾目睹，

我只了解作为祖母的她，
和作为一位曾祖母，
在疾病中等待死亡的模样。

爸爸认为这首诗是病态的，妈妈却从中看到了我的成熟与潜力。她奖励了我付出的努力，把这首诗登在他们的报纸上。我当时只有十岁，这是件特别引人注目的事！

我的父母——道恩和雷金纳德·劳伦斯，都是出版商，同时也都是他们印刷的出版物的作家、进步的左翼革命者，他们塑造了我。是的，有其父必有其子。关注妇女问题是他们工作的一大重点。汉娜活着时，他们就致力于妇女运动，汉娜的死促使他们更加关注这个问题了。我觉得，对于汉娜的死，他们认为自己也有责任。

我的活力源自妈妈，我的动力来自爸爸——他们俩都深深地影响了我。正是爸爸的坚持不懈，他们的事业才得以蒸蒸日上，顺利开展。我的社会责任感就是源自他们俩。我一直对父母的工作充满浓厚的兴趣。起初，正是印刷报纸使我期望能追随他们的脚步：那时，他俩在工作上投入大量时间，今天依然如此，对此我深怀敬意。十九世纪八十年代晚期和九十年代早期，由于科技的蓬勃发展，爸爸在努力跟上时代进步。只是，岁月不饶人，他已不再年轻。

妈妈一直是英国妇女运动的积极参与者。她写关于妇女教育、妇女经济状况、法律权益、受虐待妇女以及禁酒运动的文章。汉娜惨死于其丈夫之手以后，我们发现面对诸如此类的恶性事件，大众竟已见怪不怪、甘愿沉默，对此我们深感愤怒。于是，让公众意识到这个问题是我们的目标。我希望把相同的意识传递给住在澳大利亚高地的女性。我的计划是，通过我自己的出版物，即一本关于女性的月刊，让她们发出自己的声音。该月刊将关注影响女性生活的一系列问题：从对教育、分娩、经济状况和家暴问题的拷问，到诸如诗歌、编织、烹饪等的高品质生活主题，均有涉猎。我想给这本月刊命名为《破晓》（*The Dawn*），道恩（Dawn）是我妈妈的名字，也是我姐姐的中名。因此，我的澳大利亚冒险之旅增添了一分兴奋感：我要去那里开创事业，与当地社区积极沟通联络。我的目标清晰而明确。因此，我带上了蜡纸、墨水以及一台爸爸的旧油印机。

我从眼角的余光看见大片橘色，那是我种的各种各样的菊花。我转向这些菊花，想着太阳已从城市风景和烟雾后面蓬勃升起。犹记得花儿初次绽放之时，颜色各异，令人惊叹不已，仿佛一道恰好泻落于园中的彩虹！它们曾带来多少欢愉啊，这正是内特在生活中所需的——色彩。

我们最初谈恋爱的时候，每个周六的上午，我们在花园里一坐就是几个小时，在我种植的花草前面一边小口喝茶、吃着水果，一边聊天。我们就是在这样的过程中彼此熟知的。当内特终于向我讲起他的“黑暗之地”时，我对他生出由衷的钦佩之情。

我记得当我问他那是一种怎样的感觉时，他思考了一会儿，努力想找出合适的词来回答我，然后他说，就像你的背后有一个比你自己还大的阴影，你迈出的每一步都异常沉重，当你努力向前走时，脚底绊了一下，然后重重摔在地上，而且永远是脸先着地。你的胸部持续受压、呼吸微弱、心跳加速，像快要跳出身体一样！

我根本无法想象内特是如何一个人面对这些的。除了在那些糟糕的日子里看到他一瘸一拐的样子，你不会想到他竟遭受如此折磨。他被这种折磨缠上时的样子，我只目睹过一次，仅一次，就令我心碎。好在我们紧紧彼此相依，承诺用耐心、爱与时间一起渡过难关。我们确实已经渡过了难关。我的花园里种植了紫菀，因为我曾读到过：古时，人们燃烧紫菀的叶子，用来驱除邪灵。我想，它们或许可以帮助内特赶走他心中那片阴郁的乌云。

紫菀，被喻为爱与耐心的守护者。而耐心，我俩都知道，是我们这段婚姻存续所必需的。我们彼此深爱对方，但我们也需要对彼此间偶尔发生的小冲突保留一份耐心，因为我们有时也会是固执己见的傻瓜。我们在一起已经五年了，已经知道何时是需要妥协的时刻。在那些时候，我会走进花园，采摘那朵合适的花儿，摆放在房子的周围。紫菀是蓝色的，正如内特的双眸，它的香气清新淡雅，像极了他正常时候的气质，而大部分时候他都是正常的。我为自己种的花儿是蓝花耧斗菜。花瓣合拢在一起时，像个小铃铛；绽放时，优雅的花瓣层叠在一起，好似来自仙境。于这朵花中，我竟窥见了一种精致而神圣的女性气质，我既做不到如此，便只能通过种花以达到某种内心上的平衡。其他的花儿？哦，对了，还有天竺葵，我种下了我最爱的两种颜色：粉色和红色。

我记得某天晚上，我们就坐在花园里这个地方，嗅着醉人的花香。那时我和内特在一起已经一年了，距离婚期只剩几周。那是花园里最初绽放的花儿，计划在婚礼上用。和几个朋友共进午餐时，我喝了点儿红酒，莉斯贝丝借此取笑我，说我的小花园中有魔法。“提防今晚的满月哦，一定要小心啊。”她一边说，一边用手帕捂住自己的嘴咯咯地笑，眼神里满是俏皮。

内特早就戒酒了，这对患有抑郁症的他来说，是件幸事。所以那晚，他满意我的表现。但他非常有耐心。你知道，我想放纵我那强烈的欲望，我想让他进入我的身体，让我感受他的男子气概。你知道，我是从莉斯贝丝那儿听到内特那样说我，才有了这些想法。好吧，我真的不能怪她——应该说是她解放了我的思想。内特总是很绅士，即使想和我亲密的想法让他抓狂，他还是选择将我送回家。他往自己头上泼冷水，以压制他的想法和激情。至于我，家里有妈妈早已调制好的饮料，这种饮料后劲大，治疗一切。它都能剥落墙上的油漆，我喝上满满一勺，房间就开始旋转了，再给我一个水桶和一块凉爽的湿毛巾，我就不再去想要干蠢事了。

不过，我们确实在新婚之夜前就发生了亲密关系。这可不能怪我！内特实在太帅了，他的双肩宽阔，全身肌肉线条分明，他是那种天生体格健壮，即使不做运动也能保持肌肉的男人。他有一双深蓝色的眼睛，像大海一样，能穿透灵魂。当他看向你时，他的眼睛会由明亮的淡蓝色变成蔚蓝色，像一汪纯净的水，就像一只小狗那样。

当他向我求婚时，我毫不犹豫地答应了。考虑到我让他追了六个月，拒绝了他的每一次邀约：各种宴会、晚饭、早饭、午饭、公园散步，我觉得这个结果是我和他应得的。他会找我们的报纸为军队做广告，起初，我爸爸拒绝给他开辟做广告的版面，后来，他开出了高昂的广告费，让我们实在不能拒绝。我敢说内特一定把自己的工资也搭进去了。内特认为，我爸爸必须保证军方拥有发言权，就像军方允许他发表意见一样。那只是个征兵广告，我爸爸当然明白捍卫国家的重要性。他反对我们出去做战争的侵略者，反对国家从战争中获利。比如，在南非战争中，国家从中获取了大量金子、钻石。当内特来这里刊登最后一个广告时，他说这是他最后一次来了，因为如果我再不接受他的追求，他就烧了自己的房子，搬到乡下去。这次他胸有成竹，认为我一定不会再拒绝他，如果我没有应邀与他一同野餐，除了烧掉自己的房子，他还会在我父母的报纸上刊登一篇广告，把我每次拒绝他的事都讲出来。

我最终答应了，不仅是因为刊登那种广告会令我尴尬，更重要的是，我实在是为了房子的安全着想。我和莉斯贝丝曾在一个周日的午后跟踪他，我想看看他住在哪儿，我一下子便爱上了这座简朴的维多利亚式二层楼。这栋房子不是很大，风格朴素、温馨，给人一种家的感觉，它的某种特质深深地吸引了我。莉斯贝丝说，如果我不答应他，她就让内特追求她。所以，我答应了内特，我一点儿也不后悔。

所有这些珍贵的记忆都浮现在我眼前，那是我们共同旅程中的一些关键时刻。如今，正值全球经济大萧条的高峰期，我们马上前往另一个国家，开启新的生活篇章，虽然这很可怕。也许爸爸是对的，我们确实很傻。

早晨的太阳很快就会升起来，照在脏兮兮尘土飞扬的伦敦城上。我们住在本初子午线旁边的格林威治皇家自治区，正好处于泰晤士河大转弯前面，河对岸凸出的一块就是犬之岛。内特继承了这栋房子，他的兄弟们选择带着妻子和孩子搬到乡下住。内特的父亲从英国军队退休后，和内特的妈妈也搬到了乡下，他们想离孙子、孙女近一点儿。那是很久以前的事了，那时我还没有加入这个大家庭，我们的儿子赛缪尔·阿德里安·克林托夫还未出生。内特的父母至今仍然活跃于军队之中，主要参与各种宴会和慈善事业。他们在城里时，经常与我们住在一起。

我真的很爱伦敦，我会特别想念它，尤其会想念我的花园和我的星芒茉莉。星芒茉莉是一种常青植物，它的卵状叶片爬满了我房子的后墙，墙后紧挨着一条小巷。星芒茉莉浓密的藤蔓覆盖在崩塌的砂岩石上。春夏时节，便会开出小白花，淡淡的清香令人陶醉。

当我第一次搬进这栋房子时，我发现这简直就是一座典型的单身汉公寓。内特只占用了房子一半的空间，家具陈设零零散散，窗帘总是拉着。我们初次见面时，内特说过，他住在一片被他称为“阴暗区”的地方。我们结婚之后——实际上，在我们谈恋爱期间——我就慢慢地把他的家改变成了我们的家，给他的黑暗地带带来一丝光亮与温存。但我意识到，那是他的家，我不想让他感到不自在，所以客厅区域更多地按照他的喜好来装饰。飘窗俯瞰着后花园，我在飘窗周围感受到了一丝女性气质。我的确想努力展现我女人的一面。

是莉斯贝丝建议我栽种星芒茉莉的，用来覆盖住崩塌的砂岩石后墙。莉斯贝丝特别浪漫，建议我们当藤蔓在夜晚开花时，可以坐在墙下，沉浸在令人舒爽的芬芳中。这么多年来，我们一直保持着这个习惯。一阵清风袭来，花香穿过客厅，飘向主餐厅和卧室，很好地缓解了伦敦污染带给我们的影响，也掩盖了河里污水的臭味。我会怀念修剪星芒茉莉的时光，那是我用来冥想的时光——尤其当我没有写作思路，或者需要想通一些事情时。内特站在后阳台上望着我，忽然发出一声深沉的男性笑声，把我从冥想中带回了现实，带向他身边。他的笑容可以融化一切。他总是说：“终有一天，你会越过那个障碍的。”

第一次见到他时，我深呼了一口气，但并不是因为爱慕，而是出于沮丧！之前，我参加过反对南非战争的集会，很多人都反对英国人出现在南非。这一次，我爸爸正在抗议活动上发表讲话，他一直在报纸上的文章中直言不讳地发表自己的观点，但为了避免被逮捕，他使用了笔名。今天这次集会，爸爸公开露面了。军方也派了一名雇员做代表。看到那个中士正是纳撒尼尔·克林托夫时，我惊呆了。他外表憔悴，好像前一天熬夜到很晚，身上还散发着酒气。内特在我爸爸的演讲中间竟睡着了，但是，该死，我还是无法将目光从他的身上挪开。当我看见他终于硬撑着站起来，一瘸一拐地在场地上走来走去，向观众分发表明军方立场的小册子时，我想这是一个*落魄的灵魂*。但我对他的同情是短暂的，因为我发现他来自一个富裕的军人家庭，他应该更了解自己，更尊重自己和他的家庭、目标和工作。

*

脚趾慢慢暖和起来，路易莎从沉思中被唤醒：第一缕晨光终于洒向了她的花园。她的思绪被悄然唤醒。她听见光着的小脚丫发出的啪嗒啪嗒声，还有丈夫在温柔地鼓励儿子时沉静而悦耳的语调。看见妈妈坐在晨光里，男孩朝着妈妈张开的双臂跑过来，妈妈将他抱起，亲吻着他那胖乎乎的脸颊。内特站在身后，惊叹于眼前这温馨的画面。*醒来就能看见如此美好的画面*，他心中一边想，一边吻了路易莎，向她问候早安。由于饥饿和对即将踏上一段新旅程的兴奋，内特的胃搅动不安。“我去做点儿早餐。”

是路易莎说服内特接受邀请，要去一块遥远的土地旅行的。简直像童话里发生的事情，真的是一场冒险！尽管内特一直在不知疲倦地设法摆脱自己的“黑暗之地”（他妈妈更喜欢称之为“抑郁症”），路易莎能注意到他的灵魂正在慢慢死去。内特的抑郁症源于他曾在南非战争中受伤，弹片穿透他左侧大腿，使他行动不便。随后，他被重新分配到文书职位上，他讨厌文书工作。他被“捆绑”在办公桌旁整整八年，直到路易莎出现在他的生活里。对此，内特每天都心存感激。路易莎是他的希望之光，是他活下去并摆脱抑郁的理由。抑郁有时使他失去行动能力。有段日子，内特连床都下不去，但自从他们结婚以后，到现在为止，五年的时光，再没发生过这种情况。

在他们结婚的头两年，路易莎组织过多次乡村旅行，而内特则在这期间也升到了中士。是路易莎的鼓励促使他接受了搬到澳大利亚的邀请，去为一个刚刚形成的小镇带去法律与秩序，这个小镇以前一直是高山地区雪山里面一个骑兵前哨。

“为什么不呢？”当内特第一次告诉她这个消息时，路易莎兴奋地尖声大叫。“想想这次冒险！想想你能拥有的掌控权。不用再坐在办公桌旁，一张接一张地整理文件。你是这座小镇的主人，你的小镇！你可以为它带去法律和秩序，从头开始建立起来秩序。多棒啊，内特！”

内特对他聪慧、美丽的妻子从来都是带着笑意，怀着敬佩之情的。他知道路易莎是对的，这场旅行会治愈他的灵魂，给他带来自豪感。当内特表达自己的想法时，路易莎正以每小时一百英里的速度说话，她在房间里跑来跑去，她双臂挥舞、脚步轻快地跳动着。天哪，他真的很爱路易莎。

路易莎爸爸演讲的集会，是他们初次见面的地方，每当内特想起当时的场景，总是觉得难为情。

*

我前一天晚上喝了酒，今天早上还醉着，很可能闻起来像我睡过的妓女。自打我从南非回来，愤怒、厌恶和自怜便在我身上肆虐，而我所知道的唯一的应对方法，就是喝酒和在爬满蛹虫的罪恶的肮脏床单上嬉戏喧闹来麻木心智。多年以来，我一直生活在一片乌云之下，被自我嫌恶所吞噬。有几次，我确实挣扎在生死边缘，然而，我竟奇迹般地活了下来，之后我便径直走回最近的小酒馆。

我感觉到她在看着我，但我毫不在意。人们经常盯着我看，然后啧啧地表达不满，我早已习惯了。可当我看到她的眼睛，就那么一瞬间，她的目光中有什么东西击中了我，我感觉像一股电流穿过我的身体。我笔直地坐着，像被闪电击中一样，但她却走了，消失在人群中。直到后来的某一次，我才又看见了她，她的父亲当时发表了鼓舞人心的反战演讲，而她，就站在她父亲身边。

那时，我自觉我俩永远不可能在一起。我来自一个强大的军人家庭，我的父亲、我的哥哥和我——我们都曾在南非战争中并肩作战，我们每个人都获得了英勇勋章。南非战争是我父亲那一辈参加的最后一场战役，自从我负伤后，母亲便义正词严地告诫我们，再也不准为任何人去打仗，她督促我的两个兄弟当农民。正如母亲所说，父亲仍然可以做他喜欢的事，并通过参与军事职能部门的活动与军队保持密切联系。所以，当我亲爱的母亲知道我在军队的新职务是坐办公室的文职工作时，她开心得不得了。

直到所有人都离开集会，我正在清理我的工作台，她正在清理她父亲的工作台，我们竟然撞到了一起！准确地说，是我们俩的头撞到了一起。起因是我们俩都想弯腰捡起地上的小册子。她叫我大个儿小丑，我只是一个劲地笑，我当然知道这样做很傻！我最终还是设法说我同意她的说法，并且表示如果她能够赏脸同我一起享用晚饭，我会为自己的滑稽行为诚恳道歉，并为她漂亮额头上的红肿印记做出弥补。她瞬间满脸羞红，像涂了粉红色的胭脂，她双唇紧闭，然后噘起嘴，用手捂住脑门儿跑开了。那短短一瞬，我便坠入爱河。八年了，我的灵魂第一次感到轻松。

*

培根的油脂嗞嗞作响，四处乱溅，溅到内特裸露的胸膛上，把他从沉思中拉回现实。他把煎蛋、培根和最后的几片面包堆放在三个盘子中，就加入他的小家庭中，一家人最后一次坐在格林威治的后台阶上。路易莎在给赛缪尔讲故事，讲他们将在公海上经历怎样一次伟大的冒险，最终登上一块名叫澳大利亚的陆地。

路易莎和内特在客厅查看地球仪时，忽然想到“一路向下”（指澳大利亚和新西兰地区）这个词。路易莎头朝下，让自己处于一种相当笨拙的位置上去看地球仪，长发飘散在地上，长时间的头朝下使她面部充血，双颊红扑扑的。路易莎使自已倒过来看地球仪，只是为了找出墨尔本的精确位置。“它有点儿靠下，在下面的位置上，对吧？”路易莎的鼻子因为好奇而扭动。她猛地抬起头来，速度太快，一下子跌进了内特的臂弯里，两人都忍不住笑了起来。“我们可要多加小心，千万别从那片陆地上掉下来。”她一本正经地说道。

*

今早，我们便要开启这段旅程，一路向下！我祈祷我们不会掉下去，或者说，我不愿再回到黑暗深处。*我的担心是正常的，就算害怕也没关系，对自己要做的事情抱有很高的期望也是正常的。只要我目标清晰、勇于尝试，即使失败也没关系。*这就是使我厄运的阴霾远离我的心理暗示。这是路易莎想出的办法，我不知道是否管用，但我确信的是，那天在她一本正经地说完这些话后，她嘴角扬起的笑容肯定起作用。但是，今天早上，我要藏好我的焦虑，不让任何人发现。

*

吃完早餐，他们也都洗漱完毕，这时，传来一阵敲门声。男仆们已经来了，他们把最后一个皮箱装到马车上，然后载上他们仨，他们要最后一次穿过伦敦城，去往大约六十英里外的朴次茅斯，并将从那里启程。

路易莎端坐在马车的前部，紧靠着车窗，像一个兴奋的孩子。

*

不知道是不是由于对我们即将开启的旅程充满兴奋与喜悦的缘故，此刻的伦敦城充满一种我以前从未感受过的活力。建筑物不再那么黑暗和让人生畏，低垂的云也不再如往昔般压抑、沉闷。人们走路时蹦蹦跳跳，有的人甚至在我们经过鹅卵石街道时，转过头冲我们微笑。

赛缪尔坐在内特的大腿上，望着窗外，向经过的人们招手。不管内特对他耳语什么，赛缪尔都很开心，他发出咯咯的笑声。内特把赛缪尔放在那条正常的大腿上上下晃动，一路上每次出现比平常更大的颠簸时，赛缪尔都会被弹到空中。啊！一路上能有我儿子和丈夫的欢声笑语相伴，真是太开心了！

我们的马车突然停了下来，内特和我都伸长脖子想看看发生了什么。我们还有时间，所以不用太担心。内特将赛缪尔放在我的腿上，探出窗子与后面的男仆交谈，仆人的座位相对高一些，我根本听不清他们在说什么。

内特坐回座位上，一边抱过赛缪尔，一边告诉我说前面发生了事故。一驾马车翻车了，有人受了伤，农产品散落得满大街都是。我们可以等到路面被清理干净再出发，也可以选择另一条路——一条不会被富人家或拥有宝贵家产的人喜欢的路；如果你从这样的路上经过，尤其在晚上，一定会被抢劫。但是，既然现在才早上八点半，那些地痞流氓应该还在酣睡吧？我们不想冒险等清理工作完成再走，以免清理时间比预想的要长。

我们计划乘坐 SS 阿伯丁号离开，内特告诉我那是一艘“三重膨胀蒸汽发动机单螺杆”的轮船。我不知道那意味着什么，所以当他向我简要介绍我们要乘坐的这艘适航运输舰的一些细节时，我只是热情地点点头，以示回应。她的航速为 12 海里 / 小时，载客量为 695 人。这艘船——内特亲切地用“她”称呼，就像“她”是我们的老熟人一样——于 1892 年，也就是去年，刚刚翻新过。而“她”，即 SS 阿伯丁号，不管我们能否按时赶到，都会准时启航。让我一大早就干坐在那儿，观看清理这条路，我会疯掉的，所以，作为一种更好的选择，我们选择走小路和巷道，以便更好地保持神智正常和肾上腺素的分泌。

再次启程时，我决定查看一下我们去往澳大利亚的路线图。

我需要找到一个中心点。按计划，我们将沿着非洲西海岸前进，绕过好望角，然后向东行驶至澳大利亚西海岸，然后一路向下，最终抵达墨尔本。我知道地球是圆的，但我还是忍不住去想象，我们会从地球边上掉下去。在顺风的情况下，这次航行将会耗时八周左右。我们将坐头等舱，直达墨尔本，这是英国军队、维多利亚和新南威尔士州政府联合提供的头等舱。有人曾提醒我们，途中可能会遇到一些波涛汹涌的危险水域，尤其在经过巴斯海峡时——这可是整个航程的最后一段。这让我有一些兴奋，同时，也让我敬畏上帝。

我们的马车又一次突然停下，这一次，是被外面巷道上的低沉、粗暴的声音喊停的，与第一次停车相比，这一次更让我担忧。我预感我们会有很大的麻烦。内特迅速把赛缪尔交给我，同时拉下百叶窗。他快速发出了一个简短的指令，示意我们赶紧趴好，然后他就下车了。

他们的交谈声我听不清楚，接着，我听到扭打的声音和一阵骚动。车厢的一侧传来撞击声，以及沉重的呼吸声。但是按照指令，我只能待在原地，趴好，我还要为赛缪尔考虑。

*

该死。这个浑蛋从百叶窗这一侧看见了我。又有两个人从黑暗的巷道走出来，朝着两个男仆走过来，两个男仆已经摆好架势，准备对付他们。我本来想，这帮偷盗的卑鄙小人这个时间

应该正在睡觉。他们索要我们的皮箱，而今天我恰巧没带。我感觉应该通过好好打一架，以此来缓解紧张感。我可以看出，他们没带武器，也不是那种强壮魁梧的类型——他们长得精瘦且年轻，通常充当诱饵或哨兵那种类型。没准他们想在早晨的时候抢一笔，让同伙对他们刮目相看。

*浑蛋！*我的肋骨又被击中一次。我开始回击，采用左右组合拳重击对方。这个浑蛋竟会打架，还想同我正面交锋。是时候采取猛烈回击了：现在这种情况正在消耗我们旅行的时间。我拔出手枪，他们很聪明地连连后退。一个男仆被打晕了，但正在慢慢苏醒过来。他们拖走了一个自己人，那个人的情况也不怎么好。我们把受伤的仆人扶起来，扶到马车后座，再次出发，在第一个右转处急忙转弯，赶紧离开巷道，以防他们去搬救兵，或者更糟糕的，去拿武器。

我真是个大傻瓜。我没有充分考虑到妻子和儿子的安全。要是……我甚至不敢往下想。我们加快速度，很快就回到了通往我们的出发地朴次茅斯的主道上。不过，打了这场架，我确实感觉好多了。

“我确实劝过他们不要抢劫我们。”这是我一边跳上马车，一边对路易莎说的第一句话。

路易莎把我浑身上下打量一番，检查伤情。一检查完，她就会责骂我，这很合理。赛缪尔，这个小恶魔，脸上挂着傻笑，显然他清楚刚才发生了什么。

我们到达了朴次茅斯，我帮忙卸货，肋骨有点儿痛。我们登上了 SS 阿伯丁号。勘查我们的房间和轮船甲板时，我们都兴奋不已，然后便启航了。轮船慢慢远离码头，我们向其他人的亲人挥手告别。看到周围激动人心的场面，赛缪尔开心地大声尖叫。我的父母想来为我们送行，但我告诉他们我们不想小题大做。为了不让赛缪尔激动，我们尽量保持平静。我也不想让自己焦虑。所以，不用告别，我们出发了。

埃弗顿、雪山、高山地区、新南威尔士的高地、澳大利亚。我希望自己能做成这件事，为新成立的小镇带去新法律与新秩序。克雷斯特希尔，那里曾是一个前哨，我要到那儿去维护法律、实施立法。那是一个小镇，一个属于我的小镇。想到这儿，我感觉特别好，是这么久以来感觉最好的一次。

四

我们的澳大利亚之旅平平无奇，这可能是件好事。不过，我的右臂倒是得到了一些锻炼。有人可能会认为我是通过写作锻炼右臂的，实则不然。旅途中，我不是在拍着赛缪尔的背哄他睡觉，就是在内特向水桶里呕吐的时候轻抚他的后背，安慰他。上帝保佑他！几乎整个旅途中，内特都在晕船，但他咒骂这是他吃的某种食物引起的。终于，他的晕船症状缓解下来。

沿着这片广阔的南方大陆海岸线，在南大西洋上航行，是整个旅程中，我所见到过的最漂亮的风景。一想到这个区域其他地方还会向我们呈现出的美景，我就兴奋不已。他们对巴斯海峡水域的描述是正确的，但我们竟顺利通过了，最终成功抵达澳大利亚的墨尔本。我们一路向下，活着踏上了这块陆地。妈妈，很高兴地告诉你，我们并没有从地球边上掉下去！

路易莎在墨尔本一家旅馆的房间里，给妈妈写信。他们将在这里逗留几天，然后开始下一段旅程，前往新南威尔士高地。路易莎花了些时间想了一下眼下的任务，她有好多事情要做：采购、收集和分类旅行必需品；规划、研究旅行路线；为内特做简报——做很多简报；检查大旅行箱和手提箱。路易莎望向窗外，俯瞰着一个公园，一阵微风吹过，蕾丝窗帘轻轻地摇曳。

我真的很喜欢墨尔本这座城市，妈妈。这里有许多公园，公园满眼绿色，长满高大的桉树——人们更喜欢称之为树胶树。这些树高大挺拔，树干呈白色和银色，树叶细长，呈橄榄绿色，看看这些树，就能使人感到平静。我相信这些树木就是澳大利亚的真正标志，它们闻起来很香，也可以入药。但危险的是，它们还有另外一个绰号，即“寡妇制造者”。据我所知，许多牧羊人的妻子过早地成为寡妇的原因就是这些树。她们赶牲口的丈夫如果在这样一棵树下小憩，树上忽然掉下一根树枝，这根树枝就很有可能把睡梦中的他们杀死。我必须把这件事谨记于心，并警告内特。我本来担心的是蛇和蜘蛛，现在却要担心树！天哪！

这里的空气很清新，妈妈，我能看见内特的灵魂很享受这里。他在这里感觉很有活力，看到他能开心地组织并积极参与活动，我真的很欣慰。内特的腿也保持得很好，因为他一直在做物理治疗。他现在开始了新生活。我和内特带着赛缪尔去公园玩，赛缪尔在那里跑了好几个小时，小脸儿跑得红扑扑的。他甩掉鞋子就开跑！我在那里遇见的其他女人也很友好，对我们很照顾，只是她们都来自上流社会。考虑到现如今全球的经济形势，这里要比我想象中的更富有。而且，澳大利亚人对君主制非常忠诚——我敢说，比我们忠诚得多。我在这里遇见的大多数女性，她们对于这个国家的政治并没有我想象中或希望中的那么感兴趣，也不曾真正支持过任何实质性的东西。关于这一点我有些困惑，因为正是澳大利亚领导了选举权运动。不过话又说回来，那些女性均来自阿德莱德市，我打算某个时间去那里看看。也许在我见过的为数不多的几个人看起来是这样的，也可能这是我对上流社会持有的偏见。因此，我不会像我从小接受过的教育那样去做出判断，但我会与这些女性中的一些人保持联系，激发她们的兴趣，让她们致力于治理她们国家的理想——在这个国家为所有女性推动平等权利，实现男女平等，并为之发声。不过，我觉得我可以说服她们，也许在将来？最为特别的一个原因是，她们是具有影响力的女性，她们要么出身于富贵之家，要么嫁入了豪门。妈妈，我想创办妇女月刊，不知道她们是否会提供经费支持我？或许那可能是让她们参与的一种很好的方法？还是这一切只是我的自言自语，妈妈？天哪，人必须得学会自嘲！

路易莎停了下来，开始思考未来。*未来，我在澳大利亚的未来。澳大利亚，我做梦也想不到我会来澳大利亚。*赛缪尔从小睡中醒来，把路易莎从思绪中拉回现实。*是时候吃些东西，然*

*后去公园散步了。*内特应该很快就回来了，他答应过会尽快回来，和他们一块儿散步的。希望这一次他可以把路易莎需要的行李箱带回来。

为了向霍普顿伯爵兼维多利亚州州长约翰·阿德里安·路易斯·霍普，以及参议员乔治·特纳表达敬意，今晚将会举办一个舞会。舞会之前，有一个专为克林托夫一家人举办的私人晚宴。

路易莎在箱子里翻来翻去，她在寻找一件连衣裙，是她出席像这次舞会这样的场合通常会穿的一件连衣裙。这类衣服她本来就不多。她和内特真的都不喜欢舞会或奢华的宴会这些场合。但她很高兴自己打包了这件。她本来不打算带这种衣服的，但内特要管理埃弗顿，为这里带来新的法律与秩序，作为他的妻子，她觉得一件晚礼服可能会派上用场。*多好的特殊待遇，*路易莎自言自语道，*一个有美食与舞蹈相伴的夜晚。*她希望内特从储存间取出的箱子里会有那条裙子。最后，她翻到箱子最底层，用力一拽，拽出一件漂亮的礼服，它红白相间，由缎棉混纺面料制成，它的蕾丝镶边从皮箱里滑出，随即坠落到地板上。这条裙子采用诗人袖，袖长占整条手臂的四分之三，袖口处缝有蝴蝶结，恰到好处的一个细节。绸缎质地的红色三角胸衣与礼服裙相得益彰，白色缎面上则缝制着精致的红色刺绣。路易莎的肌肤苍白、头发呈深褐色，她杏仁状的棕色双眸会随着情绪的变化而变换颜色，所有这些特征与这条裙子完美搭配，使其显得更漂亮。路易莎集中精神，抑或是怒气冲冲时，她的双眸就变成了很深的两池巧克力；当她很激动，抑或满怀爱意地盯着她的丈夫与儿子时，她的双眸就变成了两块烧焦的太妃糖，闪着金光，尤其当阳光从某个角度投向她的脸颊时。

内特对她双眸的魔力特别着迷，也喜欢她穿上这条裙子的样子。这是内特送给路易莎的生日礼物。路易莎不太喜欢袖子上的蝴蝶结，但她知道内特有多喜欢这件礼服，当路易莎第一次穿上它时，内特满眼欣喜，仿佛看到了珍宝，以至于路易莎根本不敢对袖子上的蝴蝶结表达任何不满。在一些特殊场合，路易莎的确喜欢盛装打扮，她喜欢陪伴在她丈夫的身边。

“哦，天哪，”她心想，“谁来帮我穿上这条裙子呢？”

仿佛是来自城市另一端的某种神秘力量，霍普顿州长的妻子竟读懂了她的心思。“第四文特里男爵的女儿——赫西·爱丽丝·伊芙莱·德莫利恩斯夫人”，男仆大声地介绍起这位派去给路易莎装扮的夫人。路易莎对她的好意受宠若惊。后来，她从下层政客妻子们的闲聊中得知，霍普顿夫人的高傲尽人皆知。

鉴于澳大利亚刚刚摆脱经济大萧条，再加上墨尔本政府内阁的不稳定，这场舞会确实太豪华了，属实没有必要。但路易莎还是需要尽力适应整个舞会的氛围——毕竟克林托夫夫妇是作为特邀嘉宾来参加舞会的。但这不是专门为他们举办的舞会，他们到来的那天，恰逢参议员乔治·特纳宣布参加次年维多利亚州州长选举。他和总督都热衷于推动联邦制的建立。

路易莎长舒一口气。乘坐马车穿越墨尔本是一件轻松愉快的事情——适逢黄昏时分，空气格外清新，路易莎身边，有她英俊的丈夫相伴。*他今晚为自己挑选的礼服真是合适*，她想，*他自己租了一套西装*。内特看起来风度翩翩、潇洒自信，路易莎很难将自己的目光从他身上移开。哦，她有多么爱他啊。

不久，屋子里到处回荡着人们交谈的声音，就像满屋子飞舞旋转的女人们的裙摆。霍普顿州长高调地主持了这场舞会，吹嘘着这场奢华晚宴的成功举办。路易莎和内特都还没有料到，还需要再经历七年的艰难困苦，他们新近加入的第二故乡才能重新振作起来。如果把投入这场舞会的经费转向振兴经济，他们的第二故乡或许会早一些繁荣起来。

*

终于，我们到达了目的地，仆人们忙得不可开交。所有马车立即汇聚在一起，按照严格的指令，每辆马车上的人都做了自我介绍——场面虽说混乱，但一切似乎都在按照计划进行。在等待的过程中，我也融入了周围的环境。

墨尔本市政厅是一座大型宏伟建筑，一个中心大楼，两侧各有一座翼楼。钟楼位于市政厅最右侧，不像大多数钟楼那样位于中央。往里走，呈现在眼前的舞厅确实很豪华，精致的枝形吊灯悬挂于高耸的天花板上。我没想到墨尔本各港口的上流社会竟会如此奢华。

我们伴随着弦乐四重奏踏入舞厅，被直接引领到霍普顿总督和他夫人面前。我向霍普顿夫人表示感谢，感谢她的帮忙，告诉她她似乎能够读懂我的心思。我们互相开着玩笑，但最让我感兴趣的是她的丈夫。尽管没有戴假发，霍普顿总督还是涂抹了发粉。他的发际线后移，尤其是两侧的头发，我觉得发粉使他的自然发看起来具有旧时的高贵和显赫——符合前辈的装扮风格，而这种风格如今已不再时尚，可他是约翰·阿德里安·路易斯·霍普阁下，是拥有大十字勋章的霍普顿伯爵，也是维多利亚总督。他看起来心态很年轻，还很调皮，我很喜欢他。他说，如果我们待的时间长一点儿，他愿意带我们去参加他组织的一次非正式的骑马旅行活动。他和内特当然谈到了战争，但总督身体状况不佳，未能参军，也无法目睹任何行动。总督在伊顿公学接受教育，他在那里参加过划船比赛，并且加入了辩论队。1879年，他考入桑德赫斯特皇家军事学院。总督和内特比较了一下日期，发现如果总督霍普顿当时健康状况良好的话，内特很可能会在他的指挥下，去往南非作战了。总督霍普顿将内特带到一个人少的地方，进行了进一步的交谈。

我们正好赶上了澳大利亚一个有趣的时代。目前，有人正推动六个英国的自治殖民地联合起来，组成澳大利亚联邦，联邦政府负责管理影响整个国家的事务，各殖民地还保留各自的治理形式。我记得爸爸在最后一次家庭晚宴时，与内特的父亲探讨过这个话题；鉴于他们对战争问题持有完全不同的观点，他们相处得可真好。那时，赛缪尔身体不舒服，分散了我对他们对话的注意。我真的很喜欢听爸爸给我讲人情世故，我会深深地怀念我们的谈话。

突然间，我发觉自己独自一个人待着了，我便仔细观察起整个房间的细节来：身着华丽舞会礼服的女士们、垂褶窗帘精致的布料、抛光的木质墙板以及墙纸上的精美图案。当我回身再拿一杯饮品时，我遇见了罗萨·摩根·特纳夫人，我们的手伸向了同一杯饮品。“你怎么能站在那里盯着墙纸欣赏那么久！”她说。

我们俩都笑了，开始相互自我介绍，接着继续深入了解彼此，我们谈到了我们的丈夫，还有我们同样对女权感兴趣。我发现罗萨是这场舞会所招待的嘉宾之一的妻子，而我们也都是前面晚宴的特邀嘉宾。她是一个符合我心意的女人。她能看出这场舞会并不符合我的风格。如此奢华的场面让我感到有些不适，而她亦是如此。她丈夫讨厌这种不必要的开销。“今晚的花销如果投在妇女解放运动上，将大大促进妇女地位的提高和女权运动的发展，那是我妈妈在英国，尤其是在澳大利亚，为之努力奋斗的事业。”我告诉她。

令我高兴的是，罗萨赞同我的观点。她告诉我南澳大利亚妇女运动的进展情况，那里的妇女已经拥有了投票权。我迫切地告诉了她我所了解的相关情况。她很快就要去阿莱德莱参加一个活动，为妇女运动筹集资金。她问我未来几个月可能会去哪里，我有些失落地告诉她，“我得适应在埃弗顿的生活，在高山地区雪山的某个地方”。她告诉我她丈夫的立场，希望一旦她丈夫当选，会给妇女平等问题带来光明，在维多利亚州赋予妇女投票权。哦，多么令我激动的谈话啊！

在他妻子看来，特纳参议员是一个勤俭节约、谨慎细微、不屈不挠、拥有自我牺牲精神的人，而正是他的厉行节约、平衡预算、提高税收、消减支出的政策使维多利亚州的人民重拾信心。每个人都正遭受经济大萧条带来的伤害，他们迫切需要听到一个拥有常识和实用方法的人的声音。但是，这能缓解大萧条带来的影响吗？这还是个未知数。罗萨接着告诉我，特纳参议员是澳大利亚土著协会的成员。当我听到他也支持土著居民的发展时，我很激动，因为据我所知，在这个国家的殖民统治中，土著居民并不受欢迎，也没有被各种政策考虑进去。每当人们谈及这个问题时，都会感到不安，他们会马上转移话题。而令我感到震惊的是，我发现澳大利亚土著协会只是为白人男性设立的，“土著”一词也仅仅指代在澳大利亚出生的第一代白人男性！我很想了解更多关于土著人的风俗习惯以及所面临的困境，但我是不会和特纳参议员谈论这个话题的。

我们向对方保证会给彼此写信，时机成熟时，我很乐意陪罗萨去阿德莱德，或同她一起推动南方妇女运动。她还提及在澳大利亚东海岸附近一个叫新西兰的小国，以及他们在解决妇女困境方面取得的进展。我认为自己可能有点儿冒失，但转念一想，*为什么现在就停下来呢？*因而，我鼓足勇气询问罗萨，问她是否可以考虑为我的妇女月刊写一篇有关于在阿德莱德的社交活动的文章。我把我的计划告诉了她，她毫不犹豫地回答：“我很荣幸，也很激动可以帮助到你。”

我跟随罗萨来到餐厅，我们被安排坐到一张摆放优雅的长桌子两端。我们互相道别，希望能在晚上晚些时候或其他时间再见面。

就餐特别愉快，大家都很喜欢我们。就我们对于新成立的埃弗顿小镇的计划和希望，大家向我们问了很多问题。他们还向我们讲述了这个地区的历史与神话传说，我敢肯定这都是一些无稽之谈，但听起来真的很有趣。接着他们告诉我们，受经济萧条影响，那里的羊毛业遭到了严重打击。当内特终于有时间从连珠炮似的提问中脱身时，他靠向我，嘴唇轻轻拂过我的耳朵，我的脊梁一阵发麻。他低声说道，“你今晚可真美，克林托夫夫人，我想把你带到黑暗的走廊，和你做爱”。

我拿起餐巾挡在嘴上，餐纸遮住了我嘴角绽放的邪恶笑容。我转过身面向内特，他忽然变得一本正经：一定有人在看着我们。“这次聚会，我真的学到很多，比我们离开伦敦之前所参加的会议上从上级那里学到的东西还要多。现在我们要去墨尔本了。”内特说。后天我们就要动身去墨尔本了，内特不知道大家是不是因为害怕把他吓跑，才将他一直蒙在鼓里。或许，他们这么做是对的，如果我们真正了解了那里真实的悲惨处境，我们还会来吗？

一个关于当地土著人动乱的新闻报道，被大家反复提起。当地大部分土著人已被驱散，埃弗顿地区依然残留着最后一批部落成员。经济大萧条的出现，影响到所有人，出现了大量犯罪和盗窃牲畜事件，有许多人因此丧命。“边境战争”就是内特所谓的动乱。

当然，所有女人都在滔滔不绝地谈论着内特，恭维说作为内特的妻子，我很幸运。我告诉她们，他能有我这样一位妻子，才是他三生有幸！这些女人们用手帕遮掩着嘴角，发出咯咯的笑声，与此同时，她们迈着轻盈的步伐，转到别处组建小圈子聊起天来，她们的目光从肩膀上看过去，最终落在我身上，勉强露出亲切的微笑。或许我对她们来说过于真实了，但该死的，我就是我，我不会因为任何人而改变，至少，霍普顿夫人很欣赏我。

我去化妆室静静坐了一会儿。我认为，这次旅程带来的疲惫还在困扰着我。之前在海上的时候，我还要照顾内特和赛缪尔，因此一到陆地，我便有时间可以稍稍放下警惕，放松自己。突然，一阵不安感悄然涌上心头。

化妆室的侧面有一个古雅的小房间，里面有一张长沙发椅，还有手扇、凉毛巾和清新的凉水，这正是我特别需要的，我可以在这里歇歇脚。我很舒服地享用着这里的一切，盥洗室里忽然传来两个年轻女人的笑声和闲聊声，她们正咯咯地笑着，谈论着她们的一个风流轻佻的朋友，和一位来自英国的英俊男人调情，这个男人将要前往雪山，在那里管理一座小镇。“我必须计划一场滑雪旅行，就去那个小镇，邂逅他！”盥洗室里不断传来咯咯的笑声。我立刻离开那里，去找我的丈夫。

我的缺点之一是很容易嫉妒，我不知道为什么会这样，也不知道嫉妒来自哪里：内特是我的初恋，也是我唯一的爱人。我们结婚这么多年来，我从未感受到威胁，真不知道我为什么能让嫉妒这个丑陋的绿毛怪物弄得自己不知所措。然而，此时此刻，身处异国的土地，在一个没有莉斯贝丝——或任何朋友作为盟友的城市里，这个怪物才会被释放出来，只为保护属于我的东西。我昂首挺胸地迈向舞厅！

虽无意制造任何麻烦，但我决定一定要找到这个年轻的姑娘，让她别纠缠我丈夫。不用看太远，就在我正前方，我看见一群年轻漂亮的女人贪婪地围着我丈夫。那个金发小个子姑娘正在挑逗内特，撩起一阵风浪，甚至把手搭在了内特的胳膊上。我很肯定，内特只是装作有礼貌地注视着她的眼睛。接着，内特突然看见了我，他彬彬有礼地移开了那个姑娘的手，在我朝着这个“欲望圈”走过来时，他也朝着我走过来。内特优雅而平静，大大方方地将手放在了我的后腰上，“亲爱的，我还在想你去哪儿了。这位是我漂亮的妻子……”——这时，已有半数人离开了刚才聚拢的那个圈儿。“……路易莎·克林托夫。”为数不多剩下的几个都很有礼貌地冲我点点头，大家都散开了。

“谢天谢地你来了，”内特急促地小声道。“这太荒谬了。”

“真的吗？”我用一种尖刻的语气反问道。

“真的，克林托夫夫人，千真万确。”为了故意作秀给那些年轻姑娘们看，内特俯下身吻了我，我顺势陪他演了下去，用胳膊搂住了他的脖子，目光像匕首一样盯着那个金发女孩，她难掩失落的情绪，让我大笑起来。内特把我揽进怀里，然后带我滑入舞池。

当我们一起在舞池里滑动时，内特对我说：“我希望可以遇到艾森曼赫尔法官，他今晚应该在这里的。他是埃弗顿所在区域的首席法官，有望成为市长，所以我希望明天能与他见一面，详细了解一下他的计划。我们出发前，他要是能给我们做一个详细的情况介绍，那就太好了，既然他比大多数人更了解那个地方，我猜，我肯定有他的简报。”

那些简报上有一条直接指令：*直直地走到小镇南端，左手边最后一栋房子里有你住所和工作场所的钥匙，包括办公室、监狱以及州警察宿舍。麦吉尼斯神父将给出进一步指示。把他看作埃弗顿的非官方市长。*

“说到简报，你拿到咱们的旅行地图了吗？”我问道。“我们明天真的需要留出一些时间来研究一下。我们需要避开什么地段吗？”说句不中听的话：“要避开土著动乱的地段吗？”

内特向我保证，从他今天看到的简报来看，那些烦人的土著黑人，似乎大多数都被赶到了山上更高的地方。“其他的则满意地住在一个营地或者叫保护区。这个保护区是在科恩斯湖旁新建的，这个湖也因此更名为澳洲土人湖。”

要是内特没有对艾森曼赫尔法官的缺席感到失望，那些年轻的小姑娘们也没有像水蛭一样紧缠着我丈夫不放，那今晚的盛宴无疑特别成功，但能够参加这场宴会，我们还是特别高兴。最后我们一拍即合，决定离开晚宴。

回到我们的房间，赛缪尔在他的小床上酣睡，打发走保姆后，内特和我开始亲热。旅行的压力和紧张已经缓解，所有计划皆已安排妥当，内特终于可以好好放松一下了。他也确实得到了释放。

内特是一个很棒的伴侣，他无比温柔、体贴，但必要时，他强劲有力、充满男子气概。我喜欢同他亲热，我也常常毫不避讳地要求与他发生关系。内特很久以前就同意我这样做了，一个女人拥有这种欲望很正常。他想让我满意。但我不敢问，他怎么知道如何使我满意，我也不在意——我只感激他为此做出的努力，他是我的男人。

我们赤裸的、大汗淋漓的身体轻松地滑过彼此，双手在欲望的驱使下，摸索着取悦对方。为了支撑住压在我上面的身体，他的双臂肌肉紧绷，头向后仰起。我们今晚不赶时间。内特和我都知道我们至少要在路上走一个星期，在星空之下艰苦地生活，也没有舒适的软床相伴——不过，一想到大自然，想到在荒郊野外赤身裸体，我就兴奋不已。但今晚，此时此刻，我们正纵情享乐。内特体内的欲望被彻底点燃，我快乐至极。

*

路易莎在很多方面都很让我满意。和一个我爱慕和欣赏的女人在一起，我很幸运，也充满感激。我好像再也忍不住了，但在她闪烁的目光里，我看见了一种渴望，它告诉我再坚持一下。我把脸埋在她的颈窝里，因为她的眼神会让我发狂。然而，她的体香和她的抑制不住的癫狂，使我终于失去了控制。最终，我们在一个满载着欲望的时刻共赴顶点。她的嘴角上扬，露出一个满足的笑容，我和她融为了一体，享受着渐弱的快感。我们一起长舒一口气，亲吻了彼此，身体分开。我再次将她拉进怀里，我们相互依偎在一起，她紧贴着我，我们完美融合在一起，就像两块拼在一起的拼图片，又像一只手放在一个手套里。没过多久，我们便渐入梦乡。

五

两周前，雪山

花岗岩巨石上长满柔软的青苔，岩石的坚硬和青苔的柔软形成鲜明对比。这既是对这片土地也是对我的世界的精确描绘。我生活得很艰苦，但有孩子们对我无条件的爱，也就不觉得生活有多艰难了。由于最近的雨水，黑灰色花岗岩上青苔呈现出鲜绿色，非常耀眼，与散布在山坡上的疏花桉的雪白树干形成了鲜明的对比。下方河流边上有一些大的巨石和岩石，形成河的护堤，从上面伸展出一簇簇泛黄的丛生草皮，预示着秋天即将来临，深色的河水告诉我们水有多深。

我的手都红了，还疼。我不停地拍打着该死的石头。真不知道我为什么要用这么大劲——如果我再用力搓洗，这些该死的衣服就会在我手里散架。它们都快变成破布了。但是，衣服还是要洗。整整一个星期都在下雨。雨是从北方来的。乌云在北部山脉上空笼罩了整整一个星期，雨才开始倾盆而下，降落在我们身上。这是最后一场重要的秋雨。

今天是第一次阳光明媚，孩子们浑身都是泥。他们甚至都不需要出门。屋顶亟须修理了。板条墙的缝隙也需要补了，我那一度坚硬的泥地面已经变成了一个泥坑。雨从各个方向渗进屋里。所以，今天起了个大早，我和孩子们用泥巴和一本*妇女杂志*，开始填塞墙上的缝隙。

我是从一个小贩那里买的这些杂志。他本就难得来一次，现在更不常来了。小贩们都不来了，他们知道我买不起任何东西。通常我拿到的时候都是过刊了，但我不介意。我喜欢读书；雪莉小姐灌输给我的。“但不要太急于求成。”她提醒道。这些杂志是一个宣泄途径，也把我与外面的世界联系起来，而不是生活在山上的小家里与世隔绝。这些杂志也是孩子们的学习工具。我要保证他们都能读会写。除了教育目的外，这些杂志还可以作为填充物和卫生纸。

前一天晚上，我给孩子们下了指令：“你们起床后，吃点儿早餐。那里有干面包，在红茶里蘸一下——今天早上可以在你们的茶里放点儿糖。然后，我需要你们去采集一些香草。”我把这种草放在泥地面上吸收潮气。

*

莫利躺着睡着了，心满意足地多睡了一会儿——少有的一段快乐时光。一个又长又软的黑麻布枕头压在肚子下，夹在膝盖中间。她的呼吸轻柔而均匀。她被笑声吵醒了。她的孩子们正在香草上打滚，抚平了一度保持完好的泥地面上的泥泞脚印，帮助吸收多余的水分。她就是这样让孩子们不知不觉中干家务的：把一切都变成游戏。孩子们也喜欢这样做，他们喜欢全身沾满泥巴。要么哄堂大笑，要么咯咯地笑，这比过去几天的争吵好多了。

洗衣日总是满满的一天。需要清洗和晾干衣服，还得清洗孩子们的身体。我们设好陷阱捕捉猎物，用来填饱肚子。如果沿途发现了鸸鹋的巢穴，也许会偷到一个蛋，但从不偷两个，然后就是玩的时间，这使孩子们筋疲力尽。回家后，吃当天捕获的猎物，然后上床睡觉。莫利知道，如果他们离开家去过洗衣日时把门和窗户板条打开，在他们回来之前，地面就会变干变硬。

冬天就要来临了，在河里洗澡太冷了，受不了。得回到家里，在火炉旁，用毛巾和热水，或者在温泉里洗澡了。几处温泉离房子很近。但莫利把温泉留给了自己享用。在她的生活中，除了和孩子们在一起时很开心，她没有多少快乐的时刻，所以当她可以偷得片刻时光，就特别享受这次小小的放纵。丹尼还是个婴儿的时候，她和丹尼一起泡温泉，当然还有德尔菲，这是母女共浴时刻。但温泉是她的，她一个人的。

他们从后面出发时，丹尼带着一个自制的鱼栅。“回来的路上，记得提醒我采一些澳洲胶。你们带罐子了吗？”莫利问道。

乔·朱尼尔举起四个罐子，这四个罐子曾经装过来自布里斯班的哈格里夫斯罐头厂的玫瑰果酱、热带水果和蜜饯皮，是乔在赶牲口结束后从昆士兰带回来的。他们用铁丝给罐子做了把手。“雨后是采集澳洲胶的最好时候，是吗，妈妈？”亨利·詹姆斯插话问。他是一个骨瘦如柴的小家伙，头发很有个性，向各个方向伸展，像他爸爸的头发一样硬。

“是的，儿子。”莫利朝她平时不怎么说话的儿子笑了笑。乔·朱尼尔把他弟弟说的话全说了。这哥俩儿非常亲密，两个小痞子，但总的来说都是好孩子。

澳洲胶是她父亲经常给她的礼物。一个澳大利亚土著妇女给他展示了如何采集，告诉他什么时候采集。采集到澳洲胶之后，撒上一点儿糖（或偷到满满一口袋糖），一道美味佳肴就做好了。莫利记得自己还是个小女孩的时候，有一次她要爸爸脱掉裤子，好让她舔干净他口袋里的糖。口袋上有个洞，结果他偷的大部分糖都撒在了回家的路上。但她把口袋上的最后一点糖都舔光了。所以，如果莫利能节省下一些澳洲胶，她就会在里面加入少量的糖，让它有一点儿甜味，一个不错的甜点，但前提是孩子们要听话，听话了就给一点点。你不能吃太多的澳洲胶，否则你会肚子疼的。当《妇女杂志》都被用作墙上的空隙填充物的时候，没纸擦屁股可不是一件好事情。

莫利想着这些，她的脸皱了一下，*希望我们能钓到鱼，这样的话晚餐就有保障了*。橱柜已经空了，所以需要抓到鱼。

男孩子们一边往河边走，一边从一块巨石跳到另一块巨石上。河岸很低，岩石距离很近，适合跳跃游戏。这些巨石雄伟壮观，令人印象深刻，你不知道它们是如何来到那里，并被放置在它们现在所在的位置上的。爸爸有一次带着浓重的苏格兰口音告诉她，一定是上帝把它们放在那里的：他当时正在和门徒们玩弹珠。还有一次，莫利告诉她的孩子们，乡村曾经是巨人们的土地，就像他们用小石头搭建房子玩一样，巨人的孩子们也用巨石摆出一些造型。

这条河流经的山谷以前肯定充满了大量的水，它高高的洞穴般的河堤表明了这一点。莫利和孩子们洗衣服和洗澡的地方是一个很深的游泳洞，土地开阔，还有河岸，很方便。背对着盖满青苔的花岗岩和白色金合欢树。

现在，莫利怀孕已经七个半月了，她的孕腹让她今天洗衣服时显得很笨拙。她向后蹲起来，缓解了背部的疼痛，深深地吸了口气。孩子们争吵的声音打断了她的专注。她转身看向几个男孩子，他们正在下游的浅滩里洗澡。“够了，孩子们。我不想再听到这样的声音。赶紧整理衣服。”

丹尼、乔·朱尼尔和亨利·詹姆斯不吵闹了，低下头。“今天不洗了，孩子们。因为那该死的雨，我们被关在房子里都一个星期了。我听着你们嬉闹，没完没了的。我不想再听到你们吵闹了。你们现在就出来，去擦干身子。”

男孩子们不情愿地从水里爬了出来，相互推搡着，压低声音埋怨着妈妈。每个人都穿着破旧发黄的马裤，原有的布料上布满了补丁。德尔菲正在岸上玩，抬起头看向她的哥哥们，咧着嘴满脸坏笑。兄妹们都喜欢别人惹上麻烦，看笑话。但不管他们争抢什么，都是短暂的。他们一边向下游河对岸的巨石走去，一边互相说着新点子，想着接下来要玩什么。

莫利用饱经风霜的双手把湿衣服捡起来。她稳住自己，使劲从地上站起来，上半身最后直立起来。她用尽最后的力气咕哝着，把洗好的衣服挂在附近的小灌木丛上。灌木脆弱的枝条碰到了她因怀孕而鼓起的腹部，当她伸手展开每一件衣服时，这些灌木枝条就折断了。晾完衣服后，莫利伸展一下后背，摇摇摆摆地走到附近的一棵树旁。她靠在树上，伸出手摸着背后的树干作为支撑，顺着树干往下摸，顺势坐到地上，后背正好嵌在树干的凹槽里。“小心点儿。注意安全。不要走散。不要大喊大叫，小心你们的妹妹。”

德尔菲可爱得像颗纽扣，她正在水边玩她的布娃娃，为茶话会做泥蛋糕。她专注于自己的世界，沉浸在自己的想象中，毫不在意周围发生的一切。

“我要小睡一会儿。不想在醒来之前被吵醒。”莫利对孩子们说。

他们齐声回复：“好的，妈妈。”

莫利坐回到树下。今天，我浑身上下都疼。我累坏了。这个肚子里的孩子正在榨干我的精力。这几天真是难熬，天气一直潮湿，还有四个无聊、饥饿的小家伙儿。睡意来得很快。深吸几口气之后，伴着轻柔而有节奏的呼吸，莫利打起盹儿来。

德尔菲在全神贯注地做着泥蛋糕。她的布娃娃就躺在靠近水边的地方，水拍打着它，很危险。德尔菲拍了拍泥蛋糕，然后停下来，仔细看了看，满眼好奇。它们在移动，不断扭动着。小女孩好奇地皱起了眉头。泥在蠕动，蛋糕变了形。她拍着它们，想把它们恢复到原来的圆形。她是不是在泥和碎树枝的混合物里加了太多的水？德尔菲停了下来，又出现了：泥蛋糕在扭动。

德尔菲想和她的布娃娃说话，但布娃娃不见了。它漂浮在混浊的棕色洪水中！河水的流速加快，流量增大，远处传来了隆隆声、噼啪声和撕裂声。眼看着她的布娃娃漂走了，德尔菲变得心烦意乱。她看向哥哥们，喊道“丹尼”，并指着朝他们漂过去的布娃娃。

莫利睡着了，但她的眼皮开始眨巴。她听到德尔菲喊了吗？她感觉到隆隆声了吗？她的脸扭曲了：她在做梦。她还在眨眼皮，同时努力地去理解这些令人印象深刻的混乱图像，太模糊了，看不清细节。她的呼吸变得又浅又快。她双手紧绷，死死抓着盖在孕腹上的连衣裙。嘴里嘟囔着什么，听不见。隆隆的声音越来越大，越来越近。周围的轰鸣声穿透了她的噩梦，她一下子坐起来，环顾四周以确定自己的方位。

接着，莫利就看到了。在已经高涨的河水中，一块超过六英尺高的巨石随着汹涌的波浪翻滚着。正是这块巨石导致震荡，发出破裂和撕裂声，摧毁一切阻挡它的东西。孩子们焦急地喊叫着，叫声穿透了汹涌的河水的轰鸣声。莫利匆忙站起来，被她那破旧的长裙绊了一跤。她把德尔菲从河边拉了回来。“快跑！沿河边往远处跑！”

孩子们被眼前的景象惊呆了。几周的暴雨过后，泛黄的洪水从上游、从更北的地方冲了下来。男孩子们站在巨石上，洪水在巨石底部打转。乔·朱尼尔指着洪水说：“妈妈，洪水是偷偷接近我们的！”

“从巨石上下来，到岸边去！就现在！”男孩子们照做了。他们明白妈妈声音里的紧迫感，也知道大自然的法则：洪水来得又急又快。接着，莫利意识到丹尼没有和他们在一起。她向他们喊道：“丹尼！丹尼在哪里？”

*

我飞速地转动着头，在河的上下游飞快地搜寻我的大儿子。混浊的棕色洪水淹没了他。丹尼橄榄色的皮肤和沙色的头发消失在迅速上涨的洪水中。然后我看到另外两个男孩正在看和指着的地方，丹尼紧紧用指端抓住一块巨石，洪水强大的力量使他紧贴在巨石上。还有一棵在上次洪水中倒下的树的一些残骸，夹在另外两块巨石之间，好像是为了解救丹尼，不让他被水冲走一样。他嘴里叼着德尔菲的布娃娃，拼命地挣扎着。现在时间慢了下来。如果我是个基督教徒，我会感谢上帝的。我猛地转过头来，看到一块硕大的巨石慢慢地向下游移动，掀起了一股汹涌的白色巨浪。巨石正好处在与丹尼直接碰撞的路线上。

狂乱的恐慌稍微平息下来，我清醒了过来。我尖叫道："坚持住，丹尼！等一下，儿子！抓紧别放手，儿子！"然后，我一头扎进湍急的水中，但是我滑倒了……我伸出手。我在水中乱抓。没法稳住身体，我摔倒了，很快就被水流卷走，冲到水下。*不！不！*

*

莫利的其他三个孩子偎依在一起，乔·朱尼尔和亨利·詹姆斯已经走到了德尔菲身边。他们看着母亲沉下去的地方，然后看了看丹尼。那块巨石几乎压到他身上了。丹尼知道自己有麻烦了，他做好了被撞击的准备。他会被压扁的。但正当巨石向他滚过来的时候，撞上了水下的什么东西，并轻微地转动了一下，与大树残骸撞到一起，树干被撞碎，断成一截一截的小树枝。那棵树断成了碎片，和丹尼一起被水冲走了。德尔菲发出一声令人毛骨悚然的尖叫，叫声在山脉周围回响着，并反弹回来，把这个噩梦般的现实拍在他们每个人的小脸上。德尔菲知道这都是她的错。泪水从她的眼里夺眶而出。她的小嘴唇颤抖着。

*

在水下，我完全没有了方向，我不知道上下在哪里。我需要尽快找到上方。我的肺火辣辣的痛。我努力在找。该死，我在努力寻找水面，但自己却像个布娃娃一样被水冲得翻来覆去。水下和浮在水面上的碎木块戳到我身上。我尽力保护我的肚子，我那未出生的孩子……*哦，不，我未出生的孩子*。然后我被一根树枝卡住了。它让我刹住脚步，刹那间，我看到了“上”在哪里。我用尽全力蹬腿，想游到水面上，但我动不了了——树枝紧紧地夹住了我的裙子。我简直发狂了。我扭来扭去，试图折断树枝或扯下被树枝夹住的那块裙子，但这样做只会让我的衣服被夹得更紧了。我的肺迫切需要氧气；我的心在呼唤我的孩子。*丹尼！*

我没有选择，只能尽力呼吸，我的大脑告诉我的身体张开嘴，这是你呼吸的方式，我强迫自己张开嘴，吸气……是水！我拉扯我的衣服，但挣脱不了。我被灌进去更多的水。我眨着眼睛寻找焦点。

在我面前……漂浮在我的面前……是一个女人。一个浅肤色的土著妇女，她的面部轮廓具有显著的土著人特征，长长的红色的头发，随着水流旋转，丝绒般绿色的杂草夹在水中岩石之间。她看起来二十七八岁。我顿时平静下来。我被这个女人深邃的黑眼睛迷住了。我盯着她，好像其他什么事情都不重要了。她的眼神似乎在告诉我什么，我歪着头想了解她的想法。她和我说话了……眼睛睁得大大的……她希望我，去战斗，活下去。我的孩子们！我伸手去抓那个土著妇女，就在这时，缠着我衣服的树枝折断了。

我很快就被冲走了，那个土著妇女也不见了。只留下一小块儿东西，随着水流的运动而荡漾着。

*

那天晚上晚些时候，厨房的桌子上放着使用殆尽的蜡烛。它们照亮了后面的墙壁，墙上挂着一个木制的牌匾，上面烫着家族的姓氏“约翰逊”，还装饰着一个孩子尝试摘花朵和星星的图画。

牌匾下的桌子旁，乔·朱尼尔、亨利·詹姆斯和德尔菲安静地坐着，满脸泪痕。远处，他们听到那只强有力的猫头鹰在叫。这只猫头鹰叫得有点儿早：通常要到冬天才听得到它的声音。德尔菲用手背擦了擦鼻涕。一个声音引起了乔·朱尼尔的注意，他看向卧室，棚屋的另一个房间。

在那里，他的妈妈和哥哥，脸色煞白，并排躺在一张自制的大担架床上，树枝做床腿，木条做床板，床板上铺着一张笨重的旧麻布床垫。靠墙放着两张单人担架床，这是孩子们睡觉的地方。

德尔菲啜泣着说：“妈妈和丹尼会很快醒来吗？我想让他们现在就醒过来。”

“他们只是在休息。他们度过了糟糕的一天。”一个幼小的心灵睿智的话。

最后，莫利微微动了一下。桌旁的孩子们满怀期待地坐直了身子。莫利在睡梦中伸出一只胳膊搂住丹尼，抱着她心爱的大儿子。她低声说了些什么，然后她的呼吸变得均匀起来。

饥饿的胃在咆哮。德尔菲把手放在肚子上。“对不起。”她礼貌地道歉。

乔·朱尼尔看着妹妹，知道家里没有吃的了。他还是站了起来，希望出现奇迹——橱柜里会有食物。橱柜架子上只有一个棉布袋，里面装着少量面粉。他走到蔬菜箱前：什么也没有了。他打开放肉盒子的盖子：里面也是空空如也。亨利·詹姆斯也走了过来，凝视着空的肉盒。“已经三个月了吗？”

“不知道三个月是多长。我想，可能是吧。”

他们走到火炉旁，炉子嵌在一个破旧的河岩烟囱里。这是棚屋里唯一真实可靠的物品。如果刮来一阵风，棚屋里的其他东西都会被吹走。尽管条件恶劣，他们的住所破旧不堪，但它仍显得古雅而温馨。很明显，莫利努力使这里成为一个家，但房间里已没有任何可供享受的东西。靠着一面墙摆着一张桌子、几把椅子、一个放食物的橱柜和一个公用物柜。炉子在另一端，靠着另一面墙摆放着盛放蔬菜和肉类的盒子，还有一个准备食物的小板凳。

那个引发所有这些混乱的布娃娃晾在莫利的临时摇椅上。男孩子们坐在泥地上，地面已经干得相当结实了。德尔菲也加入了他们，她紧紧地挤在哥哥们中间。她说：“如果已经过去三个月了，那就是说孩子很快就要出生了。”

乔·朱尼尔朝他的小妹妹点了点头，亨利·詹姆斯补充道：“到时候，爸爸也回来了，还带着补给品。我们会吃得很好，德尔菲。”

德尔菲揉了揉她饥饿的肚子，又发出了一点儿声音。“可我现在饿了。”乔·朱尼尔温柔地伸出一只手臂，关心地搂住他的小妹妹，这是他唯一能给予的安慰。

孩子们盯着今晚不能供给他们食物的炉子。这将是一个饿着肚子的漫长夜晚。

*

太阳高高地挂在天空中，万里无云。丹尼，有点儿憔悴，坐在泥地上，专注地写着自己的名字；虽然他用手指写字，但他为自己的书法感到自豪。他希望有一个记事本，把他写的字记录下来。

德尔菲，坐在丹尼旁边玩她的布娃娃，她总是与她的大哥形影不离。她揉着布娃娃的肚子，把布娃娃凑到耳边，好像布娃娃在对她低声说着话。德尔菲低头看着她的布娃娃，同情地说：“你不能说你有多饿。这只会让情况变得更糟。”她站起来，拿起她的布娃娃到那棵疏花桉旁边玩儿去了。

乔·朱尼尔和亨利·詹姆斯正在屋前的柴堆上玩耍。柴火堆得并不高。柴堆下面有一个凸起的土堆，让地面变得不平整。柴堆另一侧就是那棵老疏花桉。这棵疏花桉正好在前院那片空地边上。再向外，是另一些疏花桉，标记着莫利家房产的周界，越过这些疏花桉是一些小树苗、矮树丛和灌木丛；然后，地面高度开始下降，一直延伸到下面的河流。左侧，就是南面，是冲积平原。你可以看到这条河在你面前伸展开来，蜿蜒流过土地。但由于山脊和树木，巨石和灌木丛的位置恰到好处，莫利的家被隐蔽起来。她能看到谁来了，但任何访客要找到她都得迷路。就像她喜欢的那样，与世隔绝。

两个小男孩咯咯的笑声和喧闹声传来，他们沉浸在自己的游戏中，跳到越来越小的柴堆下方的那个土堆上。德尔菲安静地玩着她的布娃娃，很开心。丹尼继续在泥土上写他的名字。他今天早上特别忧郁。这再正常不过了，他昨天经历了一场巨大的考验，现在还有点儿心惊肉跳。他在潮湿的泥土上再次写下自己的名字，索求这片干燥的土地上自己的一个位置。想着在生命中留下印记，也许吧。

莫利躺在床上，盯着她板条屋顶上的裂缝。透过缝隙照进来的阳光打扰了她的睡眠。她擦去从脸颊上滑落的泪珠。她是在哭，还是阳光太刺眼了？她翻了个身，闭上眼睛，让眼泪自由地流下来。她控制不住自己。莫利·约翰逊很少哭，但她的脸因为昨天的痛苦而扭曲了，昨天与汹涌的河水搏斗，不知道自己是否还能再见到自己的孩子们时内心充满的恐惧。但没人听到她哭，她无声的呐喊只能自己听见。她不想让孩子们感到惶恐。她有太多这样的经历了。泪水刚滑落，马上就停止了。没有人可以倾听，没有人可以倾诉，也没有人安慰她。没人在乎，那何必哭呢？“哭是没有用的”，这是她爸爸常说的一句话。

莫利慢慢地从床上爬起来，用手背擦去眼泪，用裙子的下摆擦了擦鼻子。她又花了一点儿时间从床上爬起来，然后慢慢地向前门走去。往门口走的过程中，她不再忧虑，她感觉很平静，力量又再次回来。她的思绪转到了今天，就在这个时刻，此时此地，能活在当下是件开心的事。她过去一直把时间花在考虑可能发生的事情上了；现在，是时候考虑如何度过今天了。但当她意识到自己身体不适时，刚才的宽慰很快消失了。她浑身疼痛，这是她所经历的这一切造成的，但这次的疼痛深入体内，她的关节里面疼，莫利意识到她发烧了。*哦，天哪，这就是我需要承受的——我在洪水中灌进身体里的水让我病了。*

莫利靠在门框上。日光下，她看起来筋疲力尽，脸色苍白。她不舒服——这一点她是掩饰不了的。她怀孕的肚子很突出，她的内衣因为发烧变得湿黏，紧贴着她的身体。“你们两个男孩离开那堆木头。不要让我再说第二遍了。绕到后面去玩儿。”

亨利·詹姆斯和乔·朱尼尔蹦蹦跳跳地跑开了，边跑边咯咯地笑着。*这两个小流氓*，莫利想。她的注意力落在大儿子身上。“丹尼，你能骑马去趟麦吉尼斯家吗？”

丹尼没有抬头。他在地上写完了这个单词，还是他的名字。

“丹尼？”

他在写完的单词后面加上了个句号，把手指埋在松软的土里，沮丧而愤怒。他永远不会让他的妈妈看到他的这一面；他很少违抗或不尊重妈妈的命令。他知道，在莫利临产的时候，她该把他的弟弟妹妹安全送到麦吉尼斯夫妇那里，他说："妈妈，看起来你的肚子还不够下坠。"

莫利忍不住笑了，她的手滑过她怀孕的肚子。她儿子的成熟程度，远远超过了他的年龄。"是去找食物，儿子。"她告诉丹尼。

丹尼在土里乱涂乱画，不太想动。"妈妈，埃弗顿可不是翻过山就能到达的。"

"我知道去镇上的路很远，儿子。"

莫利又看了看柴堆，深深地呼了一口气。丹尼听到了，并感受到他妈妈的担心。"我们需要砍一棵树，"她说。"靠这些枯木，我们撑不过这个冬天的。"

丹尼站起来，掸掉坐在地上时裤子上沾的尘土，但土壤中的湿气弄脏了他的屁股。"我也会砍一棵树的。"

他从后面绕过去，寻找他的狗。"阿利盖特！"

当初被发现时，它还是一只半饿着的小狗，阿利盖特现在已经是一只混血大黑狗了。这次，阿利盖特并没有跑过来。这只狗以前也跑丢过。丹尼又喊了一声，这次声音更大了，他的声音回荡在广阔的山脉中："阿利盖特！"

没有狗跑过来。

丹尼深一脚浅一脚地穿过一丛丛泛黄的丛生草，他能听到他的妈妈往屋里走时剧烈地咳嗽着。*该死的狗*，丹尼边想边从院子旁边的一个单坡顶小棚子里取出马鞍毯子和缰绳。他走近木栅栏围起来的院子，从最上面的栏杆下溜了过去。这个院子急需修理了。如果那匹灰斑母马不那么忠诚的话，她可能早就轻松地跨过那些折断的栏杆跑掉了。人们经常能在院子外面找到它，吃饱了新鲜的草后，它会自己走回院子里过夜。蒂姆普斯是他们进城拉补给、跑腿或帮忙的唯一交通工具。它是一个受人尊敬和爱戴的家庭成员。

蒂姆普斯就在那儿，这匹老母马，这家人忠实的老马，站在院子里。多年来，承载孩子们和补给的重压，它的背已经被压弯了。过去，有时它陪着乔跟随赶牲口的队伍往高地上送补给；送到后，乔就会把它放开，它会很快找到回家的路。今天，蒂姆普斯耷拉着头。丹尼没有注意到：他满脑子想着去埃弗顿镇这件闹心的事儿，也不知道那条浑蛋狗去哪儿了。他一边走向蒂姆普斯，一边低声咕哝着他永远不会大声说出来让妈妈听到的脏话。妈妈不喜欢丹尼骂人：他说脏话的时候，听起来太像他爸爸了。

丹尼把毯子扔在马背上，它的腿弯了起来。蒂姆普斯重重摔倒在地上，从它鼻孔和屁股里排出最后一股气来，丹尼向后跳了一下避开，险些被砸到。丹尼呆呆站在那里，目瞪口呆地盯着死去的蒂姆普斯。他看了看马头，发现它的嘴肿了起来，上面有两处刺穿的印记，沾着血迹。丹尼蹲下来，蹲在旁边仔细观察一下。是蛇咬的。丹尼的手抚摸着蒂姆普斯的鬃毛，嘴里不停地说着温柔而庄严的感谢之词。他亲切地拍了拍他们这匹忠诚的母马的头，不知道现在该怎么办。食物严重短缺，妈妈又快生孩子了，他们怎么才能去镇上？在他妈妈准备生孩子的时候，他怎么能设法把其他人带到麦吉尼斯家呢？妈妈在这时候总是把孩子们送走。这样她自己能得到休息，也能和新生宝宝安静相处。

这是我的错，丹尼想。“*不应该一直在诅咒！*”他从死马边上往后坐了坐。*该死，我得挖个坑把这浑蛋埋了*。

丹尼双手抱膝。日光下，他和他们家周围的土地显现出巨大的轮廓。庞大的山脉向南北延伸，这里长满浓密的灌木丛，使隔离其中的莫利和孩子们显得十分矮小，危险时时刻刻无处不在。一只乌鸦在头顶盘旋，一圈、两圈、三圈，然后朝着山脉飞去，从山上飞跃而过。

六

这条山脉的另一侧坐落着另一处房产，属于一个富有的家庭：爱德华兹家族。这是一片清理过的土地。红砖房子和修剪过的草坪，被修剪整齐的树篱包围着，界定了这处房产的周界。

爱德华兹一家是该地区最早的白人定居者之一，也被认为是该地区的创建者之一。他们在十九世纪二十年代初来到这片高地，寻找更多的土地放牧牲畜。族长查尔斯离开他的母亲伊芙琳、妻子弗洛伦斯和儿媳埃莉诺，带着他最小的儿子内维尔和其他五个男人，来到这里。和他们随行的还有他们雇来的帮手——一个大约十七岁头脑简单的孩子——帮忙干体力活。

这些白人与当地的恩加里戈部落成员成了朋友，并从这些原住民那里了解了这片土地。爱德华兹带领他的骑兵队穿过下面山谷中克雷斯特希尔这个边远的居住点来到这里，恩加里戈部落长老被性情温和、能言善辩、爱送礼物的爱德华兹给迷住了，骑兵队还给这位长老起了个名字——吉米国王。这位恩加里戈族长给这伙白人指明了高地上一些隐藏的小路，未经训练的眼睛是看不见这些路的。

恩加里戈人和这个地区的古老联系，可以追溯到时间开始的时候。他们听说过白人，白人激发起他们强烈的兴趣。其他部族和部落聚集在一起举行柏贡蛾庆典时，把他们遭遇这些白皮肤的生物的经历编成故事、歌曲和舞蹈表演出来，最初他们认为这些白人是他们走失的亲戚，现在从云端返回来了。但他们对白人的看法很快发生了变化，最终演变成：不能相信那些白皮肤的人，和他们打交道必须小心谨慎。但是，当恩加里戈族长亲眼看到这些白人时，他对这些人苍白的皮肤、颜色深浅浓淡不同的头发和眼睛，以及从脖子到脚覆盖在他们身上的衣服感到震惊和好奇。他们身上还散发着特殊的气味。有些白人的体形，在恩加里戈人看来是不正常的。

这种体形会阻碍部落发展的，部落的长老一边想，一边打量着一个肥胖的白人牧场主。如果这个牧场主是个恩加里戈人，会被认为生病了，要被部落抛弃的。恩加里戈族长认为，需要与这些白皮肤人的族长严肃地谈一谈，告诉他需要如何照顾自己的部族，但他无权将自己的价值观和标准强加于其他人。一切都很奇怪。对于恩加里戈人来说，他们自己是高级物种，为了消遣，他们戏弄这些身体已经变形、但对人无害的白皮肤的人，并满足他们的需求。部落里到处谈论着这些人苍白的身体上覆盖的那块布："这些苍白的生物羞于展示他们的男子气概和运动能

力吗？”恩加里戈人甚至不确定这些人是男人——他们看不到这些人的男性生殖器。“其他身体柔软的可能是女人？”有人这样评论。他们看到一个看起来发育更成熟的男人腰上缠着腰带，从腰带上方耷拉下来圆滚滚的肚子，就好奇地试图扶起这个大肚子，大家都笑了起来。他们在寻找他的生殖器。白人牧场主吓得向后退去，摇着头，挥舞着手臂抗议。恩加里戈的男人们认为他一定是个女人。

这片高地美得令人窒息——白人们频频点头，一致认为这里是在冬季大甩卖前放牧、养肥他们羊群的绝佳地点。恩加里戈人认为白人与他们一样，也认为这里很美，并且能够通过穿过这个高地的梦幻路线，以及养活了他们许多许多年的丰富的可食用植物理解他们与这片土地建立的联系。

但这些白人和当地土著人不知道或不理解，他们各自点头时，他们是在对完全不同的事情达成一致。这种误解是该地区遭受破坏和毁灭的开始。而这种毁灭不仅仅意味着对植物的毁灭。

查尔斯·爱德华兹、他的儿子内维尔和其他男人们在这个地区和黑人们待了几个晚上，认为他们幼稚、天真，没有受过西方文明世界的教育。恩加里戈人则认为这些苍白的生物是忧郁的物种，没有接受过他们伟大的土地上古老传说的训练。吉米国王说：“我想用我们的方式教育这些人，这样他们就能理解我们对土地和天空的了解，以及我们宗族运作的方式。”大多数恩加里戈人认为这样做没有什么意义，他们希望白人就是来看看，然后离开。

他们一起吃了一顿袋鼠肉，吉米国王把自己的一位妻子送给那个白皮肤、耷拉着圆肚子的白人。这个土著女人领着他进了一个土著人的小屋，没过多久，这个女人就跑了出来，大笑着，但也有点儿害怕。她蹦蹦跳跳地从吉米国王身边走过，一边说："那个圆肚子的人是个男人。他有……很老，也很小。"所有的恩加里戈人都哄堂大笑。白人们被弄得迷惑不解，不知道他们在笑什么。

不幸的是，对于恩加里戈妇女来说，白人男子们无法抵御她们在月光下熠熠发光的美艳：她们活力四射、年轻坚挺的乳房，高高噘起、柔软饱满的嘴唇，细腰高臀以及修长匀称的大腿。当满月的光线反射在这些女人们天鹅绒般的黑皮肤上，白人男人发现很难抗拒他们原始的欲望。但他们的贪婪和自负的权利意识最终导致了野蛮的强奸。实施强奸时，他们用刀和枪指着这些恩加里戈女人，强行要求她们不要出声。

白人对恩加里戈女人们的暴行很快在恩加里戈男人们中引起了骚乱。一个年轻的恩加里戈勇士来找他的妻子，发现她在哭泣，她的肩膀和屁股上有抓痕，她的嘴在流血。她在痛苦和羞愧的抽泣声中把发生的事情告诉了丈夫。那个最年轻的白人男子违背了她的意愿，带走了她："他的行为像一只野兽。一个没有控制和关怀的野蛮人。"他咬住了她丰满的嘴唇，弄得鲜血淋漓，还像袋熊挖洞一样用手抓她。年轻的勇士很生气，立即召集其他人，告诉他们他所了解的情况。他们召开了会议，决定与白人对峙，要求对白人的行为进行惩罚——但这些白人早就离开了。

查尔斯知道他小儿子的特殊癖好。内维尔很少表现出这一面。但他表现出这一面的时候，爱德华兹就得被迫出钱来解决问题，减轻被内维尔咬伤和抓伤的那些妓女所受的痛苦。关于这件事情，爱德华兹从未对任何人说起过，尤其是内维尔的新婚妻子。在一个土著妇女身上发泄他恶心的欲望，比起把他变态的性行为实施在他的妻子埃莉诺，这个来自墨尔本的漂亮女人身上要安全得多。爱德华兹不想让这个女人在给他生下继承人前逃跑。

但查尔斯·爱德华兹自己也有很大的罪过。那天晚上，他也强行带走了一个年轻的土著女孩。她大约十四岁，查尔斯并不知道，她是吉米国王最年轻的未婚妻。她还是处女，这次强奸使她怀上了查尔斯的孩子。当这个五官姣好、皮肤白皙的女婴出生时，吉米国王想立即找人杀死她。他觉得这个女孩对整个部落及其宗族来说是个不祥之兆，他年轻的妻子欺骗了他。对这件事，他并不完全责怪自己的这个妻子。那位青年勇士的妻子所遭受虐待的描述，以及那些最终站出来的其他受害者的陈述，都向吉米国王表明，他年轻的妻子是不情愿与那个身材走样、身上有异味的白人男人发生关系的。

但她的混血婴儿则是另一回事。她能成为家族的一员吗？她是因为血统受到玷污才更加虚弱吗？这位年轻的土著母亲别无选择，只能把她的新生儿放在一棵树下，这个孩子就是那天晚上在这棵树下出生的。她请求远古的祖先照看这个女婴，并赐予她力量，让她熬过这个夜晚。如果她能活下来，她就会被认为足够强大，可以被宗族接纳。

第二天天还没亮，这位年轻的母亲就去看她的孩子，发现她还活着，很健康。她胜利地熬过了那一夜。因为出生在疏花桉树下，这个女婴被取名为瓦拉甘吉。

部落里的一些人，主要是吉米国王其他几位妻子，不喜欢这样：她们认为这位年轻的母亲不应该让自己和这个白皮肤的不速之客生孩子。她们驱逐了她和她的女儿。让瓦拉甘吉和她年轻的母亲在部落的边缘地带漂泊，直到这位母亲带着她因怀孕而鼓胀的肚子返回部落要求与吉米国王和他的其他妻子在一起生活，因为她现在怀着他的孩子。部落最终让她和她两岁的女儿回来了。

瓦拉甘吉很快就被许诺嫁给另一个来自沿海宗族的部落成员。十六年过去了，出嫁时间到了——她要按原来的安排嫁过去。她收拾好东西，准备第二天早上动身前往这个部落成员的家园，但她没有和未婚夫一起走，而是从她的部落逃掉了，离开了她的宗族、她的母亲、她的兄弟姊妹，以及她的大家庭可以提供给她的保护。

从很小的时候起，她就有一颗好奇的心，一种冒险和叛逆的精神。她反叛传统，母亲和兄弟姐妹将此归咎于她的血统受到玷污，但他们都深爱着她。在讲故事的时间她扮演小丑，经常惹得他们大笑。作为宗族中技艺最精湛的舞者之一，她让她的家人感到骄傲。她的红头发、白皙的皮肤和姣好的五官使她看起来颇具异域风情，年轻的勇士们都追求她——但她无法改变自己的容貌。她不理会他们，保持着她的美德及高度自尊。但她总觉得自己是个局外人。宗族里的其他女人会用她们尖酸刻薄的辱骂来奚落她。如果瓦拉甘吉是吉米国王的亲骨肉，她在部落里的生活就会完全不同。

在她离家出走的那天晚上，瓦拉甘吉为她的未婚夫准备了晚餐，陪他参加了吉米国王召开的会议，然后和她的母亲聊天。很长一段时间，她们围坐在家里的火堆旁，看着兄弟姐妹们通过歌舞讲述他们一天的冒险经历，并为经历的一些不幸事件哄堂大笑，而她紧握着母亲的手。当其他人，包括她的未婚夫，去他们的小屋里睡觉以后，瓦拉甘吉问她的母亲是否愿意和她多待一会儿。她们默不作声坐了一会儿，然后瓦拉甘吉开始讲述她做过的一个梦。

在梦里，她站在未婚夫领地的一处悬崖上，下方河水汹涌咆哮，激起的浪花溅到她的脚上。她感到这个新世界的全部重量都压在她的胸口，让她喘不过气来。她拼命挣扎着，想要重新呼吸。她的母亲安慰她说，这是一种正常的感觉，但瓦拉甘吉继续说下去，根本不理会她母亲的话。

“有一条路通往那边，我的心所在的那边。这条路能带走我，妈妈。”她母亲的眼里立刻流露出恐惧。“这条路通向远方，退回到悬崖下。这条路很窄，离悬崖边缘很近，布满巨石，崎岖不平，很危险，但它一直延伸到很远很远的地方，妈妈。”

瓦拉甘吉向母亲解释说，这条充满阻碍的狭窄小路是她要走的路，她必须离开。她不愿回到未婚夫那里。她们一起哭了起来——这可能会给瓦拉甘吉带来杀身之祸。她们紧紧地拥抱在一起，她的母亲知道，无论自己说什么，女儿都不会改变想法了。

“为了你的安全，瓦拉甘吉，在太阳升起之后，我再发出警报。”瓦拉甘吉抱着她的母亲，知道这是她最后一次感受母亲的温暖、安全和关心了，她紧紧地抱着母亲，对母亲的理解表示感谢。母亲凝视着女儿的灵魂深处，说道：“我对你的爱就像这片土地一样古老，像飞舞的蝴蝶一样美丽，像汩汩的泉水一样永远欢快。你要知道，树顶上树叶的沙沙声中，有我一直在看着你、跟着你。”

瓦拉甘吉不知道该如何回应母亲这番动听的话，但她尽了最大的努力。“我对你的爱像春天里第一朵开放的野花那样纯洁。我对你的爱永远像夏日的蓝天。我对你的爱会很强烈，会像高耸的岩石堤岸那样延续下去，塑造并引导着那条大河。你给了我生命。你希望我活下去。你支持我。妈妈，今晚我所做的选择，我将采取的行动，都是因为你相信我。我是一个战士——我一生都在战斗，我不会停止战斗，直到我生命的最后一刻。注意安全，妈妈。保护好自己。”

*

我轻轻地把妈妈的脸捧在手里，擦去她眼中的泪水。我吻了她的双颊，最后一次吸入她的气息。妈妈握紧拳头，紧紧抓住我的手臂稳住我，然后用拳头轻轻地碰了碰我的额头。我还记得她一直以来就是这样做，她朝着拳头吹了一口气，低声说：“永远和你在一起。”光是这句话就足以给我力量和决心。我悄悄溜进夜色里。没有满月指引我，但特别适合逃走。没有月光照亮我的白皮肤。

*

瓦拉甘吉没有看到她离开时母亲的肝肠寸断。她永远不知道，她出走三天后，她母亲那颗破碎的心就停止了跳动。瓦拉甘吉的母亲被发现在一棵漂亮的老疏花桉树下永远地睡去了。这棵老疏花桉树干在雨水中仍然闪闪发光，使山谷充满了缤纷灿烂的彩虹。

恩加里戈人和邻族的日子越来越艰难。更多的白人来到这里，占领土地，建起篱笆，驱逐土著黑人，把黑人赶出自己的家园。他们不能再像以前那样，根据季节的变化，自由地采取自己的生活方式。他们现在是为了生存而活，躲在不被人们看到的地方。根据他们自己的法律，白人有权射杀他们看到的任何黑人，消灭或驱散这些异教徒野蛮人。“黑人不能也不会阻碍建设这个国家的进程。我们要驱散他们。为了女王和国家，我们必胜。”

查尔斯·爱德华兹是这些地区会议的常客，经常主持讨论。他第一个提出在不久的将来可能开发克雷斯希尔这个边缘居民点。如果骑兵能够驱散黑人，就可以考虑为该地区建立一个城镇。查尔斯在多次会议上提出：“已经有了一条主要的牲畜通行道从这里穿过，随着更多农民和定居者的到来，这里建一个城镇将有利于所有人。”他甚至更进一步地说，他会提供资金开发这个城镇，但补充说，“黑人需要管理。”

人们达成共识，不幸的是，对于这个高山地区的宗族来说，这些白人达成的协议很快就被执行了。

瓦拉甘吉睡在星空下，靠山吃山，靠水吃水，奔跑了许多个日夜，躲避着黑人和白人的追捕。宗族派出了勇士，但他们没有搜索太远，因为太危险了，吉米国王说不值得兴师动众搜寻她。他把瓦拉甘吉母亲的死归咎于瓦拉甘吉出走，没有和自己的未婚夫完婚而使她母亲蒙羞。他补充说，如果瓦拉甘吉回来，她将承担造成的后果。

最后，瓦拉甘吉遇到一处农庄。她被这个巨大的“小屋”和她以前从未见过的红砖材料惊呆了。有那么一会儿，她以为自己可能已经径直离开她的家园，进入了另一个世界。

她小心翼翼地走近这个建筑，一个比她母亲大几岁的女人从里面走了出来，从脖子到脚都被布盖住了。看上去她好像在飘浮着。是瓦拉甘吉在睡梦中死去，进入鬼魂之地了吗？因为她被玷污的血统，她不是去了永恒宇宙的应许之地，而是到了白人的地狱吗？瓦拉甘吉突然大哭起来，跪倒在地，悲恸地拍打着自己的头。

*

我的儿媳埃莉诺叫我到窗口去看看——有人正在靠近！我的第一个念头是一个白人妇女遇到了严重的麻烦——她的衣服破烂不堪，长长的红头发像森林大火一样乱糟糟。看到这个可怜的东西看自己四周的样子，当她倒在地上开始捶打自己的头时，我确信这个女人精神错乱了。我不敢出门，但我想也许一个女人温柔关怀的声音能起作用。我给了埃莉诺一把手枪，告诉她，如果那个女人突然攻击我就开枪。

“弗洛伦斯，求你了，我不是最好的射手。”埃莉诺抗议道。

我坚决地拿起手枪，扣上了扳机，这一切埃莉诺都没有意识到，我对她点了点头。“你过去吧。让那个女人站在你右边，这样我就能瞄准了。”当埃莉诺走向那个女人时，我意识到她是一个黑人——嗯，她的五官给人留下了这样的印象，但她的皮肤是灰白色的，点缀着雀斑。我听说过白人男人和土著妇女一起睡觉，所以这个女人显然是这种行为的结果。混血，白人的基因占了主导。

当她停止哭泣时，伊芙琳、埃莉诺和我站到了她面前，她开始告诉我们发生的事情。她不会说英语，考虑到她的肤色，这让我很惊讶。我猜想她来自附近的某个农庄，因为有些农庄会雇用黑人做苦力。他们对动物很在行。

*

因此，瓦拉甘吉通过手语、动作和在泥土上画画，讲述了她令人心碎的故事：她害怕受到新婚丈夫和其他妇女的不公平对待，因为她白皙的皮肤和被玷污的血统。埃莉诺感到很惊骇，当即向伊芙琳请求允许这个黑人女孩留下来做女佣。

瓦拉甘吉希望她最终能被这个农庄接受，得到这家人的庇护：这是爱德华兹家。那个上了年纪的女人低头看着她，啐了一口："她会带来麻烦的。"她转身离开了。但埃莉诺决心对这个年轻女人负责，并坚持自己的立场。

瓦拉甘吉不知道的是，这些女人是她法律意义上的家人。最年长的女人，女族长伊芙琳，是她的祖母。中年妇女弗洛伦斯是瓦拉甘吉的后妈，埃莉诺很快就和她成了朋友，实际上是她的嫂子——她同父异母哥哥内维尔的妻子。这就是瓦拉甘吉的白人家庭，她父亲的家庭，查尔斯·爱德华兹的家庭。

埃莉诺·马克兰德嫁给了查尔斯唯一在世的儿子内维尔，他是查尔斯和弗洛伦斯四个孩子中最小的一个。大儿子查尔斯·朱尼尔死于一场农作事故，另一个儿子菲利普在他出生两天后就死了。大女儿梅维斯总是体弱多病，结婚后不久就死了；传言说她自杀了。小女儿伯莎结婚后搬到了珀斯，澳大利亚的另一边。她给查尔斯生下外孙和外孙女的时间比较晚，她对西澳大利亚感兴趣，对大雪山不感兴趣。

瓦拉甘吉设法轻松地在爱德华兹家的农庄安顿下来。她喜欢和这三个女人在一起，她们经营着这处房产，是女老板。她明白，如果她努力工作，听话，就会有人庇护她。埃莉诺教她说英语。伊芙琳并不特别喜欢瓦拉甘吉，但由于她儿媳的缘故，她也能容忍瓦拉甘吉。埃莉诺对帮助那些不太幸运的人极度热情，她很高兴能以白人的方式教育这个可怜的混血野蛮年轻人。她叫瓦拉甘吉·玛丽。弗洛伦斯不与人来往，经常外出旅行。瓦拉甘吉——或者玛丽，她已经习惯被这样称呼——从来都不知道弗洛伦斯到哪儿去了，她很想知道她们宗族的其他成员在哪里：孩子们在哪儿呢？白人女人们的丈夫又在哪里呢？她渐渐明白，老女人的丈夫已经去世了，她常常看到这个女人因为看见丈夫的遗像而流泪。当瓦拉甘吉走进她的房间时，她就迅速擦干眼泪，咬牙切齿地说，“你这个该死的蠢蛋土著女人！玛丽，进这个该死的房间前先敲门！”反正瓦拉甘吉也不喜欢进那个房间，死者的魂灵被困在围起来的小方形区域里，被白人们称为玻璃的白色透明材料固定着。伊芙琳·爱德华兹已故丈夫的画像放在一个精美的手工木框里。他的目光一直盯着瓦拉甘吉，把她吓坏了。这个老女人也使她很害怕。她经常看到伊芙琳从她的针线活儿后面盯着她看，或者在房子的一侧盯着自己。瓦拉甘吉一直认为这是因为她的家务活干得有问题。

直到有一天，伊芙琳的脸上掠过一种终于认出了她的表情，这种表情很快就变成了厌恶。

*

那天晚上，我发现这个老女人在认真看一张一年前才拍的全家福，这张“照片”很新。照片上有伊芙琳和她的丈夫查理，还有弗洛伦斯、埃莉诺和内维尔，还有另外一男一女，我不认识他们——他们不在这个农庄。后来，我弄明白这两人是最小的女儿伯莎和她来自珀斯的丈夫。

当我走得更近一些，我对这些及时记录下来的形象更感兴趣。我问过埃莉诺，里面那些人是谁。这些人身后有几座大砖房。我看得出来，这是他们小宗族的聚会。全家福中的一个男人正是我以前看见过的那个老男人。老女人用手指摸了摸那个我不认识的女人的脸。就在一瞬间，我仔细一看，我看到了我自己。是我想多了吗？可是，老女人很快就猛地转过身来，把那张照片抱到胸前，嘴里发出嘘声，说道，“滚出去，你这个异教徒的婊子！滚出去！”我跑了出去。跑到外面的谷仓去。睡在外面更安全，因为老女人的眼睛里流露出十足的仇恨。她肯定会在我睡觉时杀了我。

*

弗洛伦斯在家的时候，她设法和瓦拉甘吉说几句话，大概是希望这个土著女人不要太听懂她的话。她把自己的秘密说了出来，她也不太喜欢那个老女人，对这里的生活也不是真的感兴趣，她更喜欢城市生活。瓦拉甘吉的英语说得很好，她非常了解弗洛伦斯。她得知那位老女人伊芙琳是弗洛伦斯丈夫的母亲。弗洛伦斯厌倦了这里的生活，想念她的女儿伯莎。

*

我明白了那张照片里的那个人是伯莎，我看到自己在里面的那张照片。一天，弗洛伦斯随口说道，我和她最小的孩子长得很像。这一点我不是很明白。但这让她更喜欢我了，这很好。

*

有一个年轻的白人男孩和他们一起住在这个农庄；他头脑简单，但和瓦拉甘吉相处得很好。她很快就弄明白了，他是在这家男人们不在的时候在那里干体力活的。干完这些杂活之后的其余时间里，他就待在谷仓里，用小块木头雕刻出复杂的动物雕塑。他给了瓦拉甘吉一只小袋熊。除了袋鼠，袋熊是该地区第二种常见的动物——袋熊的洞穴到处都是，如果你不小心的话，很容易就掉到一个袋熊洞里，摔断一条腿。瓦拉甘吉非常珍惜这份礼物。

她和他们在一起已经快三个月了，她的英语进步很快——她已经可以和这几个女人交谈。一天晚上，三个白人妇女正坐在阳台上享用一顿小晚餐，这时瓦拉甘吉出来给她们端茶杯，弗洛伦斯问起她姣好的容貌和白皙的皮肤。

瓦拉甘吉给她们讲了她母亲给她讲的故事。弗洛伦斯和埃莉诺吓了一跳，伊芙琳站起来离开了，嘴里低声咕哝着脏话。瓦拉甘吉更加害怕这个老女人了。瓦拉甘吉在讲述母亲分娩的整个过程中，伊芙琳一直仔细打量着她。很明显，从那天起她开始鄙视瓦拉甘吉。她开始叫瓦拉甘吉黑玛丽。“你也许皮肤更白皙，五官更好看，你这个土著女人，但永远记住你是黑人，一个黑鬼，一个澳洲土著，什么都不是。永远不要忘记这一点，玛丽。黑玛丽。”这句话伤害了玛丽，她完全懂英语，但她没有表现出自己的痛苦。她只是点了点头，表示她理解这个老女人的意思，并答应离她远点儿。

大约八个月后，这家的男人们赶完牲口回来了，情况很快发生了变化。查尔斯·爱德华兹回家后，黑玛丽的新世界轰然倒塌。

起初，查尔斯并没有太注意那个黑人女孩，她出来迎接他，按照主仆的礼节，面带微笑，行了个屈膝礼，顺从地低垂着头。弗洛伦斯和埃莉诺兴奋地向他讲述了这个土著妇女是怎么来到他们家的，以及是什么时候来的，当时她痛苦地拍打着她的头；她们如何教她读书写字，以及她多么努力地干活，而且身体强壮。

伊芙琳走了过来，站在后面，神情严肃，叫她儿子走到她身边。查尔斯凑过去吻她的脸颊，也不知道她对查尔斯耳语了什么，查尔斯犹豫地转过身，又看了一眼这个土著女孩，立刻看出了这个正在他家干活的黑人女孩与自己女儿的相似之处。“天哪！”他难以置信地喃喃道。黑玛丽和他的小女儿伯莎长得真像。当他一眼看清瓦拉甘吉，他吓呆了。伊芙琳的担心是有道理的。她也看到了相似之处，但没有向弗洛伦斯提起。伊芙琳本想把这个女孩留在身边，直到查尔斯回家，和他对证，他是多么愚蠢和粗心，竟然和一个土著女人睡觉，还让她怀上了孩子。

他的妻子和儿媳仍然喋喋不休地说着黑玛丽是一个多么好的帮手和伙伴。查尔斯的思绪又回到了那晚与恩加里戈宗族发生的事儿，想起他用枪抵着那个年轻的黑人女孩，笨拙地播下了自己的种子。他母亲厌恶地哼了一声，怒气冲冲地跑回屋里，嘴里嘟囔着：“麻烦了。你们都是浑蛋。这下麻烦了！”查尔斯看见母亲离开了，厉声斥责妻子和儿媳，让她们安静下来。闲聊可以留到晚餐的时候，现在，他疲惫不堪，还有其他事情要做。

查尔斯知道玛丽可能是他的女儿，应该是多年前他在高原探险时强奸的那个土著女人生下的。他面前这个年轻的土著女子与伯莎年纪相当，而且和伯莎长得惊人的相似。

第二天，查尔斯命令黑玛丽离开。埃莉诺和玛丽搂在一起哭，伊芙琳和查尔斯更加烦躁。弗洛伦斯被丈夫如此严厉的反应吓呆了，但丈夫总是有最后的发言权。玛丽受到查尔斯严厉的斥责，尽管她自己并不知道这个人就是她父亲，查尔斯一边斥责她，一边亲自带着她沿着土路，走出庄园的大门。查尔斯推了她一下，她摔倒了。她珍爱的小袋熊雕刻从她的包袱里摔了出来。她惊慌地跑过去把它捡起来，她的父亲朝她一脚踢过去。“快走，你这个黑婊子。别再回来了，不然我就杀了你。”他咬牙切齿地对玛丽发出嘘声。玛丽匆匆离去，再也没回头。

这一地区的其他人逐渐了解到瓦拉甘吉就是黑玛丽：“周边最白的土著妇女。”她因生性活泼、机智和美貌变得臭名昭著。“一匹未驯服的小母马。”白人男人们和她一起干活时都会这么说。他们贪恋她。她的聪明和勇敢使她活了下来，给她带来了好处。

多年以后，爱德华兹家族变得富有，并像查尔斯当初承诺的那样，回馈了这个地区，推动了这个边远居民点的进步和发展。实施计划的过程虽然很缓慢，但最终这些计划开始成形。这个镇以爱德华兹宗族的女族长伊芙琳的名字命名。那个时候，该地区成了一个繁忙的家畜通行道和销售聚集地。在大减价那天，人们从四面八方涌来，一个城镇是必需的。这是常识，但建立这个城镇需要时间。

如今，弗兰克·内维尔·查尔斯·爱德华兹——埃莉诺和内维尔的独子，最终成了查尔斯的继承人，他的商业能力和创业技巧使这个家族的财富达到了新的高度。他们通过策划一项利润丰厚的生意赚了大钱，弗兰克将墨尔本本地的羊毛卖给海外市场。这一尝试帮助其他农民和赶牲口的人们找到了工作，挣到了钱，但由于经济萧条席卷全球，每个人都有了麻烦，包括爱德华兹一家，这已经影响到埃弗顿——比起伊芙琳，这是一个人们更喜欢的男性化的名字，最后该镇全部由男性组成的委员会认为这个名字更合适。当地人不顾一切地想把弗兰克留在当地，这样他就不会把钱带到别的地方去，他和他的妻子乌拉一度谈到过要这么做。

弗兰克也从城里找了个老婆。当他还是个小男孩的时候，他经常和他的祖母弗洛伦斯去墨尔本旅行。所以，他更喜欢城市生活而不是高地上的生活。他还在墨尔本接受了教育，并获得了商学学位。但他信守了对祖父临死时候的承诺，他将完成埃弗顿镇的建设任务，回来管理宗族的房产，以他认为必要的任何方式使其继续繁荣下去。这处房产遭遇到了更困难的时期，但考虑到经济萧条，情况还算不错。埃弗顿镇的规划已经拟定，建设工作终于开始了，除了监狱和骑兵宿舍，斯坦洛旅馆、一家杂货店和一个邮局也在建设之中。当披着铁链的拉车马拉着电线杆在新修的街道上排成一排时，这是特别令人兴奋的时刻。但弗兰克的首要任务之一是在该地区的下一个大甩卖日之前建成新的牲畜寄养场，并给其命名。他想大张旗鼓地纪念这一时刻，成千上万只羊中的第一只羊进入查尔斯·爱德华兹家的牲畜寄养场大门的那一时刻。

自黑玛丽第一次踏上爱德华兹家修剪整齐的草坪，已经过去了两代人的时间。现在，在通向前门的花园篱笆两边，有两簇成熟的玫瑰花丛。房子的女主人乌拉·爱德华兹夫人（娘家姓霍尔兹纳格尔）是一位漂亮娇小的女人，一头灰褐色的头发，完全不像她的名字那样，她遗传了典型的健壮的德国人特质。她正在修剪玫瑰花丛，穿着干干净净，她的孩子们也是如此。尽管最初的定居者早已故去，永远安息在这里，爱德华兹家族依然保持原有的生活标准。

乌拉十岁的女儿莉厄琳·弗洛伦斯，长着被阳光亲吻过的金色卷发、明亮的蓝眼睛，基因里有雅利安人的血统。她坐在母亲的脚边，收集凋谢的玫瑰，摘下花瓣，把它们放在一个小篮子里。“它们闻起来很香，妈妈。”她笑着说，将一把摘下来的花瓣举到鼻子边。她的瓷玩偶躺在她身边的地上。

这处房产看起来更像是一个休闲农场，而不是曾经繁荣的绵羊牧场。空荡荡的棚屋，那些曾经在农场上使用过的机器被遗弃在房子后面。

一对八岁的金发碧眼的双胞胎男孩——亚历山大·查尔斯

和弗兰克斯顿·内维尔，骑着木制玩具小马棍从畜棚后面飞奔出来。亚历山大·查尔斯喊道：“妈妈，我刚刚打死了一个本地人！”

乌拉微笑着，但仍然专注地修剪着玫瑰花丛，她带着轻微的德国口音说：“你说，‘我刚射杀了一个土著人’。但你要爱所有人，亚历山大。我们都是上帝的造物。”

“爸爸什么时候回家，妈妈？”莉厄琳问道。

“再过几天，亲爱的。”乌拉回答道，嘴角浮现出一丝微笑。

“爸爸去墨尔本出差的时候，我很想他。”

“我也是。下次旅行，我们一起去。”

“说好了？”小女孩微笑着，抬头看着她的妈妈。

“我保证。”

就在这时，一个中国老妇人从家里出来，带来了自制的柠檬水。她把柠檬水递给乌拉和孩子们，然后拖着脚步回到房子里。与此同时，一位中国老头回来了，手里拿着剪草刀。他们是这处地产的仆人，是十九世纪五十年代淘金热结束后留在这片地区的淘金者，也是许多没有通过黄金发家的那些人中的一员。

这里的土地很广阔。爱德华兹的这处与世隔绝的房产坐落在一座小山的一侧，房子外面和下面山谷中的景色令人叹为观止。灌木丛很茂密，远处的群山连绵不绝。四十码外，通往农庄的土路边上有一排树，有人在树后监视着这里的一切。

七

太阳的光线穿过傍晚的天空，好像在努力地留住这一天。莫利自制扫帚上的麦秆来回摆动着，速度缓慢但节奏均匀。莫利身体不舒服，她一边干着日常的家务活，一边陷入了沉思。自从住到这个棚屋以来，每天这个时间，她都在干这些家务。

她的爸爸总是让她打扫前院，从那棵疏花桉开始，一直扫到前门，把白天里在泥土地面上走过留下的脚印清理掉。莫利问她爸爸为什么要这样做，他的回答是：*这样我就知道谁在附近，是动物还是人*。

每天早晨，她的爸爸都会第一个起床，查看地面上的脚印。他是一个熟练的追踪者，并把这项技能传给了莫利。莫利充分利用了这项技能，给她和爸爸寻找和捕猎食物。这使爸爸感到安慰，如果他发生了什么意外，莫利就可以照顾自己，至少一段时间内可以。爸爸去喝酒，莫利必须把他找回来的时候，莫利的追踪技能也能派上用场。

食物全部吃光了，莫利叹了口气，心想。

丹尼坐在前面的火坑旁，盯着小小的火苗吞噬着最后一点儿燃烧着的煤。他的弟弟和妹妹们在棚屋后面玩儿。莫利走到火坑旁儿子身边，把她的负鼠皮披肩裹在身上。她咳嗽起来，全身抽搐。这是昨天营救丹尼付出的代价。她把扫帚立在圆木上，坐了下来。丹尼转过身，微笑着看着妈妈依偎在他身边。他特别感激妈妈，是妈妈成功营救了他。妈妈对他微微一笑，低头看着地面，同时脑海中闪过昨天发生的事情。当那可怕的场景闪过之后，她再次看向丹尼。她也很庆幸，她和儿子——不，是她和她的小男子汉——活了下来，毫无疑问，有一天，他们会微笑着勇敢地讲述这个传奇故事，把对这场磨难的恐惧完全抛诸脑后。

丹尼打量着妈妈的肚子，把他的小手放在妈妈的胸脯下面。莫利尽量坐直身体，丹尼能看出来妈妈肚子里的孩子已经下坠了：胸口处空了。莫利忍不住笑了。她儿子的成熟程度远远超过了他的年龄。莫利轻轻叹了口气说："他们总有一天会知道孩子是从哪里来的。"想到那一天，丹尼和莫利都笑了，他们知道，这个孩子出生时，不会再把其他孩子送去麦吉尼斯家了。

"我做了一些玉米饼，妈妈。不过，就剩最后一点儿面粉了。"

莫利又叹了一口气，这次更深了，低声咒骂了一句。

"还没有钓到鱼。"

莫利朝柴堆望去，只剩下一抱断树枝。她揉揉太阳穴。丹尼看出她的焦虑，说："我得去砍倒那棵树了。"他们的处境非常艰难，冬天即将来临。丹尼很同情妈妈，也知道他们的处境。“我可能得需要一两天，甚至一个星期的时间，但我一定会完成的，妈妈。我保证。”

莫利又笑了，她感谢这个了不起的儿子，这个有着老灵魂的年轻人。他们又沉默地坐了一会儿。

丹尼说：“阿利盖特以前从未消失过这么长时间。”

“它越来越老了，也许……”

在内心深处，丹尼知道他忠实的老伙伴可能已经离开家，走到某一个地方，死在那里。莫利拿起扫帚继续扫地。她用她那又旧又破的鞋的鞋跟，踩碎了孩子们留在一度泥泞的土泥地上已经变硬的脚印，然后轻轻地把地表的土扫到一起，堆了起来。

“我正要去扫呢，妈妈。”

“没关系，儿子——我得走了。身体正在变得僵硬了。我感觉好一点儿了。不过，还是谢谢你。”

丹尼检查了炉火，剩下的煤越来越少了。丹尼走进屋里，莫利跟在后面，清扫着他的脚印。莫利又折返回前门，然后望向傍晚的远方，影子越来越长。那棵老疏花桉就像她家房子的哨兵，它那母性气质的树干在下午的阳光下很显眼，树枝向周围散开，伸展……伸展开去碰触什么，莫利常常想。

莫利使劲瞪眼盯着看。那里有个人？当她的眼睛扫过柴堆和下面的土堆时，她浑身打了个寒战。她的目光瞥回来，扫视周围的环境。她撩起裙子，露出袜带上的刀鞘，从中抽出一把短刃刀。*不管外面是什么人，他们会知道这个女人是认真的*。她甩掉了这个念头，迅速转身，朝屋里走去，关上门，随手锁上。

屋里面，丹尼正在地板上写字，练习他的字母。其他孩子还在后面，争吵着。莫利正要叫他们进来，却被前院传来的声音分散了注意力。听起来像是有人在咕哝和哼哼。她慢慢地向门口走去。丹尼在专注地写字。声音又响了起来：咕噜声，哼哼声……有人在跺脚？

莫利伸手摸到门闩，小心翼翼地把门闩拿起来，悄悄地把它挂在钩子上。她非常缓慢地把门打开，拉开很小一个缝。她吓得睁大了眼睛。在离她家露台几英尺远的地方，站着一头该死的大野生灰公牛，它的角有一个伸展开的成年人的手臂那么宽。她知道那只野兽随时可能向房子冲来，这个该死的家伙会毫不费力地把房子撞塌。

“丹尼。”莫利低声喊道。

但丹尼太专注于写字了，听不到他妈妈担忧的呼喊。“丹尼尔·约翰逊。”一听到他的全名，他就把注意力转向门口的妈妈。“枪，现在就去拿。慢慢地。”

丹尼照做了，从储物柜里拿起那把枪，一把考尔斯·邓恩杠杆式单管猎枪，慢慢地递给了母亲。其他孩子们还在吵闹，都跑到前面来了！公牛还在跺脚，发出愤怒的哼哼声，看着孩子们从棚屋的角落绕过来。一看到这个大家伙，孩子们立刻停在原地，呆住了。公牛低着头，好像要向前冲。

公牛冲向孩子们那一刻，莫利屏住了呼吸。她在发抖。她扣上扳机，但动作笨拙。丹尼以前从没见过妈妈这样。

莫利把枪支撑在门框上，浑身颤抖，满头大汗，热泪盈眶。丹尼不仅非常担心她，也非常担心他的弟弟妹妹们，他们有可能被这头该死的公牛踩死，太危险了。他果断地对妈妈说："射死它。"

莫利猛然清醒过来，推开了门，使这头公牛转过身来面对着她。她周围的时间仿佛静止了一样，她走向露台那根柱子，把猎枪架在上面。公牛低下头，用一只蹄子挖地，动物的本能驱使它显示自己的权威。

莫利闭上一只眼睛，另一只眼睛盯着目标，呼吸平稳。野牛发出一阵哼哼声，短促而尖锐。孩子们现在都安静了……时间静止了。

一枪毙命！

*

我再也无法控制自己了。猎枪掉落在身边，我双膝发软，滑倒在地上，压在猎枪上面。我努力地想站住，可是做不到。我眼睁睁看着那头公牛在我面前翻倒在地。它死了，四条腿都弯了回来。一颗子弹径直穿过双眼。一小股血淌了下来。

子弹穿透公牛的射击声还在回响着，吓得我呆在原地。子弹射穿公牛后飞了出去，在我耳边不断回响着。紧接着，孩子们尖叫起来，使我从恍惚中清醒过来。他们从后面的小牧场跑了下来。丹尼站在我旁边，低头看着我，目瞪口呆。他不习惯看到这样的我。在孩子们面前，我从不示弱。他二话没说，突然转过身来，跑到后门，冲着其他人喊道："公牛死了！"换了一种口气，他尖叫道："那个浑蛋死了！"

我想说话，说点儿什么，但我的喉咙发紧，激动得说不出话来。我努力恢复我的声音，但声音很紧，也很微弱。"绳子，丹尼。绳子。疏花桉。挂到最低那根树枝上就可以了。把它用绳子吊起来，放血，割下肉。我们有肉了。"

*

莫利摇摇晃晃地站了起来，走到公牛跟前。她又伸手，从袜带里取出短刃刀。她抓住公牛的一只角，把牛头向后扳，把它的喉咙暴露在她的刀刃上，然后开始切，切得很深。丹尼绑住牛的两条后腿，另外两个男孩过来帮忙把它一起拖到疏花桉跟前。天哪，他们使劲向上举，把野牛往高举，正好离开地面1英寸，便于放血，他们的手都染红了。莫利担心她这么用力会让她马上生产。但她不能浪费这份礼物——就是肉。*这份礼物是不会被浪费掉的。*孩子们有肉吃了，还可以用肉换其他食品，这正是目前急需的。牛皮可以给所有的孩子做护套，也许还可以给丹尼和乔·朱尼尔做双牛皮鞋，正好赶上冬天马上来了。莫利会"丝毫不浪费"，就像她爸爸教她的那样。"不要依靠任何人。把该做的事情做了，自己做。”

莫利和她的孩子们开始屠宰公牛。乔克·斯图尔特独自养女儿长大，但把女儿教得很好。这可能不是什么花哨的女孩子该学的东西，但他教会了女儿生存的基本技能：宰杀动物、割肉和清除内脏。

在接下来的一周零两天里，莫利和孩子们早餐、午餐和晚餐都吃肉。他们把牛肉用盐腌制、做成肉干，用苹果树木头做熏肉，使它有一种甜甜的味道。空气中弥漫着从熏肉房散发出来的香味，把野狗们纷纷吸引到棚屋来。莫利用两块木头拍了一下，听起来像枪响声，把野狗吓跑了。“该死的杂种狗！”她喊道。

亨利·詹姆斯站在她身后的露台上，重复着妈妈的原话。“亨利·詹姆斯，注意不要说脏话。”妈妈告诉他。他作为最小的儿子，走过来向妈妈抗议，但莫利严肃地看了他一眼。男孩知道自己越过雷池了，偷偷溜回屋里。

男孩子肯定知道如何骂人，莫利暗自笑着说。*要是他用别的词多说几句就好了。比如在讲故事的时候，上学的时候，或者只是为了加入家庭对话。也许我应该让他诅咒，如果这样能让他说话得体。*

几天后，莫利和丹尼在屋顶上，固定松动的板条。莫利站在一个临时搭建的梯子上，递给丹尼修理的材料。丹尼准确地敲击着。这是秋天的最后几天了，很快就要下雪了。山顶上已经下了：从这里你可以看到白雪覆盖的山脉，绵延数英里。这个地方很美。莫利欣赏着周围的景色，被迷住了。

其他的孩子都在屋外前院里玩儿，德尔菲在疏花桉树下。她特别喜欢这棵树，尤其是在她把水倒在树干上，看着各种绚丽的颜色神奇地出现的时候，有灿烂的绿色、粉色、紫色，甚至红色。乔·朱尼尔和亨利·詹姆斯在日渐变小的柴堆上玩耍。

“离开那儿，你们这些孩子！”丹尼在屋顶上喊道。

莫利补充道：“到后面去，收拾一下准备吃午饭！”两个男孩咯咯地笑着跑开了。莫利的眼睛盯着柴堆说：“午饭后我们得再去弄些枯木块。”

“让那两个小无赖来拉一根大树枝。让他们也劳累一下。”丹尼说着，擦了擦额头上的汗。莫利充满爱意地看着他，对她努力工作的儿子心存感激。*不，是年轻人——他三个月前就满十二岁了*。莫利浑身一阵寒战，抓梯子的手松开了，她迅速抓住一个横档，稳住了自己。

丹尼打断了她的思绪：“烤肉的味道真的很香，妈妈。”

“保佑你，丹尼。近两周以来，我们每次吃烧烤午餐和晚餐时你都这么说。跟你说实话，我有点儿吃腻了这该死的肉！”他俩都哈哈大笑起来。丹尼笑着说：“我从没想过，我会听到你说这样的话，妈妈。”丹尼继续锤了起来，莫利再次把周围的环境扫视一遍，享受着和她大儿子在一起的时光。

莫利很高兴。高兴孩子们终于可以吃饱了。她轻松了一些，脸颊也红润起来，孩子们的脸颊也都红润起来：肉对他们有好处。甚至未出生的婴儿也从中受益。他轻轻踢了一下莫利，莫利把手轻轻地放在那里。现在小家伙的脚后跟从她肚皮顶部滚了过去。莫利知道孩子能自己翻身了，准备出生了。莫利低头看着自己的肚子，微微地笑了，默默地赞美着这个未出生的孩子，完美。她很快就要生产了。

但她的笑容很快就消失了，取而代之的是担忧：她看到远处一辆有篷的马车翻过一座小山顶，朝这边驶过来。没有人会走这条路，除非他们迷路了，或无意中发现了它。马车沿着一条几乎看不见的小路行驶着，这条路径直通到她家。这些陌生人是谁？他们想干什么？莫利想着，越来越担忧了。

八

马车的轮子在崎岖不平的砂石小路上颠簸着，这条小路经过一处灌木丛，莫利家的棚屋就隐藏在灌木丛后面。马车后面坐着路易莎·克林托夫，抱着她熟睡的儿子，随着马车在不平坦的地面上左摇右摆、上下颠簸，他们也跟着前后摇晃。路易莎几乎撑不住了，她的脸因为不舒服都扭曲了。这次旅行的损耗在她疲惫的眼神里表露无遗。她咳嗽，流鼻涕——也许她得了什么病？有顶棚的马车里面有洪水漫过的痕迹。他们的一些物品，包括她的衣服，已经浸透了水，还有泥土的痕迹。

“内特？”路易莎叫道，声音不大，不想吵醒小男孩。“内特，停一下，好吗？”她已经受够了。咳嗽使她浑身发颤。

带顶棚的马车停了下来，她英俊的丈夫内特·克林托夫中士从前面的长条凳上跳了下来；经过从墨尔本到埃弗顿这场史诗般的旅程，他看起来也很疲惫。他伸了个懒腰，揉了揉自己在战争中被敌人炮火撕裂的那条大腿，然后沿着马车走了一圈，注意到车盖上的水渍，以及车轮辐条上残留的泥土和碎片。他用手沿着马车摸了一圈，回忆着这次充满磨难的经历。

几周前，克林托夫夫妇遇到了麻烦。内特不是这片土地上的人，他错误地判断了上涨的河水水流的冲击力。驾车的几匹马承受不住湍急的河水和马车的重量，连人带马全都被冲走了。为了保命，内特和路易莎从马车里爬出来，很幸运地从洪水中逃了出来，也顾不上几匹马的死活和大部分携带的物品了。

*

我决定赌一把，使几匹马仍然套在马车上，保持尽可能长的时间。马儿们挣扎着把脑袋露出水面。我祈祷着马车或马能碰到一个沙洲，或者马车被树枝绊住。最终，一个车轮撞到了什么东西，马车突然停了下来。我跳入汹涌的水中，紧紧抓住马车。我拼命地挪动到马车后面，掀开挡板，爬到车厢里。一看到我，路易莎就哭了起来，我悬着的心放了下来。此时，她坐在齐腰深的水里，我们所有的东西都漂浮在她周围。她紧紧贴在赛缪尔身上，赛缪尔吓坏了，只能紧紧抓住他的妈妈，保全他的小命。

我们拥抱在一起，我把他们揽在怀里，亲吻他们的眉毛，努力安抚着他们。不过，我很怀疑前面采取的每一个救援行动是否妥当。接下来怎么办？我给路易莎讲了我的计划，她害怕得睁大了眼睛。我向她保证，这是最好的办法。我自己也尽可能相信这一点。

我接过赛缪尔，把他高高地放在我背上，路易莎从她的衬裙上扯下一些布条，裹在我们的儿子身上，做成一个背带。路易莎用尽最大的力气打了一个牢牢的死结，然后按照我的指示，脱掉衣服，只剩下内衣，这样她的连衣裙和衬裙的布料湿了以后的重量就不会把她往水下拽。紧接着，我们跳进冰冷汹涌的河里。果然，水流把我们逼到了马车盖上。我们小心翼翼地爬到马车前面，车前几匹马正努力挣扎着把头露出水面。我很明确地告诉我漂亮的妻子：抓住其中一匹马的鬃毛，越紧越好，不要松手。她眼中的恐惧使我心碎。“相信我，”我激动地哽咽着说。她只勉强点了点头。“马最终会找到地面的。让马头露在水面上，紧紧抓住，跟着马一起漂流。顺着水流漂浮，”我深深地吻了妻子，“我爱你。我会找到你的，我保证。你会没事的。”

路易莎用她那纤细的小手紧紧抓住几缕又长又结实的湿漉漉的马鬃，我把手伸进水里，把马具上的皮带扯下来，第一匹马就随着水流漂走了。路易莎死命坚持着，回头看看我和赛缪尔，无疑在想这是否会是她最后一次看见我们。她的眼里充满了焦虑和悲伤。这个勇敢的女人微笑着，如果这是我们最后一次见面，她不想让我被她此时脸上的恐惧所困扰。

我停下来片刻，看着路易莎转过身去面对汹涌的河水，面对我们必须面对的危险——活下来！为了我们的儿子，为了彼此。我们新的冒险开始变得异常严肃，却非常真实。刹那间，我想到了家：路易莎的花园，想到了一切！我的家人，朋友和亲爱的英格兰。我看着路易莎紧紧抓住马儿神圣的鬃毛，让自己高高浮在水面上，准备面对大自然母亲给她的一切挑战。为了不让路易莎向前漂得太远，我迅速放开了第二匹和第三匹马。然后，我紧紧抓住第四匹马，我们的儿子就绑在背上。我割断皮带，把这匹马从马车的束缚中解放出来，很快就被混浊的棕色洪水冲走了。

*

马车里传来小声的呼叫，把内特从记忆中拉了出来。他不再去想已经发生的事情了，他一瘸一拐地走到马车后面，打开了挡板。赛缪尔急切地扑进父亲张开的怀抱。他用另一只空闲的手把妻子从马车里扶了出来。路易莎揉了揉屁股，又咳嗽起来。“主啊，可怜可怜我疼痛的骨头吧。”她双手抱在胸前，是不是发烧了？

几天了，这是他们第一次相视而笑，很高兴还活着，身在陆地上。路易莎看到了棚屋，说：“你找到救助了。她吻了丈夫，感谢他。她和内特都深吸了一口气，闻到了莫利的烤肉午餐。他们手挽着手朝棚屋走去。

莫利站在她家露台上观察着、等待着，她忠实的马提尼－亨利来复枪放在身边。她的孩子们在屋里，透过木板墙的缝隙往外看。他们不习惯来访者，他们往往不是朋友，而是敌人。莫利和她的小家庭不与人来往，只关心自己的事。她一辈子都是这样；她爸爸也是这样。他常说："别管任何人的事儿，除了我们自己的事儿，"爸爸常说，"我们需要的就是自己的家人。"他们既不会欢迎，也不会接纳已经来到她家前院的这辆马车。反正现在不行：*我只剩下两颗子弹了*。

克林托夫一家人迂回穿过灌木丛，他们走过来的时候，莫利打量着他们。他们是城里人，不带枪。他们看起来值得信赖。*因旅行很疲惫*。有个女人在场总是个好征兆，不会有危险。她娇小而漂亮。莫利注意到男人一瘸一拐的：他受伤了——那就更不危险了。

在他们靠近柴堆时，内特喊了声"你好"。莫利把她的步枪举了起来。"你们来干什么？"

克林托夫一家人愣住了，停下脚步，待在原地，不想冒犯这个拿枪的女人，也不想让自己陷入更大的危险。"内特·克林托夫中士。这是我的妻子，路易莎，还有我们的儿子，赛缪尔。我们要前往埃弗顿。闻到了你们的烤肉味……"

内特对他刚才说的话感到有点儿尴尬，但他饿了，他们好几天没吃东西了。他们所有的食物储备都被洪水冲走了。

他竟然如此大胆，莫利感到很吃惊。

路易莎看着内特，也很惊愕。她嘲笑丈夫说的话，请求拿枪的女人原谅她的丈夫，并继续解释他们的困境。"我们已经旅行了一段时间了……夫人？"

“约翰逊。乔·约翰逊夫人。”莫利告诉他们，很简略。

“从墨尔本来的——嗯，实际上是从伦敦来的，约翰逊太太。我们经历了一场漫长的旅行，九周半的时间。”

内特插话说：“我们在穿过那条河，继续往南前进时遇到了麻烦，失去了所有的食物。”

莫利又瞥了一眼马车，注意到了水印横线：*是洪水——他们没有撒谎*。

路易莎继续说：“嗯，你们家饭菜的味道，香味传了很远。我们不好意思开口问——”

内特插嘴说：“我们看得出来，你们也没有太多食物——”

“我们还可以凑合，谢谢你。”莫利辩解道。

路易莎脸红了，为丈夫感到尴尬。她一边用手扇着自己的脸，一边说：“内特·克林托夫，你这是帮倒忙。”她又对这个拿枪的女人说：“请问，我们能和你们一起吃一顿饭吗？我们共用一个盘子就可以；我们也不上餐桌。”

内特开始环顾四周，嗅着空气，寻找一种难闻的气味。莫利意识到他的怀疑。赛缪尔在他父亲的怀里不安地扭动着，分散了他的注意力，他也就不再探究。莫利注意到这个男人很温柔地放下儿子，以及那个女人的身姿；信任一次他们？她回头看了看他们那辆有篷的马车，想到一个主意。

路易莎为争取莫利的同意，做了最后的努力。“我们将永远感激你。”她恳求道，脸上带着尴尬的微笑。

莫利犹豫着。她绝对不是一个容易被说服的人，她会对任何人坚持自己的立场。她盘算了一下自己的想法，最后说，“要去埃弗顿，你们刚才说？”内特和路易莎点点头。

赛缪尔走到露台上，把一根手指戳进一个孔里，用另一只手胖乎乎的小手指从板条上一个裂缝滑过。听到里面传来咯咯的笑声。赛缪尔转过身来，满脸笑容地看着他的父母。他用手指戳了又戳，屋里咯咯的笑声变成了大笑声，莫利的四个孩子从里面跑了出来。赛缪尔见到孩子们非常兴奋，路易莎也一样兴奋。孩子们跑着，围着路易莎打转，赛缪尔跟在他们后面。路易莎转向莫利，惊呼道：“哦，天哪，您真是太幸运了。”

这一点无可辩驳或否认——尤其是谈到我心爱的孩子们的时候。莫利骄傲地挺起肩膀，第一次在他们面前笑了，并示意克林托夫夫妇进去。

九

通往爱德华兹家的土路旁生长着一排小星芒桉，要是没有乌鸦的啼叫，一切都是寂静的。微风轻抚着树木，马蹄声打破了宁静。弗兰克·爱德华兹从墨尔本返回家里来了，他的少量旅行用品系在马鞍上。

他四十五岁，身材瘦弱，穿着细条纹西装，戴着他非常喜欢的斯泰克帽。他看起来不像典型的农民。他是一个有远见的思想家，也是一个企业家，他精心安排了当地羊毛的海外销售，给社区挣回了钱。

随着离家越来越近，弗兰克急切地寻找着他的孩子们。他担心地皱起了眉头：通常情况下，孩子们会沿着小路跑出来迎接他，带着灿烂的笑脸，大声尖叫着，互相推搡着，争取第一个跑到爸爸身边。看到自家的房子，弗兰克的笑容消失了。死一般的安静。接着，他看向前院的草坪：他的家人——妻子和三个孩子，正坐在树下。他们似乎正在野餐，但没有动静。

一开始，他以为这是个游戏。他向他们喊道：“乌拉！莉厄琳！亚历山大？弗兰克斯顿？”但是没有人回答。当他靠近时，一股气味扑面而来。很浓烈。他的妻子从她坐着的地方摔倒了，弗兰克的微笑戛然而止，他惊恐地皱起眉头。

他从马上下来，双脚刚碰到地面就迈开大步向他们跑去。他面前的妻子和孩子们，已经没有了生命迹象。被谋杀的。他的家人被扶到一棵树的底部，靠在上面，玫瑰花瓣散落在他们周围。旁边的地上摊着莉厄琳用来收集花瓣的小篮子。这些尸体看起来已经在那里至少一个星期了，但山上清爽的空气把尸体的腐烂程度降到了最低。

弗兰克跪了下来，抽泣着。他心都碎了，悲恸的哭声回荡在山脉周围，随后变成了沮丧和痛苦的叫喊声。他跑向他的马，一路狂奔，他要到镇上寻求帮助。

在这一地区的这个区域，山脉向四面八方延伸，一条破旧的小路把这个区域从中间分开。在一丛疏花桉小树苗后面，蹲伏着一个人。他面前就是那条小路，是通往埃弗顿镇的主干道——一块木制标牌标明了这一点。内特·克林托夫中士很快就会来治理这个小镇，目前，这个小镇在很大程度上还是按照大山法则和大山里的方法运行的。

疏花桉树丛后面有动静；一个土著男子，四十多岁，英俊而健壮——尽管他的背部下方被严重刺伤——试探着从树丛后蹒跚着走出来，他已经筋疲力尽。他的呼吸急促：他一直在奔跑，当他环顾四周，看到周围的环境时，脸上充满了焦虑和内疚。他把套在脖子上的铁项圈移动了一下位置，露出锁骨上被项圈磨出的深深的伤口。铁项圈只表明了一件事：这个人曾经被拘留过。他擦了擦额头上的汗，擦了擦手上和又破又脏的印花棉布裤子及衬衫上已经变干结痂的血——这些衣服是官方发给犯了重罪的犯人的。胸前口袋上绣有“政府财产”字样。

亚达卡蹒跚着走到小路上。他不敢相信自己已经走了这么远。他已经跑了好几天，没有时间停下来吃东西，身上的伤口已经严重感染，很危险。他只需越过南部的山脉，爬上大分界岭，向北出发，就踏上了回家的路，回到古古·伊米希尔家园，他母亲的家园，那片热带雨林和彩色沙子的土地。这段路，他需要走好几个月，但他愿意走这段路回到家园：一个现在被白人称为昆士兰的地方。回到那里，他就可以见到收养他的家庭，找到他的生活伴侣，生下自己的孩子。在此之前，他的生活一直是非常痛苦的。

亚达卡背部传来一阵剧痛，剧痛如此强烈，以至于他的头都旋转起来，他的呼吸变得急促，胃里恶心，由于几天没吃东西，疼痛加重了。还没等他回过神来，稳住自己，弗兰克·爱德华兹就已经来到他身边。弗兰克的马后腿直立起来，一下子停住了。黑人呆住了。

马儿的后退再次直立起来，它被吓坏了。弗兰克努力控制住马。与此同时，他看到了眼前这个人的模样：黑人。戴着项圈。血迹斑斑的衣服。他伸手去拿手枪，一边说："凶手！你杀了他们！你杀了我的妻子和孩子！"

亚达卡从小路上抓起一把碎木片，扔在弗兰克的脸上，一时迷住了他的眼睛，然后跑回疏花桉树丛中，摔倒在高高的草丛中。他痛苦地躺在那里，如果弗兰克选择继续追捕他，他已经筋疲力尽，再无力反抗了。亚达卡慢慢立起身子，透过丛生草的茎秆向外偷窥，观察着，等待着。

弗兰克下了马，掸去脸上和头上的灰尘，顺着黑人走的方向走过去。他试探性地轻轻往前走，很害怕——他是一个不喜欢任何形式对抗的人。一只乌鸦从他身后飞了起来。他迅速转过身来，举起手枪就要射击，但在看到这只黑鸟后就停了下来。狂怒中，他环顾四周，迷失了方向。他受不了了，后退到他的马身边，再次喊道，"你杀了我的家人！你会被绞死的，你这个肮脏的异教徒野蛮人！"说完，他跨上马向埃弗顿飞奔而去。

亚达卡松了一口气，闭上了眼睛。这太过分了。也许他死了会更好？在这片土地上，人们对待他和他的族民，就像对待白色亚麻布衬衫上顽固的污渍一样，他能有什么样的未来？就像鞋上的屎一样？一个种族的人成为众矢之的，都是因为他们不同的长相。猎杀、屠杀、灭绝、驱散——这些都是如今这片土地上与作为一个黑人可能的遭遇相关的外来词。白人对黑人的上述各种迫害，他都经历过，为了自己和亲人们，他常常把自己置身于最危险的境地。在他为之工作的人的日记中，在抓捕他的上级的日记中，都能明显看到这样的描述。这些人把书摊开着，没有意识到或并不认为一个黑人有足够大的脑容量，可以具有阅读能力。这些摊开的书，是他们装点门面用的。很长很长一段时间里，亚达卡的生活就从未有过安宁的时候。

亚达卡松了一口气。听起来像是他的最后一口气：身体疼痛、心痛、对第二天会发生什么持续的担忧和恐惧。这一切都变得难以承受，你明白仅仅因为你的肤色，你的下一口气可能是你的最后一口气。

亚达卡的格斗技巧、勇敢和力量、敏捷和友善为人所知，此时，他翻了个身来缓解背部的疼痛。他伸手去抓背部，发现手上有血和一种黄色的东西，这表明有恶性感染。当整个世界都压在他的肩膀上时，他最后闭上了眼睛，把聚集在那里的眼泪释放出来。他低声对死神说："带我走吧。"

他听到头顶上乌鸦的叫声。乌鸦又叫了起来，这次它飞得很低，直接从亚达卡头顶飞过，停在头顶上方的树枝上。它又叫了起来。这是死亡的信息吗？它又叫了起来，这次的叫声中有一种紧迫感。亚达卡的眼睛慢慢睁开了，目光集中在这只乌鸦上。乌鸦歪了一下头，目光和亚达卡的目光碰到一起。"是的，奶奶，我来了。"

亚达卡跳了起来，飞奔而去，抓紧逃离这次与乌鸦的遭遇。他必须继续前进，否则他会死的。

十

莫利家火炉里的灰烬燃得很低了。莫利和她的孩子们，还有克林托夫一家围坐在餐桌旁，安静地吃着东西。每个人都有一盘肉和新鲜的烤山药。莫利专注地吃着她的食物，避免与陌生人交谈，质疑自己为什么邀请克林托夫一家与她和她的孩子们一起吃午饭：*我在想什么？*

路易莎小心翼翼地从叉子上咬下一小口食物，一边看着莫利的孩子们——女孩很漂亮，三个男孩很英俊，他们都很有礼貌。她看向莫利，带着一丝羡慕。路易莎只希望有一天她能有更多的孩子，他们会像这些宝贝们一样听话。这是大老远来澳大利亚的条件之一：内特答应他们会给赛缪尔生一些弟弟妹妹。

莫利感觉到路易莎在看她，便转身面对着对方。路易莎一边咽下食物，一边露出了温柔的微笑。“你的食物太美味了，你太仁慈了，真的……谢谢你！”

莫利害羞地笑了笑，她的自信在这些陌生人面前消失了。过了一会儿，她斜眼看了路易莎一眼，看着她吃东西，她的姿势、她的仪态，多么像贵妇人。她的头发柔软而有光泽，皮肤干净而光滑，尽管很明显他们已经走了很远的路，保持女性的外表形象不是首要考虑的事项。莫利知道她的身体里没有一根淑女的骨头，也没有像路易莎·克林托夫那样一直保持的被照顾的生活方式。

他们都默默地吃着。内特伸手去够另一块烤肉，用叉子戳这块烤肉时，他从椅子上跳了起来，狂乱地用手在大腿上上下摩擦。他抖了抖腿。每个人都转过头来看着他，孩子们和莫利吓得跳了起来。

“对不起，我不想吓到大家，”内特说，微微皱着眉头。“伤痛时不时会发作。得伸展一下。”

丹尼很好奇，大声问道：“你爸爸打伤你的吗，先生？”

内特被丹尼的话吓了一跳。他和路易莎交换了一下眼色。

“丹尼！别管闲事。”莫利责备道。她忙着移动她盘子周围的食物。

路易莎和内特注意到莫利的尴尬，内特讲了他的经历，以缓解这种尴尬。“不——是在执行公务时。”

对这样的对话，丹尼感到很庆幸，问内特是不是军人。“曾经是。”内特说。他继续揉着大腿，希望能减轻疼痛。

路易莎插话道：“克林托夫中士是个伟大的士兵，在抢救战友时受了伤。他仍然想在武装部队为国效力，于是开始在部队从事文职工作，在总部工作了很多年，干得很好。”她看着坐在对面的丈夫，微笑着安慰他，尽管正是这份工作摧毁了他的灵魂，让他陷入了抑郁。“现在我们开始了一场新的冒险。管理灌木丛中的一个城镇！在澳大利亚！这就是我们在这里的原因。”

丹尼对克林托夫留下了深刻的印象，问道：“埃弗顿的老板？”

内特看着他，骄傲地笑了。他说，“我来这里是为了维护法律，实施新的立法”。

莫利在椅子上不自在地挪动了一下。

“我希望有一天能成为埃弗顿的老板。等我长大了。”丹尼说。

对男孩的这种热情，内特忍不住笑了。“这个想法太棒了——也许你会的。你可以来为我工作。我来教你怎么做。”

“我想有一天我也会去伦敦。”丹尼正要说下去，但他妈妈打断了他。

莫利告诉内特，他正好赶上了牲畜销售季。内特表示同意，他说他本该在几天前到这里安顿下来，但由于几天前被洪水困住，他们的抵达时间被推迟了。“大约延后了一周。”他说。

丹尼很乐意加入对话中：“先生，你们要是从南面来的，遭遇洪水就对了。我也陷入了刚涨的洪水中。妈妈救了我。瞧，德尔菲把她的布娃娃也掉进了水里——”

“够了。”莫利又责备丹尼了。

“不。是水冲走了我的布娃娃！”德尔菲插嘴说。

内特向丹尼笑了笑，表示同情，他说：“你肯定会赶上新鲜的事情。”

丹尼不再尝试讲话了，但他朝着内特抿嘴笑了笑，点头表示同意。

紧接着是一阵尴尬的沉默，莫利感觉到了。如果她不说话，天知道她儿子接下来会说什么。莫利就接着说道，销售季到来的时候，这个小镇就充满了生机。“人们从各地赶来。羊很快就会从高地上下来。我丈夫就在那里，他是个赶牲口的。”

内特和路易莎都饶有兴趣地听着。内特注意到周围的环境，这个地方破败不堪。莫利看到了，马上说：“他已经离开三个月了。”

路易莎高兴地补充道，“内特和我自从结婚以来就没有离开过彼此的身边”。她没有听出莫利陈述中暗含的紧张，但内特听了出来。他转向妻子，路易莎正深情地凝视着他。她看向莫利，渴望听到一个爱情故事，可以和自己的爱情故事相比。

莫利勉强地笑了笑，试图掩饰自己的不自在。*我又不懂什么叫感情？*她认为。*是一个丈夫的爱吗？还是伙伴关系？*在莫利和乔的关系中，这些都是陌生的概念。他几乎不在家，而这正是莫利喜欢的。莫利端详着路易莎对她丈夫充满爱意的凝视——她以前从未在一个女人的眼睛里看到过这种眼神。这一定就是爱情的样子。莫利花了一点儿时间模仿爱的表情，希望给她的讲述增添一些真诚。

“我喜欢看着我的乔慢跑，穿过一块又一块平地，回到家里，太阳在他身后落下。孩子们跑去迎接他。看到孩子们，他高兴地挥舞着他的帽子……”

莫利凝视着她的孩子们，他们被她刚才说的话迷住了。孩子们看着妈妈，流露出不太相信妈妈说的话的表情。她慈爱地对他们微笑着，鼓励他们说：“吃光了。”

路易莎仔细地观察着莫利。她已经注意到莫利角色上的变化。她有点儿困惑，但不确定这样的困惑有什么根据，于是她就打消了这种想法。莫利转向她，露出一个大大的微笑。“如果你们想在傍晚前赶到埃弗顿，就该走了。”

莫利站起来拿他们的盘子。路易莎跳起来帮忙，但莫利把盘子移到她够不到的地方。路易莎对莫利唐突的行为感到吃惊。莫利觉察到了这一点，她露出安慰的表情，向路易莎笑了笑说道，“不用你帮忙，你是我的客人”。

莫利走到洗刷槽旁边。她的孩子们迅速地把剩下的食物塞进嘴里。吃完后，他们站起来拿起盘子，收拾桌子。孩子们干日常家务效率这么高，给路易莎留下了深刻印象。莫利开始洗刷，每个孩子都抓起一块抹布擦盘子和餐具。丹尼清理了内特和赛缪尔的盘子。每个人都帮忙，清理工作很快就结束了。

路易莎理顺裙子，拿起德尔菲递给她的一块毛巾。赛缪尔非常享受他的午餐，他的小脸上沾满肉汁。路易莎转向莫利：“再次谢谢你，约翰逊太太。很高兴见到你和你漂亮又有教养的孩子们。”她转向内特，“我们需要照料一下马匹，然后出发”。

内特站起来，抱起赛缪尔。“路易莎现在说话像个真正的丛林女人了。这可是她第一次走出大都市。”他对妻子笑了笑。莫利看到了这一幕，有点儿羡慕地看着路易莎。赛缪尔吻了吻父亲的下巴，而内特则在儿子胖乎乎的脸颊上嘘了一声，以示回应。赛缪尔高兴地咯咯笑起来。

丹尼笑了，看到这样的父子关系，他充满了敬畏之情。内特看到丹尼在看着他们，就开玩笑地弄乱了他的头发。他们相视一笑，感觉喜欢上了彼此。

路易莎热情地插话道，“我期待着在这片土地上生活的挑战”。

莫利走过来站在桌旁。“那我祝你们一切顺利，克林托夫夫人。”莫利带着讽刺的口吻故意说道。路易莎觉得自己说的话有点儿愚蠢，尽管她说的每个字都是认真的。她迫切地想与莫利建立联系；她喜欢莫利。“如果你到镇上，也许我们可以见面？”

“我的乔会给家里带回补给品的，镇子离这儿太远了。”

路易莎皱起了眉头。“哦，天哪！真的吗？我那会儿还想，我们快到了呢。”

内特开始朝前门走去。赛缪尔向其他孩子挥手告别，孩子们也向赛缪尔挥手。路易莎紧随其后，但她停了下来，转过身来，祝莫利生产顺利。“看起来哪天都有可能。”

莫利害羞地笑了笑，被路易莎的真诚打动了。女人们在一起，谈论女性的话题，对莫利来说是很新鲜的。如果换个时间，也许她会更努力地和路易莎交朋友，但现在她不能。

路易莎就要出门了。“我们真的很感激你。”

莫利放弃了与路易莎成为朋友的想法，毫不犹豫地迅速回答说：“那好。我想请你帮个忙。”

莫利简直不敢相信她有这样的好运：她的孩子们可以搭车去埃弗顿！终于，某件事情朝着她希望的方向发展了——其实，运气一直在眷顾着她，她希望好运能继续下去。

两个女人一同向马车走过去，路易莎边走边说，像个轻佻的女孩。“我也希望成立一个女性小组。我妈妈发起了英国最早的妇女运动之一。”

莫利不禁被路易莎的热情逗笑了。路易莎看到这个笑，觉得自己有点儿傻。走在她身边的那个女人显然过着艰苦的生活，没有多少钱。路易莎的脸颊红得像搽了粉的玫瑰。“哦，看看我。说起话来兴奋得像个天真的小姑娘。对不起，我已经将近两周没有和别的女人说话了。”听路易莎这么说，莫利没有回答。“再次感谢你的款待，约翰逊太太。”

他们走到莫利小屋前面那辆有顶棚的马车边。所有的孩子跟在后面，兴奋地咯咯笑着。他们每个人都拿着一个小包裹，里面装着旅行用的衣服和食物。用来交易的肉堆在他们旁边。莫利给了克林托夫一家人一些肉，作为麻烦他们的报酬。他们一开始拒绝，但莫利坚持要给——她不想肉变质。她向三个最小的孩子示意，他们跑过来，亲吻、拥抱了妈妈，最后，莫利向大拇指上吐了点儿唾沫，擦了擦他们的脸，同时清除了沾在乔·朱尼尔嘴角的肉汁。德尔菲紧紧地抱着她的妈妈。好长一段时间不松手；不用再用唾沫擦了——德尔菲身上很洁净。

这是德尔菲第一次离开她的妈妈，她有点儿沮丧，但对她即将开始的冒险感到兴奋。她经常听哥哥们说雪莉小姐做的糖果和蛋糕多么好吃，等到回家就会见到小妹妹或小弟弟的兴奋远远超过了她离别时的恐惧和难过。

“我爱你们。你们听到了吗？我爱你们！在麦吉尼斯家要有礼貌。”

莫利往指尖上吐了点儿唾沫，想把亨利·詹姆斯的那缕立起来的浑蛋头发压下去。紧接着是一个仪式：莫利握紧拳头放在孩子们前额上，朝着拳头吹了一口气，低声说，“永远和你们在一起”。内特和路易莎在一旁一直看着，很困惑。

孩子们安静地在马车后面找到了自己的位置。莫利示意丹尼走到她身边来，用温和而严厉的语气对丹尼说：“你要知道，一定要保证你的弟弟妹妹们守规矩。用肉做个好买卖。换些新鲜蔬菜，越绿越好。驴或马都可以，但老马不行。别忘了其他的补给。子弹也快用完了。”莫利在丹尼的衬衫口袋里塞了一小块纸，就是一张购物清单。借这个间歇，内特往马车里放了一小桶水。

看到眼前发生的一切，听到他们的对话，克林托夫中士看向莫利，有点儿困惑，他想起莫利说过她丈夫要给家里带补给的，但他什么也没说，也没多想。他很感激这顿饭，莫利对儿子的要求是她的事。他走到马车前面，一边走一边抖动他那条腿。

莫利往后退了一下，微笑着说："你们几个瘦骨嶙峋的家伙，去雪莉小姐那儿吃她的蛋糕和糖果吧。"就像她爸爸出去赶牲口，要把她交给雪莉小姐时低声对她说那样，她爸爸希望糖果能缓解她被单独留下来所承受的打击。"但办完事，你要直接回家来，儿子。我需要帮助。"

莫利揉着自己怀孕的肚子，面带温暖的微笑。丹尼点点头。他看起来对即将要经历的事情感到有点儿害怕——这将是他第一次护送弟弟妹妹。德尔菲出生时，他曾领着弟弟们前往麦吉尼斯家居住，第二周把他们平安地带回家，看到他们的小妹妹。

丹尼还记得几个月前他妈妈对他说的话：我快生了，丹尼。我的年龄对我来说可能是个问题，所以我需要你在我生产的时候陪着我。丹尼脸色变白了，莫利自己咯咯地笑了起来。孩子，你终于要知道孩子是从哪里来的了。

这辆带棚顶的马车启动了，孩子们边挥手边喊，和妈妈告别。他们从车厢前面探出头来，路易莎回头看去，向着莫利亲切地微笑着，挥了挥手。莫利点头表示感谢。然后，好像又想到了什么，她再次告诫孩子们："不要打架。你们听到了吗，乔·朱尼尔？亨利·詹姆斯？否则，等你们回来，看我不用棍子抽你们。我爱你们！"

看着马车沿着小路缓缓前行，莫利的情绪激动起来。然后，她如释重负地叹了口气。在孩子出生前，莫利需要独处一段时间，但这段时间还有更重要的意义。

马车载着莫利的几个孩子消失在几乎看不见的小路上。她的孩子们就是她生活的全部。没有孩子，莫利·约翰逊不知道自己会在哪里。她的孩子就是她的世界，她愿意为他们做任何事。她一直看着，直到马车在地平线上变成一个小点。在他们面前，赫然耸立着广袤的山脉，峰顶覆盖着积雪。

大山的影子从这个高山地区的开阔平原上缓慢划过。丹尼回头看看他们刚刚经过的地方。他忍不住为妈妈担心。两个弟弟和妹妹德尔菲兴奋地和路易莎交谈着，路易莎特意坐到后面车厢里，和他们坐在一起。看到他们这么热情高涨，丹尼笑了。他们找到了一个陌生人，一个可以交谈的新对象。路易莎向他们讲述了从伦敦乘坐大船到墨尔本的旅程。年幼的孩子们都被迷住了，丹尼也不知不觉着迷了。他回头看向他家的方向，但从这里已经看不见自家的房子了。

马车的轮子在岩石上颠簸，惊动了一群在附近吃草的野马。马群中的种马在站岗。丹尼转头看向野马注视的地方，远处，地平线上尘土飞扬。

十一

三个赶牲口的人骑着马慢悠悠地走着，驱赶着几千只羊。头头儿罗伯特·帕森长着一头火红的头发，络腮胡子，体格健壮得像一头公牛。与他骑的马拴在一起的一匹母马，看起来有点儿受到惊吓，毛发乱蓬蓬的，这对于一匹放牧牲畜的马来说很不寻常——牧人的马是他最珍贵的财产。

帕森在他的外套前面揣着一只小羊羔，它还走不了这么长的路。“我不知道该拿你怎么办，小家伙。”他温和地说，低头瞄了一眼小羊羔，它睡得正香。

另一个声音从后面传来，仿佛读懂了帕森的心思：是约翰·麦克法伦，三人中最年轻的那个。他有一种不同于常人的气质。他的眼睛看上去眯成了一条缝儿，两眼离得太近，给人一种不可信任的感觉。“从现在开始，你就得一直照顾它了。它妈不会再要它了，它浑身都是你的味道了，你这个大浑蛋。”他哈哈大笑，慢慢跑到羊群外面去了。但帕森会抓住机会，一旦他们到了牧场，就会尝试重新把这只羊羔还给它妈妈，或者把为它找一个新家当作自己的一项任务；再找不到，就只能做成煎羊肉了。后者的可能性更大。

罗伯特·帕森出身于一个英国罪犯家族。他的曾祖父被判谋杀罪，随第一舰队来到澳大利亚，在从当地黑人的袭击中救出一名上尉后获得了自由。他的曾祖父是个冷酷无情的人——赤手空拳杀死了那三个黑人。他打起架来，像个脱粒机，帕森继承了这个特性。通过努力，他的曾祖父获得了土地，成为一名农民。帕森的父亲出生在这片土地上，罗伯特和他的两个兄弟也是。

1847 年，他们一家和其他殖民地企业家一起搬到了昆士兰新建立的马里伯勒镇，建立了一个大型畜牧场。马里伯勒将成为昆士兰东南部的一个主要港口，帕森的父亲看到了自己和儿子们未来的机会。正是在这些地方，帕森第一次目睹了澳大利亚人生活方式的真正艰辛和残酷。在一次对当地的金金巴拉部族的大屠杀偷袭中，二十八名擅自占用土著人土地的牧场主被杀，帕森的母亲便是其中之一。

两年后，十三岁的罗伯特和二十一岁的格雷戈里·布拉克斯兰——当时一位探险家的第七个儿子，一起进行了报复。他们带领着一支大约由五十名牧场主和牧民组成的治安维持队，在宾格拉伏击了一群正在睡觉的金金巴拉部落土著人，有一百多人。

“我们要等到他们举办完一个大型舞会后动手。经过这样的一个晚上，他们睡得更香，醒得更晚。”

“你怎么知道？”一个疲惫的声音从人群后面喊道。

“我在外面睡过觉，我亲眼看到的。”年轻自信的罗伯特·帕森回答说。

帕森很早就学会了如何用枪，尽管年纪轻轻，却是个出色的射手。曾击毙过许多黑人，甚至包括那些跳入伯内特河逃跑的黑人。这次屠杀是残暴的，不分青红皂白。它将一颗无情的种子永远种在帕森的心中，使他对黑人的态度更加顽固，无法修复。

帕森对杀害他母亲的黑人保持着宿仇，尽管他母亲是被一颗流弹打死的。她是在双方交火中被困，被一个自己人误杀的。

“好啦，要不是一开始有黑人杀人，这事就不会发生了！”小罗伯特叫道。那是他最后一次为别人流眼泪。

他父亲本来就是一个无情、喝酒成瘾的人，但在妻子死后，他对儿子们变得异常残忍。三个男孩被迫早早离开家，在这个世界上寻找自己的活路，罗伯特当时只有十四岁。他们各奔东西，彼此失去了联系。

罗伯特·帕森开始赶牲口，这使他在澳大利亚东部上下穿行，偶尔还会到达北领地，穿越数千英里的崎岖地形，沿着畜牧路线赶牲口。他唯一的财产就是他的马、帽子和靴子。当他不赶牲口，住在星空下的时候，他就到较大的城镇冒险，住在妓院或酒店，直到开始下一次赶牲口。他从不需要等很长时间。

帕森是一个无情但坚忍的人，他的生活由牲畜、一起赶牲口的人和他的好伙伴约翰·麦克法伦以及乔·约翰逊组成，他每次和两个伙伴赶牲口，都要骑马走好几个月。十多年前，他和约翰逊成了朋友。他们都喜欢在高山地区的高地上赶牲口，被这片偏僻、荒凉而又美丽的土地所吸引。他们是熟练的赶牲口人：在他们的监管下，牲畜的丢失或死亡是极其罕见的，他们有能力把畜群赶到草长得最好的牧场，并第一个把牲畜赶到市场上以获得最好的价格，他们因此很有名，营地篝火旁经常有人谈论着他们的传奇。他们在一场混战中拯救了彼此的生命，由此，他们的伙伴关系得到巩固，变得更加牢靠。但这两个男人有着相似的过去：都在很小的时候失去了母亲，留下了一个残酷的父亲，把悲伤发泄在儿子身上。

帕森从未结过婚，也无意放弃赶牲口的自由生活。约翰逊结婚了，但他的家庭生活与工作根本不沾边儿。帕森从未正式见过乔的妻子莫利，但从远处看见她时，很尊重她。当莫利和孩子们送乔走出家门，他都会碰一下帽檐向莫利致意。莫利总是在后面徘徊——她跟在后面，是由于孩子们的缘故。她结婚不是为了爱情，而是为了生活方便、有个身份、有孩子们——这一点帕森很清楚，约翰逊也告诉过他。

罗伯特·帕森和乔·约翰逊总是会坐在高高的岩石上一边喝酒一边交谈，空威士忌酒瓶放在旁边。

“你在忍受婚姻生活吗？”帕森总会问。

“嗐，其实很简单，”约翰逊会说。“我确保有足够多的活儿干，这样就能让我离开家。我一回家就和她上床，使她能生出孩子来，这是她想要的，而且她的眼力见儿也没那么差。我的衣服洗好叠好，家里一日三餐也安顿好，然后我就又走了。就这么简单，明白吗？”然后，他们俩总会哈哈大笑起来。

在埃弗顿镇建立之前，罗伯特·帕森的世界是独立的、没有法纪的。他和他的小跟班约翰·麦克法伦就是自己的法律。他们不尊重任何事物或任何人，他们的心和灵魂变得很坚硬，就像他们喜欢的这片高地一样。随着城镇在各地不断涌现，以及新法律的实施，他们醉酒后高谈阔论、令人生畏的行径受到了威胁。他们计划第二天晚上充分利用进城的机会。有消息说埃弗顿终于要实施新的法律和秩序了。

麦克法伦向狗吹了一声口哨，打破了赶牲口的单调。几只羊走得离羊群太远了，几只狗去追。麦克法伦用手势向他的老板示意发生了什么，帕森点头表示同意。麦克法伦也回头笑笑，露出了他的烂牙，然后又冲着狗吹了几声口哨，几只狗正在咬这几只羊的脚跟，把它们赶回了羊群。

他们相遇的故事很有趣。

麦克法伦的母亲，一个满口脏话的妓女，没有道德，连一颗牙都没有。人们都说她疯了。她把所有的沮丧都发泄在小约翰身上，小约翰总是倒在地上，把自己尽可能地蜷成一团，让她打。她很少给约翰东西吃，约翰也从不洗澡。他身上散发出恶臭。他并不像当地人想象的那样“神志不清”——只是被人们忽视和内向而已。

麦克法伦十岁那年，帕森正在和麦克法伦的母亲上床，他突然注意到了站在床边的男孩，引起了他的兴趣。他正要达到高潮，突然抬起头来，看见了那个赤身裸体的男孩，男孩说：“想干……干我不，就一……一便……便士？”

帕森翻身离开了那个女人和男孩，小约翰爬上了床，躺在了那里。帕森对他俩破口大骂，称这位母亲是“出卖无助儿子的病态婊子”。那个女人转向那个男孩，开始打他。帕森向来不是个软弱的人，但这孩子身上有某种东西，不管那是什么，反正吸引了他。他反手把那个女人从小麦克法伦身边推开，推倒在地上，让她从房间里爬出去。他把他能找到的这个男孩的衣服都捡了起来，扔给他，命令他穿上，告诉他再也不要这么干了。然后，帕森就走哪儿把他带到哪儿。

从那以后，他们一直在一起了。帕森已经尽其所能，使这个男孩成长为一个更好的人：他不再口吃，洗澡次数更多了，他的噩梦也早就消失了。他尊敬帕森，愿意为他做任何事。

狗朝着走在后面的羊的脚后跟咬，使它们加快了步伐，在羊群中掀起了阵阵涟漪。他们加快了步伐，这几个牧羊人很乐观地估计在夜幕降临前赶到城里。夕阳在平原上洒下金色的光辉，勾勒出人和牲畜的轮廓。随着天色渐暗，天空铺满了灿烂的星光。

十二

第二天早晨，晨光中露水在树叶上闪闪发光。隐藏在灌木丛中的温泉冒出缕缕蒸汽，一处小凹壁保护着这个美丽的地方。又一件来自地球母亲的礼物。一个人要找到这里，非得迷路。

莫利躺在热气腾腾的温泉中，身体的一半浸在水中，她怀孕的肚子展现出母亲的荣耀。她在水中漂浮着，美丽而平静，没有尘世的纷扰——今天她的肩上没有任何负担。她的心里什么也不想，也没有忧虑，自然界宁静的声音使她平静下来。她只是活在当下，活在此时此地。

轻轻地，她把一只手从水中抬起又放下，拨弄着水，享受着水从指端流过的感觉。这个动作，她重复了几次，然后，好像厌倦了这样休息，慢慢地把自己完全淹没在水里。她把解开的头发从脸上甩到后面，她的鼻子里冒出水泡来。

莫利像大自然母亲一样从水里浮了出来，精神焕发，精力充沛，为生产做好了充分准备。今天就是生产的日子。她轻手轻脚，小心翼翼地走向河岸，拿起她那赭红色的直筒连衣裙，套在她那蓬发着勃勃生机的湿漉漉的裸体。清新的空气吹拂着她湿漉漉的皮肤，莫利喜欢这种清爽的感觉。

莫利转过身，把靠在树上的猎枪收起来。晨光中，她看起来很美，湿漉漉的浅棕色头发如瀑布般垂过肩膀，比人们通常见到的要长。她通常把头发梳成一个松松垮垮的发髻，离群的一两卷鬈发塑造了她的脸型，使她从侧面看起来很温和，但今天她的头发随意地垂下来。她那赭红色的连衣裙随风摆动，与绿色的蕨类植物和银色的疏花桉形成鲜明的对比。她这么长时间以来第一次看起来很放松。

*

我抬头望着那座将送我回家的小山，热切地想要翻越它。我接受了这个挑战。散步、爬山、泡温泉都有助于我生产，希望是今天。这种新生活将给我和孩子们带来多大的欢乐啊！新生的孩子永远是一份礼物，珍贵的礼物。我自己是独生子，所以总是想要很多自己的孩子——所以我才同意嫁给乔。我暗自希望这次生个小女孩——德尔菲的一个妹妹和玩伴。

我知道成长的过程中没有母亲是一种什么样的感觉。我知道生活中没有母亲的爱是什么样子——没有她的触摸，她的亲吻，她的声音，她的气味。我想给我的孩子们我从未得到过的一些东西，用我的爱滋润他们，让他们永远不会忘记我。如果我出了什么事儿，他们会知道他们是被爱着的，而我也会被记住。

不记得自己的妈妈是一种难以形容的痛苦。事实上，用痛苦这个词形容这种感觉并不恰当——这种感觉是一种虚空，感觉你的灵魂中有一个空洞。它很深，真的很深。感觉缺了什么东西……只是不完整……无法接近它，没有路可走，没有方向可循，因为她，我的妈妈，从来就不在那里。爸爸和我，我们从未提起过她。只有在喝醉的时候，爸爸才会脱口而出一些听不清的、无意义的句子，然后突然唱起歌来："黑色是我真爱的人头发的颜色。"爸爸有自己的痛苦，因为他了解妈妈。

而我呢？当我还是个小女孩的时候，我总是梦想着妈妈是一个有着一头乌黑飘逸长发的女人……

*

莫利坚定地从水里滑出来，大自然宁静的声音为她指路。她抬高脚迈过倒下的原木，穿过一丛丛香草，来到一小块空地，这是大自然母亲的杰作。她用手抚摸着高大的甜草小穗。几只雄性火红鸲鹟在花梗间飞来飞去，红色的胸膛反衬着霜冻后褐色的香草——冬天来临的一个信号。鸲鹟动听的鸟鸣声被远处乌鸦呱呱的叫声打断了。

一只蜻蜓在空中盘旋，它那金属般的绚丽色彩在晨光中熠熠闪烁。它开始移动——向上再向下，向后再向前，然后飞走了。人们认为蜻蜓是力量、勇气和幸福的象征，今天早上莫利就是这样想的。但在其他民间传说中，蜻蜓被认为是邪恶的。另一只蜻蜓在一只小穗上方盘旋，时上时下，时前时后，然后飞走了。

很快，莫利到达了空地的边缘，走向山脚下茂密的绿色灌木丛深处。她的身影变得越来越小，但她那锈红色的披肩衬托着灌木丛，格外显眼。来到山脚下，翻过去就可以回家了，莫利停了下来，估量着眼前的小山，双手放在臀部，深呼吸，她开始爬坡了。

身后，在空地的边缘，传来折断树枝的声音。一棵树的树干上投下了一只手的影子。有人在跟踪她。

“别动！”声音在山脉周围回荡。

莫利用力扣上猎枪扳机，瞄准。她已经走到自家的棚屋所在的高地上，但在她面前，一个土著男人脸朝下趴在地上，身受重伤。莫利可以透过他破烂的衬衫清楚地看到他背上的伤口。男人的伤口和身上的恶臭，使莫利惊恐万分。

她突然感到一阵宫缩。泡温泉和步行回家都达到了预期的效果。她捂着肚子，做了几次深呼吸，迅速瞥了一眼仍然一动不动躺在地上的男人。

“现在不行，小家伙。求你了，现在不行。”莫利喃喃自语。

又做几次深呼吸，宫缩就消失了。莫利迅速扫视了一下周围的环境，寻找着什么。一个人。

“阿利盖特，阿利盖特，你在哪儿？到这儿来，老伙计。”

她低声说道。

她吹了一声口哨，然后迅速转向那个黑人。谢天谢地，他没有动静。莫利透过灌木丛的缝隙向外望去。只有他们一家人知道这条路。但是没有动静，那条忠实的狗没有夹着尾巴，一路小跑赶回家，希望主人不要对它的出走太严厉。来临的只有暴风雨。远处乌云密布。

莫利咬紧了牙关，尝试再次叫狗，她现在很沮丧。

“阿利盖特？你在哪儿？你这该死的杂种狗！”

棚子边上有声音。莫利转过身来，眼里充满了希望，但她很快看清了谁站在那里。

“我在许多场合被这样叫过，太太。抱歉，我不是你要找的狗。”

是一个流浪汉。他看上去有六十五岁左右，上下相差不了几岁，但身体健康，很强壮。他穿着一套又旧又脏的三件套西装，给人一种印象，他可能曾经很有钱，但很可能也没有。是他的靴子出卖了他：没有底儿。鞋带在他脚下绕了一圈，系在了靴子的顶部。努力用一双鞋子来表明自己的身份。

莫利慢慢地看清了这个流浪汉，让她的头脑有时间冷静下来，但她的心在胸口怦怦直跳。刹那间，她想，*这到底是怎么回事？我过去运气好的那些日子是幻觉吗？我绝对不是基督徒，但是亲爱的主——或者任何更强大的力量——如果你在听，我需要你的力量。*她盯着这个闯入者：嗯，这个有意识！*该死的，*

有两个浑蛋要对付！两个都一样糟糕。

莫利知道，不能相信这些地区的流浪汉。她和这些擅自闯入的流浪汉有过相当多的争吵，并把几个赶跑了。这些家伙在日落时分到来，尽量不连续打扰同一家住户，他们紧盯着“女主人”，拼命地乞求食物和一个床位。他们知道谁有丈夫，丈夫什么时候不在家：他们并不像外表看上去那样愚蠢、衰老或关心他人。

莫利坚定地站在那里，直接用猎枪瞄准了那个无赖。这个家伙很快把注意力转向了躺在地上的黑人，希望把莫利的注意力从自己身上转移开。“他死了，太太？”

“如果你不说明白你来这儿干啥，你也会死的，浑蛋。”

流浪汉一边自我介绍道：“我叫托马斯·麦克尼利，太太。”一边华丽地鞠了一躬。

“不是什么太太，只是个赶牲口人的妻子。说你来这儿干什么！”莫利迅速回应道。

麦克尼利告诉莫利，说她很可能已经给自己赢得了奖励。莫利没有时间拐弯抹角地闲聊，就让他直接说。流浪汉指着躺在地上仍不省人事的土著男人说：“重罪犯在逃，太太！谋杀。他是凶手！就在你家门口。”他再次指向躺在地上的黑人，用坚决的口吻把这个罪状加在他身上。

莫利要打探更多的信息。她需要知道细节，为了她的安全。“谋杀？谁？”她的声音因好奇而提高了八度。

麦克尼利继续他的夸张表演：他知道他引起了莫利的注意。“整个地区都在寻找！现在，随时都可能被骑兵包围。”

莫利的背挺直了，她的思绪飞快地转着，有那么一刹那，她放松了警惕。流浪汉向前迈了一步。莫利猛然回到现实中，举起了枪。“谁被谋杀了？”

“一个白人女人，像你一样。独自带着她的孩子们。住在山上。”麦克尼利高兴地讲着他知道的这点儿信息。

“谁？”

“一个叫乌拉·爱德华兹的太太和她的孩子们。一个星期前。就在这座山的那一侧。那里也是这个浑蛋杀人犯的藏身之处。她是这个地区如此显赫的一个女人。”

莫利吃了一惊。她心不在焉地放下枪，想着这场悲剧。哦，天哪！莫利并不认识乌拉本人，但在食物短缺时曾向她求助过。是丹尼求助的。任何死亡都是令人难过和可怕的，尤其是谋杀，被谋杀的还是一位母亲和她的孩子。莫利知道，这证明危险可能无处不在，随时都会出现，而且赶牲口的那个人，也就是她的丈夫不在家……

麦克尼利看到莫利的注意力分散了，进入他最佳的表演状态。他一边指指点点，一边绕着躺在地上的黑人昂首阔步，还连蹦带跳。“黑鬼们！像他这样的野蛮浑蛋们。可能就是他，还戴着项圈。”

莫利想了想，意识到是的，这很可能是真的。他确实戴着项圈。有那么一瞬间，莫利暴露出自己的脆弱。麦克尼利抓住了这一时刻，戏剧性地进入了他的尾声："太可怕了！强奸后被勒死，男孩子们被鸡奸，女孩被淹死，蓝宝石般蓝色的眼睛很快就没有了活力……"

莫利被他的表演迷惑住了，但她谨慎地眯起眼睛。麦克尼利看到了这一点，很快做出了回应。"人们这么告诉我的。他们竭尽全力地讲述细节。那些小孩子。我想起了你的孩子们——那个小姑娘，多么可爱。"

这最后一个细节一下把莫利拉回了现实。她在想到底是什么让自己放松警惕？她只能怪她的荷尔蒙：站在这里听一个擅自闯入的流氓瞎扯淡。

莫利往前走了几步，离流浪汉更近了，紧握着猎枪。"你对我的孩子们了解到了什么？"

麦克尼利知道他已经越界了，很快就屈服了，向后退去，像条狗一样，夹着尾巴，请求这位好心的女士的原谅。

但莫利走得更近了。"我的孩子们。你对我的孩子了解多少？！"

麦克尼利手里拿着帽子，告诉莫利："你知道流浪汉们的踪迹。我们就是不断四处走动。路过这里几次。你这儿养了一条好狗，我无法靠近。就是阿利盖特，对吧？不过都是顺道来访。就这些。我说的都是真的，太太。"

"我根本就不相信你。滚！"

“我向你要的就是食物和一张温暖舒适的床。”

“如果你一直向西走，走上半天，就会找到一个愿意给你食物的女人和一张舒适的床。”

麦克尼利舔了舔嘴唇，“我没钱支付”。

莫利把枪扣上扳机，“我相信你会找到办法的”。

莫利坚决拒绝了流浪汉的要求，没有任何缓和，但麦克尼利也没有动。莫利知道这个游戏——她以前玩过，她的脸一本正经。“我的乔很快就会回家了。”莫利与他对视着，让他有一秒钟的时间接受这个事实。“也许你见过他的牲畜群？绵羊。及时返回下游放牧，沿着低矮的平地，然后再把它们带去出售。”

麦克尼利的眼里闪过一丝调皮的光芒。“他们下山了，正在路上。”

他接过莫利的话题，也不管莫利说的是真的，还是谎言。这提醒了莫利，这可能——不，这将会——变得危险。但当她仔细思考自己的处境时，又一次宫缩袭来。她抓着自己的肚子，疼得直不起腰来。抓住她的脆弱，流浪汉从莫利手中抢过猎枪。

“拜托，别开枪！我的孩子们！”

突然，地上那个黑人跳了起来，挥舞着莫利的斧头，这把斧头一直藏在他身下。他护着伤口，筋疲力尽，十分痛苦。他挥舞着斧头砍向流浪汉。莫利迅速闪开，不知道该躲谁。她在慌乱中绊了一跤，重重地摔在地上。她呻吟着，痛苦不堪。

就在斧头砍下来的时候，流浪汉闪开了，斧头深深地砍进了砧板里。混乱中，麦克尼利把枪掉在地上，它走火了，没有击中任何人。莫利设法成功地爬过去抢到了枪，拖行着自己穿过院子。

黑人反手打了流浪汉一记耳光，差点儿把他打晕过去。黑人努力把斧头拔出来，此时，流浪汉朝着黑人冲过来，从背后抓住他，把手指深深地插进他下背部的伤口中。黑人发出了一声痛苦的惨叫，这叫声都能把死人唤醒，他倒了下去，同时也拔出了斧头。他痛苦地躺在地上，但仍然紧握着斧头，放在胸前，以防那个流浪汉攻击他。

莫利尝试给猎枪装子弹，但再一次宫缩袭来，她只能专注地做深呼吸。她没装上子弹，子弹掉了。那个擅自闯入的流浪汉跑了，他知道自己寡不敌众。黑人深吸一口气，试图控制住自己的疼痛。他的伤口裂开流血了。

莫利努力站起来，喉咙里发出一声呻吟。她正在分娩，但有点儿不对劲。土著男子看到了她的痛苦。他站起来，手里拿着斧头，摇摇晃晃地向莫利走去。莫利吓得僵住了——她什么也做不了！她的身体因恐惧和分娩的阵痛而痉挛，不能动弹。她害怕极了，蜷缩着，拼命地用一只胳膊护住自己的头，绝望地尝试保护自己。“我的孩子们！求求你了！”

*

我这辈子从来没有这么无助过，对此我无能为力！伴随着一个小生命拼命地向外挤，我的子宫撕裂了，与此同时，我的脑海里闪过我孩子们的形象。然而，我要死在这里了，就在现在。我简直被榨干了。我闭上眼睛，希望死亡快点儿降临。

*

黑人停了下来，然后转过身，打了一个手势，把斧头重新砍在砧板上，这个手势意在告诉莫利，他没有恶意，也无意伤害她。

莫利勉强站了起来，紧接着羊水就破了。她撩起裙子，看到脚边地上湿了一块儿。她简直不敢相信：事情不应该是这样的。再一次宫缩。她忍不住挪了挪身体。她在两腿之间摸了摸，崩溃了："哦，不，一只脚。"

那个黑人小心翼翼地走向她，低着头，很恭敬的样子。

又一次宫缩，剧痛传遍莫利的身体，她咬紧牙关说："去！拿！"

这个黑人陌生人没有动，也没有抬头，但伸出了他的手：一个简单而友好的帮助手势。

莫利的大脑飞速运转着。她呼吸很吃力，勉强说道，"一个白人女人……让一个黑人碰她……已经够糟糕了……更别说帮她接生了！"

在这疯狂和混乱的时刻，莫利做出了她认为她唯一可以做出的选择。她把猎枪举起来，就像举起一根球棒，用尽全力挥起，把黑人打昏过去。黑人"砰"的一声应声倒地。

十三

内特·克林托夫中士自言自语道，真该死。站在爱德华兹家门前的草坪上，头顶上乌云密布，内特看起来一点儿也不自在，与这里格格不入。他扯了扯中士制服的领口，解开最上面的扣子。他紧张又慌乱，腋下夹着木髓遮阳帽，轻轻擦拭着额头上的汗水。不是因为天气热——冬天即将来到这个山区，山顶上已经积满了雪——而是因为他紧盯着乌拉·爱德华兹夫人和她三个孩子的尸体，他们的尸体被装在木棺材里。眼前的场景，他简直难以置信，也特别难过，他扭头看向别处。这并不是他曾经想过自己将在澳大利亚主持的第一份工作。当那些大畜群经过埃弗顿，或者大批出售牲畜的时候，他知道在斯坦洛旅馆里，会有几个难熬的夜晚要应对——但是谋杀呢？一个年轻的家庭，在这个古雅宁静的山区的一个寂静的山坡上？

他们给内特安排这个职位时，把他的工作描述得很容易，给这个高山地区雪山上澳大利亚人的生活描绘了一幅宏伟的画面，风景如画，他的工作很轻松。一个抚养家庭的好地方。冬天里安静的时候可以滑雪。当内特答应接受这个职位的时候，他压根就没想过会面对这样的罪行。但现在他被卷入了一起多重谋杀案的调查。至少可以说，他有点儿迷失了。除了他的助手斯宾塞·莱斯利之外，在这里他没有任何后援或官方支持。斯宾塞三十五岁，被分配到办公室工作，因为他“技术不合格”。援助人员还需要几天才能到达。

*

来到澳大利亚的这个山区，这里理应是我儿子安全长大的地方。要实现我对亲爱的妻子的承诺，让她生更多的孩子，我需要安全感。在把她一个人留在家里，让她专心阅读她的笔记，专注于给她的女性期刊写文章时，我不必担心。当我儿子在外面新鲜的空气中玩耍，沉浸在他的想象中时……我也不必担心。

当我低头看着脚下这个毫无生气的女人——某人的妻子和母亲时，我想象着路易莎美丽的微笑，她那富有感染力的活力。回头看了看弗兰克·爱德华兹，我看到的是受到深深伤害的人。我不禁想，*我的家人本来也可能遭此厄运*。

*

爱德华兹家的房子现在已经被木板封起来了，在他家的露台上，麦吉尼斯神父，一个身材高大、面容和蔼的七旬老者正在安慰弗兰克。骑警莱斯利，一个戴眼镜的小个子男人，内特的助手，他工作努力，非常勤奋和细心，和他们站在一起，做着笔记，根据弗兰克的话做着详细的记录。

“他的鼻子很窄。”斯宾塞在记录本上写下来。

麦吉尼斯神父问道：“你有什么打算？”

弗兰克清了清嗓子。“墨尔本。现在，这里我什么都没有了。”

“但这是你曾祖父的财产。你祖父查尔斯让这里焕然一新。小镇需要你。”

“对不起，神父，但现在这不是我首要考虑的事情。”

内特蹲在乌拉敞开的棺材前，揉着太阳穴。他闻到了尸体的气味，鼻子抽动了一下。他突然联想到莫利家院子里的那种气味，但马上又否定了自己的想法。他从哪里开始着手调查呢？他被扔进这桩深不见底的案件中来，好吧。从他身后传来一个声音：“如果可以的话，先生，我觉得现在该出发了。”

殡仪馆的一个送葬者，六十五岁，个头儿很高，瘦得皮包骨，看起来像一个死人刚刚暖和过来。内特没有理睬他。他仔细观察了死去的女主人脖子上的瘀伤。她是被勒死的。*谁会干出这样的事情？*内特注意到她脖子左侧的瘀青颜色更深，说明那一侧被抓的力度更大：凶手是左撇子——或者是他的右手要么受伤，要么是畸形，使其更无力？他把这些记在笔记本上。笔记本上还记录着孩子们如何被谋杀，怎样被欺负。

骑警莱斯利加入了他。他在自己画的草图上做出一个改动，然后恭恭敬敬地站在那儿，等待进一步的指示。最后，内特发出简短的指示："把这些尸体抬上马车。"

殡仪员赶紧走过去帮忙。他和骑警从三个孩子开始。他们把棺材滑到"平背拉里"的托盘上，"平背拉里"是一辆由四匹马拉的无盖托盘马车，然后回来拉乌拉。殡仪员盖好棺材盖，询问克林托夫中士的妻子在哪儿。内特被这个问题吓了一跳。殡仪员朝地平线点了点头，那里已经刮起了猛烈的风暴。闪电"咔嚓"一声划过天空，使空气带上了电。

内特以前从没见过这样的风暴。风暴正在远处咆哮。他注视着，被它的美丽、粗犷和形成的速度迷住了。这预示着他即将面对的生活吗?

这位殡仪员说："猛烈地袭击了小镇的边缘。"打断了内特的思绪。他的着迷变成了担忧：路易莎和赛缪尔独自在家。

路易莎·克林托夫自家后院的一棵枯树着火了，火焰吞噬着树的根部，路易莎正在挥舞着一块湿毯子扑火。是内特刚刚目睹的闪电点燃了这棵树。大雨倾盆而下，路易莎家的后院看起来就像一条河。她挣扎着举起重重的湿毯子，设法扑灭了残留的火苗。

在她身后，一匹受惊的马在围栏里四处冲撞，马上就要撞破栅栏了。路易莎努力控制火势，已经疲惫不堪，她说过的话再次萦绕在她脑际："我期待着在这片土地上迎接生活的挑战。"

她打消了顾虑，撩起湿漉漉的连衣裙，露出一副坚定的面孔，大步穿过院子向马走去。她从栅栏中间钻过去，但被卡住了。她恼怒地使劲扯自己那件被钩住的连衣裙；连衣裙被撕开了，撕开的一瞬间，她掉进了一个大泥坑。*哦，天啊！我现在肯定是一副很狼狈的样子*，路易莎一边想着，一边擦着溅在脸上的泥巴。她不知道该笑还是该哭。

她爬起来，努力地把马赶回围栏。她上下挥动着两只手臂，使自己变得更强大。她记得内特发出过一种类似“吁，吁”的声音使马平静下来，所以她模仿发出这种声音，继续拍打手臂的动作。奇迹般地，这匹马停了下来。

“哇哦，我能做到的。起作用了！”路易莎大声说。这匹马现在正低头盯着她。她挥动双臂，再次发出“吁，吁”的声音，成功地让马扭回头来。马飞奔进围栏。路易莎用尽剩余的力气，把围栏双扇门推紧，闩上门闩，靠在门上面。她遭受了风吹雨打，但对自己的努力感到自豪；她浑身湿透，筋疲力尽，但露出一个大大的满意的微笑。

随着另一道闪电和巨大的雷声，路易莎尖叫着朝屋里冲去。赛缪尔站在后窗边，一边笑一边鼓掌，看着他的妈妈爬过篱笆时摔倒在同一个泥坑里。没有成功，她背朝下从篱笆上翻了过来，冰冷的雨水打在她的脸上，她忍不住笑个不停。这就是在澳大利亚的生活！这是一个很好的故事，可以写信讲给她的父母。*写进我的刊物里！*翻过篱笆，她站住了，再没摔倒。走到后门之前，至少又滑了三次。

几个人已经把爱德华兹家人的棺材和两个用人——就是他们家雇用的两个中国老人的棺材放在马车的托盘上，用绳子把松木棺材固定住。内特和斯宾塞·莱斯利站在弗兰克·爱德华兹身后，弗兰克站在麦吉尼斯神父的旁边，神父正对着棺材进行祈祷。弗兰克低着头，耷拉着肩膀，悲恸得浑身发抖。神父做了一个十字手势，祷告结束了，其他人走开了，给了弗兰克与他死去的家人最后的独处时间。

内特把骑警莱斯利拉到一边，悄悄地和他说，“乔·约翰逊太太。住在更靠南的地方。我很担心她。她孤身一人——容易受到攻击，身体也很脆弱。”

麦吉尼斯神父朝殡仪员的马车前面走去，无意中听到了这句话。“我们山里的女人一点儿也不娇气。”几个当地人咯咯地笑了起来。

“你说什么，麦吉尼斯神父？”内特很好奇。

“那天晚上你把莫利·约翰逊的孩子们送到我家，我当时就说过，莫利·约翰逊是在这里长大的。她知道如何应对这些地方发生的事情。也可以开枪射击。”

“有个杀人犯在逃。”内特斥责道。

麦吉尼斯神父吃力地爬上马车。内特继续说，“我不希望任何女人或孩子再受到伤害！”

“回家去吧，回到你妻子身边去，中士。”他们都望着地平线，雨正在下，闪电在天空中跳跃。“她是你今晚最需要关注的人。”麦吉尼斯神父向殡仪员点了点头，殡仪员拾起缰绳。麦吉尼斯神父回头看着内特，补充道：“我说的不只是暴风雨。”

殡仪员猛地拽了一下缰绳，马车慢慢地走开了。弗兰克的马车尾随其后，斯宾塞·莱斯利步行追赶。

内特在莱斯利身后喊道：“莱斯利骑警？”斯宾塞不情愿地转头看向他的指挥官。“从这里去约翰逊家最快的路怎么走？”

斯宾塞的脚被小路上的石头绊了一下，他很快地回答：“翻过那座小山，沿着山脉走到另一侧就到了，长官。但我可不建议你这么做。这么大的暴风雨就要来了，可不能那么做，长官。住在山里的本地人也不会这么做的。”斯宾塞行了个礼，追着马车跑了一段，然后跳上弗兰克的马车，搭车回镇上去了。

先去哪儿？内特想了好大一会儿。他望向远处凶猛的暴风雨，知道他的妻子和儿子独自在家。他跨上马，朝斯宾塞指的那座山冲去。他用脚后跟戳住马的两翼，使马跑得更快，一溜烟跑上那个山坡，翻过山坡，从另一侧的坡上下来。突然，他们跑到一个陡坡前面，但马不肯再往前走了，突然停了下来，差点儿把内特摔下来。马四处乱蹦，抬高前腿，远离陡坡，拒绝再往前走。最后，内特使马安定下来，让它从陡坡处掉转头来。

他看到了广袤无垠的大地。他以前从未见过这样的景象：它的美丽、它的复杂和它的危险，都展现在他面前。正上方的一声炸雷把马和人都吓了一跳。内特被大自然打败了，他掉转马头向家的方向跑去，重新跑到刚才下来的那个斜坡上，心里默念着他的妻子和儿子都安然无恙。

十四

硕大的雨点从天空中落下来，打在黑人的脸上。他缓缓地睁开了眼睛。他抬起头环顾四周，视线模糊了。他面前有东西。他的头部受到重击后，眩晕和昏迷了一段时间，现在他看到的都是模糊的、破碎的，只有大致轮廓的形象：张大的嘴巴、伸出的双手、拱起的背，扭曲的身体和惊恐的眼睛。

他低下头，摩挲着被猎枪打中的地方。很疼。他闭上眼睛，努力地集中注意力。*刚才该死的到底发生了什么？我昏迷多久了？感谢老天爷的雨，它会冲刷掉我留下的痕迹和气味……该死，我的头好疼……*

睁开眼睛，他发现自己的视线清晰多了。他再次抬起头，看到躺在他面前的那个白人女人。*那个打我的婊子！她躺在地上？在分娩！*看到黑人苏醒过来，莫利尖叫起来，在黑人听起来这个叫声却模糊不清。他摇摇头，努力摇晃掉耳朵里的轰鸣声。

莫利非常痛苦。她抱着自己的肚子。*我的天啊，这种痛苦！*

*我从来没有经历过这样的痛苦！我要死了！*她咬着牙大声叫道，“救救救救命！”

黑人眩晕无力，他试图站起来。站直以后，眼前的东西在打转。莫利绝望了，她向黑人伸出双手，庆幸他醒了过来。但黑人还是有可能杀了她。黑人踉踉跄跄地朝她走过来，绕了一圈停在她的脚边，看到了她的处境：内衣已经脱掉，在她的两腿之间是一条婴儿的腿和部分下半身。母亲和孩子都很危险。

黑人擦着从脸上滴下来的雨水，面无表情。他拿起猎枪和掉落的子弹，擦去弹壳上的水和泥巴。当他重新给猎枪上膛时，他看到莫利在抽搐。就在莫利感到一阵宫缩袭来，黑人要扣动扳机时，莫利恳求道，“请……不要开枪……我的……孩子们！”

雨倾盆而下。

清晨的薄雾在上空盘旋，薄薄的霜覆盖着大地。空气中有一种怪异的寂静。疏花桉看起来就像被困在风景中的精灵。

莫利站在她的露台上，一动不动，沉默不语，她用猎枪直接瞄准远处角落里畏缩着的黑人。莫利走上前去，监视着他。黑人凝视着她的猎枪枪管。他脸色苍白，脸上又黏又湿，莫利脸色严肃，费力地向下凝视着他。黑人目不转睛地盯着她，害怕得不敢动。他的手和衬衫上沾满了血，已经干了。是莫利的血。

莫利的大肚子没有了。她卸掉了身上的重量，双脚站不稳。他们之间有片刻紧张的寂静。莫利舔了舔干裂的嘴唇，用嘶哑的声音说道：“你救了我的命。”

黑人慢慢地呼了口气，他很高兴莫利说话了，没有扣动扳机。他们之间的关系仍然很紧张，彼此都不信任对方。

“你要用我的斧头干什么？”那个黑人什么也不说。“听到了吗？”还是不说话。“你戴着项圈？”

“我没有做流浪汉说的那些事情。”

莫利吃了一惊，他的英语讲得很好——一点儿土著人的口音都没有。莫利疑惑地问：“你上过学吗？”

黑人没回答，只是盯着莫利看，因为他知道，已经有人因为承认这一点而失去了生命。

“一个受过教育的黑人本身就是一种危险。”莫利说。

莫利身体晃了一下。她靠在露台上的柱子上，支撑住自己。她很快就想到了要问的问题。她想弄清楚这个黑人为什么会来她家，然后她需要让他离开。

“你要我的斧头干什么？”

“把项圈取下来——尽力。”

“你正对着我家。”

“找食物。”

“这使你处于危险之中。”

“我需要食物，夫人。连续跑了好几天了。戴着这个。就是这个。”黑人指了指项圈。“听见你走过来，我就躺在那里，希望你不会开枪。”

莫利若有所思地停顿了一下，接着说："我知道当时只有我一个人。"

感到有罪，黑人低头看着自己沾满莫利的血的双手，血迹已经变干。莫利已经抓到他了。她望向前院柔软泥泞的地面，到处都是脚印，他的脚印，清楚地显示出他昨天的活动。如果你知道如何解读这些脚印，它们就会给你讲述故事，而莫利会解读——这是她的天赋之一。

"你得走了——"

"把那个小女孩埋了。至少我能为你做点儿什么，夫人。"

"你什么也不欠我的。"莫利轻蔑地说。

但他知道帮助埋葬女婴是他应该做的事。"请节哀顺变，太太。"

莫利上下打量着他，厌恶地噘起嘴唇。"这里的生活就是这样，每件事都是一场赌博。"莫利特别清楚这一点——这场赌博包括这个黑人。莫利要他离开。"如果那个流浪汉说的是真的，几座山里就充斥着麻烦。如果他到镇上告密，谋求赏金，很快就会有骑警来到我家门口——这是我不想要也不需要的。"莫利想着，*尤其是现在*。

这个土著男子听出了她的担忧。如果他是一个正派的人，他就应该离开。可是，此时他所希望的是留下来——他需要时间休息，让伤口愈合。

莫利的额头上冒出汗珠，她轻轻地拍了拍。她看起来很不舒服。她开始摇晃，呼吸变得不稳定。"我为什么要相信你？"

黑人真诚地看着莫利说："你没有理由不相信，太太。"

他们又过了一会儿，莫利的不安有点儿动摇。黑人别无选择，只能提供另一种选择："帮我打开项圈，我就走。"

莫利拼命想保持头脑清醒。"这是政府的财产。你是它们的。"

"从来都不是！"黑人厉声说道，语气里透着仇恨。这让莫利警惕起来。

"你戴着项圈，一定是做错了什么事。"

"我唯一的罪过，太太，就是我是黑人。"

这个话题在他们之间显得很沉重。莫利明白他的意思。她成长的过程中见过黑人受此待遇。现在还是这样，无论什么坏事，这里的黑人仍然被指责为罪魁祸首。这并不是说这里还有很多黑人。大多数黑人被逮捕并监禁或离开了——就像有些人说的，"被驱散了"——目前，白人有政府的非官方许可，可以射杀任何看到的黑人。

"求求你，太太，我对你没有恶意。"黑人环顾了一下院子，急切地寻找另一个角度来争取时间。他发现了急需维护的柴堆。"我可以为你砍一棵树。堆好柴垛。不过，要平整地面，不要让蛇钻到下面。"

"这些都是我最不担心的。"莫利说着，又轻轻按了按额头。黑人绝望地看着她，知道自己的命运掌握在她手中。莫利努力使自己镇定下来。她的视力变得模糊起来，呼吸微弱。接着，她昏倒在黑人脚边。

十五

骑警斯宾塞·莱斯利把一张用模板印制的逼真的画像贴到布告牌上，画像里那个正在被通缉的杀害爱德华兹一家人的土著男子，是斯宾塞根据弗兰克·爱德华兹的描述画的，画的正好是在莫利那儿避难的这个黑人——虽然斯宾塞画的时候很随意，给那个黑人画了一双凶残的野蛮人愤怒的眼睛。

内特·克林托夫中士倚坐在办公桌桌角，读一份电报。“尸体。句号。 一名土著骑警发现。句号。三周前。句号。维多利亚边境北。句号。流动的土著犯人。”内特紧紧抓着电报，攥成一团，满脸惊骇。“一个黑人警察助手说，是一名囚犯杀害了他们，他还说，那名囚犯受伤了，后腰部，刺伤。”

内特和斯宾塞看着那张黑人凶手的通缉令。内特揉了揉太阳穴，沮丧地叹了口气。“八条人命。怎么样才能把他引回到山上来呢？”

“很可能需要一个沃古尔人或者恩加里戈人，一个当地人做助手。”

内特想起了他坐在路易莎的花园里阅读的场景。趁赛缪尔上午十点左右小睡，他觅得一段时间阅读。一个简报接着一个简报，一页又一页地读着，为即将在澳大利亚所做的工作做准备。路易莎和她母亲早上出去了。内特对当地的宗族、部落、附近部族的名称，以及他们的自然分界线和他们认为神圣的地区十分感兴趣。这让他想起某些苏格兰人的传统惯例。接着他在电报上看到了一则黑色印刷的声明，这则声明使他的胃翻江倒海：

如果要把澳洲土著人驱逐出这个地区，我们必须了解他们。他们确实阻碍了进步，还会给新的定居者和地主以及他们的牲畜带来麻烦。应该保证给定居者们提供一切必要的帮助，帮助他们扫清前进的道路。

“长官，我建议成立个突击队，”斯宾塞提议道，他的话打断了内特的思绪。内特看着他，满脸惊愕。“如果我们不这么做，当地人也会采取同样的手段。而且他们不会放过土著妇女和孩子的。”

“无辜的人会送命的！”

“是黑人，长官。”

*天啊，这儿对黑人的偏见为何如此之深！我要学的东西还很多。*内特只能强忍不满。

斯宾塞建议他们可以带领骑兵和土著警察助手从最南边的哨所——贾伦哨所查到维多利亚边境线。说着，他走到挂图前用笔圈住了那块区域。内特的目光跟着扫视了一遍他们要经过的路线。*骑兵队伍会经过约翰逊家的房子——这倒挺好的*，他想。

斯宾塞仿佛明白了内特的心思，他说，“长官，也会检查莫利·约翰逊的，长官，但两天后才能到达她那儿。不过，只有他们立即从贾伦哨所出发，才能两天后到达莫利·约翰逊那儿。”斯宾塞给了内特一点儿时间思考，继续说：“到那会儿，我们就没有责任继续保障她的安全了，长官。”

内特说：“希望到那个时候她丈夫能回来。”他望着距离山脉最近的北部边界，想起简报中的一句话来：*黑人会利用山脉行走*。斯宾塞随着内特的目光望去，他知道内特在想什么，他指着米尔巴拉尔哨所说道，“这是离山脉最近的，最北端的哨所”。

斯宾塞十分了解黑人的生活方式，也知道地形。他已经在这儿生活和工作了一段时间。他的父亲是一名退休的骑警，他通过幕后操纵把儿子扶持到现在的岗位上。斯宾塞专心致力于为国效力，但他身体协调性很差，被退了回来。文书技能和出色的绘图能力，使他特别适合克雷斯特希尔这座静悄悄的前哨的管理职务。

内特用笔把地图上的两个前哨都圈了起来，将他们的行进路线连接起来，并且将约翰逊家的房子划入其中。“去给这两个前哨发一封电报，请求他们的骑警支援，并且询问他们可能何时出发。如果他们不能马上出发，你就得骑行一段，骑警。”

斯宾塞尴尬地笑了笑，回答道：“长官，我不擅长骑马。这点应该在您的任务简介中说明了。”

内特不满地看了他一眼。斯宾塞尽力挽回局面：“长官，今晚这个镇子会完全失控，在这儿您需要我。”

确实如此。已经有人提醒过内特要小心大型交易完成之后的晚上。随即他让斯宾塞离开了，命他尽快在全镇范围内张贴这张图的摹本。斯宾塞拿了一张图便离开了。

内特在埃弗顿的主干道上走着。外大街两侧新建筑林立，这使他感到激动。一座新城镇。一座属于他的城镇。他和那些富裕的上流社会外乡人互相开着玩笑，这些外乡人来这儿的目的是买卖牲畜，可不是来享受因早些时候的大雨而产生的泥泞水坑的。他停下来欣赏新立起来的城镇标志。“埃弗顿”三个大字烙在那块木板上，下方写着“1893 年 6 月”。

这时，身后传来一声优雅的呼唤。“克林托夫？纳撒尼尔·克林托夫中士？”

内特转身看向街对面，他看到一位高贵的绅士，拄着一根拐杖。这位绅士向他挥了挥手。内特挥挥手表示回应，接着，他绕过几个大水坑，蹦跳着来到街对面。那位绅士伸出手来，向内特介绍自己。

“下午好，我是地区法院的法官阿尔弗雷德·艾森曼赫尔。”

内特立刻意识到这是谁了，他挺直身板，紧紧握住那人的手，说道，“见到您很高兴，法官大人”。

这位法官七十五岁，是一位严厉的独裁主义者，他碰了一下帽檐向内特致敬。打趣道，“如果你能撑过星期天，星期一我会正式宣布你就职”。这句玩笑话打破了沉默。

“您不妨也正式开放这个镇吧。”内特半开玩笑地回应道，因为这也在议程内。

艾森曼赫尔笑了。“要是我的羊能卖个好价钱的话，我会考虑这么做的。”他们俩都笑起来，互相开着玩笑。接着，法官用一种严肃的语气说，“直接着手调查这桩谋杀多人的案件，遇到的问题比你想象的多一点儿吧？”他没有给内特时间回答，继续说道，“对这个杀人犯进行惩罚，从此以后，就可以给人们以警戒，不要杀人犯罪。”

内特点了点头表示同意，说道：“明白，法官大人。”

法官清了一下嗓子，开始了他的高谈阔论：“爱德华兹家族是这个高地的名门望族。他们从十九世纪二十年代起就居住于此，他们是这里的创建者。正是因为他们的投资，埃弗顿才得以进一步发展。”他停顿了一下以加强戏剧性的效果，接着说：“如果爱德华兹家族离开此地，他们也会带走自己的钱，那么这个镇子就会衰败——我的退休计划也会随之泡汤。中士，找到杀害爱德华兹夫人和她孩子们的那个或那些凶手，是你现在唯一需要关心的事情。”

“说话这当口儿，法官大人，我正在等待北方和南方哨所骑兵援助的消息。”

法官点了下头表示赞许。“欢迎来到埃弗顿。”说完，他再次用手碰了一下帽檐致敬，朝着马路对面走去。

内特叹了口气，眼神中充满了担忧，感觉到处理爱德华兹一家的谋杀案更大的压力：尽快破案，将杀人犯以儆效尤，不仅关乎他个人的名誉，对于整个镇子的发展前途也有着重要意义。内特必须表现出掌控一切的样子。他渴望自己看起来是这个样子。他挺起胸膛，挺直后背，完整地展现出他一米九三的身高。内特的身材十分引人注目。他沿着大街，大步走去，步伐中带着坚定。

当地人给自己的摊位上添上最后一抹装饰。内特路过一个马戏团，正在进行一场小规模助兴表演，那里有旋转木马、破旧的摊位和拳击帐篷。他看见一个健壮的土著男子，这个土著人可能是众多土著拳手之一，这些拳手为这个地区各处巡演的马戏团表演节目——这不但是一种谋生方式，也是他们背井离乡、逃离城郊、摆脱贫困的途径。那名土著男子在帐篷的舞台上放了一面巨大的低音鼓；一会儿会用这面鼓来招揽生意，鼓声咚咚，宛如心跳声，在附近的山脉里产生很大的回响，呼唤各色人等前来观赏帐篷里的拳手表演。

内特脑海中突然闪过一个念头：*我应该回去找他们。问上几个问题。至少可以给他们看看告示。土著人之间彼此熟络，别人*

对我这么说的。

但他现在必须得去牲畜围栏那里寻找莫利的丈夫乔·约翰逊了。内特向左转身，离开主街，径直向聚集的人群走去。围场已经被翻新，在需要的地方新竖起了不少木护栏桩和栏杆。围场上面挂着一块全新的牌子，上面写着“查尔斯·爱德华兹家族家畜市场”，以纪念查尔斯·爱德华兹。爱德华兹于十九世纪二十年代初来到此地，寻觅更肥沃的牧场来放牧他的羊群。

内特走近时，一股牲畜的恶臭味道随着微风荡漾开来，空气中还弥漫着一股活力，是荷尔蒙，很浓烈。

走到家畜市场，内特很惊讶地看到数量巨大的牲畜，大量的赶牲口的人、牲口贩子和农民坐在围栏上，他们正低头看着围栏里他们可能要买的牲畜。拍卖人在最高的围栏处周围来回走着，向人们介绍着牲口的质量和品种。这块区域人声嘈杂，充斥着叫卖声、笑声、讨价还价声和绵羊“咩咩”的叫声。所有的赶牲口的人，不管年龄大小，身材如何，都把他们的鞍毯和马鞍放在栅栏上晾着。有几个在给自己的马喂草，另外几个在给自己的马梳毛，检查马掌。人们三五成群围在一起，讲述着他们这次赶牲口过程中的奇谈趣事。故事中的冒险成分会继续口口相传并不断添加新的内容，以至于之后几天大家讲的故事会越发富有冒险精神。几个男人正在为欠债而争论不休。

内特径直朝他遇到的第一伙赶牲口人走过去。他们不像其他人群那般喧哗，而是在牲畜市场旁边站着，给他们的马往水槽里添水。他们中有两个土著黑人，也许能帮忙辨认布告上的那个黑人。

“上午好，先生们，我是内特·克林托夫中士。”

离内特最近的那个赶牲口的人转过头，向内特伸出手。他是这支赶牲口队伍里的队长，年纪在五十五岁左右。

“我是布鲁斯·朗利。”

两人握了握手。内特并没有浪费时间，而是直入主题：“我在找乔·约翰逊。”

“长官，他不在我的队伍里，有人认识乔·约翰逊吗？”布鲁斯向全体队员问道。三个中有两个停下手中的活儿，抬头看了看，随即摇了摇头。布鲁斯又看向一个又矮又小的一个赶牲口的人，还是个孩子。“你认识乔·约翰逊吗，马蒂？”

马蒂正在系行李袋，听到朗利的话后站了起来。“我觉得他是罗伯特·帕森队伍里的，他们已经走了。”内特耳边传来稍显女性化的声音，很高。他仔细看去，才发现马蒂实际上是一个四十刚出头的女人。

她向内特伸出手，说道：“我叫玛莎·默里。我更喜欢别人叫我马蒂。”

内特感到自己有点儿愚笨，随即和马蒂握了握手。“他们走了？去哪里了？你知道吗？”马蒂笑了笑，指向路对面的旅馆，斯坦洛旅馆。他们看见三个赶牲口人走进那个旅馆，很快就被妓女们团团围住。这些妓女像水蛭一样缠着这几个男人，深知今晚是赚钱的大好时机。

“前面站着的那个留着红胡子的大个儿就是罗伯特·帕森，那个小个子是他的副手约翰·麦克法伦。另一个肯定就是你要找的乔·约翰逊了。这三个人关系很密切。”

那三个人走进旅店的旋转门，消失在了一间烟雾缭绕肮脏的屋子里。内特看着，心想，他至少得过一会儿才能见到他们了。

其中一个土著人用土著语和马蒂说：“这是乔·约翰逊的马。听白人们谈论说。”

“很好。”听到这个消息，马蒂点了点头，表示感谢。“那是他的马。”马蒂指着另一处围栏里那匹焦躁不安的红棕色母马说道。“这个消息是我们队伍里的一个小伙子听人谈论说的。”

那匹母马沿着栅栏来回跑动，同时眺望着远处的山脉——也许山里有它向往的自由。布鲁斯大声说道：“它看起来很想回家啊！”

内特勉强地笑了笑。“我希望乔·约翰逊也同样想回家。”

“一个男人在面对家人之前，必须得和妓女睡一觉快活一番、饱餐一顿、再打上一架。”听完马蒂的话，内特颇为惊讶。布鲁斯不满地看了一眼马蒂。马蒂装作害羞的样子，挽住丈夫的胳膊说，“好吧，亲爱的，我是说有些人会那样做。”

布鲁斯向内特建议道：“您要是想让他们理智点儿或者想让他们明白道理，我就等会儿再走。”他又急忙补充道，“该不会是乔·约翰逊的家人遇害了吧？”

内特对布鲁斯说不是，但是他希望乔·约翰逊能尽早回家。他又补充道，“我抽不开身去看他的妻子是否一切都好。她住在那个地区，我很担心，那里时常发生谋杀”。内特心想，*“但至少乔现在在镇上，他最后也会回家的”。*

他把告示从口袋里掏出来，展示给这两个赶牲口的土著人。他们俩仔细看了一番，并用土著语低声交谈了几句。布鲁斯打断了他们，说道：“大点儿声说，吉米·詹姆斯。”

这个土著人摘下帽子说：“没什么，老板，我们不认识他。”

听罢，内特一边把告示拿过来，装回口袋里，一边思索着下一步该怎么办。

十六

莫利躺在床上，床边是一张自制的靠墙的餐桌，一大块三分熟的牛排在餐桌上的盘子里滋滋作响，蒸汽从上面冒出来。莫利微微动了一下。她的眼前闪现出一些支离破碎的模糊形象，太混乱了，搞不清楚是什么。是昨天的恐惧造成这些噩梦的吗？还是另有其他原因？她突然惊醒，笔直地坐了起来，环视四周，弄清楚方向，看到她的猎枪就在床上她身边放着。*那个黑人哪儿去了？他想干什么？*她环顾四周，看到那个黑人背对着她，坐在炉子旁边的地上吃东西。

这个土著男人已经吃完了最后一口饭，把一小块骨头舔得干干净净。他需要饱餐一顿。他把那块骨头揣进兜里的那一刹那，脸上掠过一丝满意的表情。突然，他感到头上被一把枪顶着，便举起了双手，做投降状。莫利在他身后站着，拿着猎枪对准了他的后脑勺。一个念头闪过这个土著男人的脑际：*要是今天这*

顿饭就是我人生的最后一顿饭，那是相当不错了。

莫利命令道：“站起来，滚出去！”他照做了。

到了外面，莫利将斧头高高举起。而那个土著男人的头被摁在砧板上。莫利一斧头劈了下来：“砰”的一声，正好劈在土著男人脖子上项圈的铰链处，铰链掉了下去。刚才还在砧板前跪着，他一下子跳了起来，手里拿着那个钢制的项圈，对莫利满怀感激。

他们彼此盯着对方。土著男人指着项圈连声说道：“夫人，谢谢您。谢谢您。”

莫利疲倦地看着他。她不确定自己做的是否正确。*该死！我到底做了什么？*他要是戴着项圈，莫利还有控制他的办法。但如果他摘下了项圈的话，这对莫利来说就是个麻烦，这个土著人要想杀她的话现在便是个绝佳的机会。可是他要是戴着项圈的话，如果有人过来，那么那个项圈会让他们两人一起完蛋。要是不受伤的话，这个土著人还是非常健壮，很有能力的，莫利需要他的帮助。莫利的身体一直不好，臀位分娩带来的创伤一直折磨着她，丹尼能帮她做的也就这么多。把他放了——莫利确实欠这个土著男人一份人情——因为他在莫利分娩之时提供了帮助，帮她生下那个死产婴儿，更重要的是救了她的命。

土著男人看着莫利，眼睛在质询她。莫利恢复了些体力，直起身来，把猎枪拿了起来，放到身体另一侧。她现在真正想做的事情就是睡上几天。莫利虚张声势，盯着土著男子询问的眼睛，确切地回答道：“只待一个晚上。帮我砍一棵树，但明天你必须滚蛋。”

“两晚，到那时会有满月，我好赶路。”

土著男人竟如此大胆，莫利感到难以置信。“你这是得寸进尺了！”

莫利又想了个法子。“我丈夫快回家了。”

“您的孩子们呢？”土著男人故作无知地问道，莫利听到这句话瞬间警觉起来。她用猎枪对准了眼前这个男子。“关于我的孩子们，你都知道些什么？”

“注意到了靠墙的那个小担架床。仅此而已。”

“这不关你的事。”

两人陷入沉默，莫利仍然举着枪。“和我作对，我就杀了你。你在哪儿站着，我就在哪儿一枪打死你，然后就地埋了你。”

土著男人点了点头，表示理解，他相信这个女人会这样做的。

莫利指着那个项圈说，“把那个埋深点儿。”两人互相看了对方一眼，他们知道，在这件事情上，他们俩现在是拴在一条绳上的蚂蚱了。莫利毁坏了政府的财产，释放了一名囚犯。“你最好别老在我眼前晃悠。”

土著男人感激地点了点头。“好的，老板。”这个黑人低下头尊敬地答道。莫利知道这个动作，她还是个小女孩的时候就见过；黑人们一直在做这个动作。这个动作并没有什么意义，因为他们仍然可能还是流氓。莫利记得的也就这些。

“我丈夫才是家里的老板，我只是一个赶牲口人的妻子。你现在快去把那个项圈埋了，再去挖一座坟。我要去和我的孩子道别了。”

“我这就去做，夫人。”

莫利没有理他，径直走入房间。跨进门槛的瞬间，她终于卸下了防备，从她脸上痛苦的表情可以看出来，她真是病得很厉害。

“我能先洗个澡再埋这个孩子吗？我想表现出应有的尊敬……”

莫利转过身，面对着他，对他的话感到很生气。他在故意拖延时间，还是在耍什么把戏？莫利上下打量了他一番，意识到他满身都是变干的血迹和泥土——再次在莫利面前暴露无遗。

莫利点了点头说：“动作快点。”

土著男子向前走了一步，伸出手，说道：“我叫亚达卡，是古古·伊米舍人收养的恩加里戈人。”他努力挤出了一丝笑容，露出了洁白整齐的牙齿。

莫利没有握他的手。“我是莫利·乔·约翰逊太太。”她拿枪示意土著男子绕到后院去。莫利看着他从棚屋边上绕过去，消失不见了，回头看了看前院，地上松软的泥泞中到处都是脚印，深深呼了一口气。她对此无能为力，因为她实在是太累了，而且这里没有干燥的泥土把那些脚印盖住。她只得等待一段时间再去处理了。

莫利走进屋子里，消失在棚屋的暗处。传来门闩上锁的声音。现在是下午三点左右，影子慢慢爬过前院。

莫利坐在那把饱经风霜的自制摇椅上，轻轻地前后摇晃着，由于其中一个扶手不一样高，摇椅有轻微的晃动。她是在一次长途散步中发现这把椅子的，当时椅子零七碎八散落一地。一定是从某人的马车上掉下来的。莫利把椅子的部件拿回家，组装起来。

虽然有诸多的不完美之处，莫利仍然很喜欢这把椅子。在这把椅子里，她哄大了自己的五个孩子——要是算上这个的话就六个了。她轻声哼着一支悲伤的曲子。这是爸爸曾给她唱过的那首古老的挽歌，“黑色就是你的颜色”。莫利的哼唱声和摇椅发出的吱嘎声变得动听起来。莫利面无表情，双眼空洞，不知看向何处。她大腿上放着一个布包袱，一只粗糙的手在包袱上轻轻打着节拍：包袱里裹着那个女婴的尸体。

亚达卡走到了棚屋旁边，他的衣服刚洗过，已经半干了。但是衣服上仍然有明显的血迹，还有其他的污渍。他手里拿着一个临时制作的小棺材。莫利坐在露台上轻轻摇着她那刚出生的孩子，孩子已经死了，放在她的大腿上。看到这一悲伤的画面，亚达卡感到很震惊。莫利身上有一种距离感，她并未流泪，亚达卡很好奇。他知道莫利是个坚强的女人，生活很艰难……*但那是她的孩子啊。*

亚达卡慢慢走近莫利。但莫利并未发现他。他把小棺材的盖子取了下来，说道：“夫人？”

莫利心不在焉地转过头来，把那个包裹好的孩子放在小棺材里，再也没说一句话。她转过身去。仍然面无表情。终于，莫利说话了，“我抱着那个死去的男婴，骑着牛走了19英里，他那会儿才六个月大。连个鬼都没看见，后来牛也死了，只留下了我”。

亚达卡看向莫利，听莫利讲这个故事，他不知所措。但是他不敢打断，觉得这是莫利想和他分享的故事，也许吧？

“乔走了，去昆士兰，赶牲口去了。我们刚结婚十八个月。我那会儿才十六岁。”莫利的呼吸有些急促。

“你还好吧，夫人？”

莫利没有回答。

“夫人，我可以……”亚达卡拿着棺材的盖子，问莫利他是否可以把盖子盖上了。

莫利走了过来，握紧拳头，将拳头轻轻放在孩子被盖住的额头上面。随后，她朝拳头吹了一口气。

亚达卡皱起了眉头，对此感到很好奇。他知道这个动作是什么意思。*但是莫利为什么知道这个动作呢？*

亚达卡对莫利说：“您是想表达永远和她在一起吧。”

“这是一位土著妇女教我的。她帮我安葬了我第一个孩子杰克。她也帮我安葬了我的父亲。她哭得很伤心，泪流成河，像暴风雨中的狂风一般哀号……看上去她并不认识我父亲。离开前她也对我做了这个动作。我很喜欢。所以我现在做这个动作。我知道这一定表达某种意思——*永远和你在一起*。”

有一会儿，莫利和亚达卡两人距离很近，谁也不说话，但并没有感到不自在。亚达卡意识到了这一点，但又不想打扰莫利，也不想打扰她沉浸其中的片刻时光。此刻，他感觉莫利有些不对劲。

“她使我有点儿害怕，但是……使人感到舒适和美，她的……”

“恸哭，”亚达卡告诉莫利。莫利盯着他，几乎没听到他的话。他们俩靠得很近，莫利的讲述又含混不清，这让亚达卡感到不自在，他说道：“听起来像在说金妮·梅。”他又很快补充道：“我知道这是什么人的家园，我也知道谁可以在这片土地上帮人们埋葬死去的家人。她就是我们的女医师，她之前提到过你，还为你接生了两个孩子。”

这句话引起了莫利的注意。“接生的是乔·朱尼尔和亨利·詹姆斯。”她若有所思地说道。

亚达卡清了清喉咙，他知道自己即将要说的话会让莫利吃惊。“还接生了一个男孩，这个男孩一生下来就死了。”他已经准备好接受惩罚了，因为他知道自己的这个猜测越界了。

莫利答道：“我去拿我的帽子。”然后她转身走进屋子里，只留下亚达卡目瞪口呆，对她的反应感到十分不解。

亚达卡希望他刚才说的话不会对自己产生困扰，危及他在这里停留。他现在对莫利的经历产生了兴趣。*可能她还会再说一些？*他觉得莫利身上一定有故事，但又说不上来确切是什么。金妮·梅跟他说了这个故事，已经过了很久了——对金妮来说，这是一个很珍贵的故事，只要一得空，就说个没完。*也许……金妮讲的就是这个女人？*

亚达卡希望安葬完这个孩子之后，莫利不要让他离开这里。他知道自己需要更多一点儿时间恢复伤口，伤口还是很疼。他设法用药草和苔藓做成一种药，帮助伤口愈合。但是，由于在险峻而崎岖的地带跋涉了数周，他已筋疲力尽，让他感到疲惫不堪的不光是法律的煎熬，还有他竭力的逃跑。

此时，让亚达卡感到如释重负的是，那样的日子已经过去了。他期盼今晚能睡一个安稳的好觉，放松一下。他的肚子也填饱了：他知道这里有很多肉。

亚达卡等莫利的时候，想起了第一次遇见金妮·梅的场景。他已经沿着山脉连续跋涉了数天——山脉是属于黑人的大道，也是穿越这个地区最快的路线。

*

亚达卡想起了自己的好运：他轻而易举地就从之前的看守者——也叫看护人那里逃脱了，丹尼尔·马修斯神父，由他负责照顾的土著男孩们都这样称呼他。神父是个好人，但有点儿古怪，在维多利亚州埃丘卡经营着一家收养所谓不良土著男孩的管教所。亚达卡大约十五岁时就到了那里。

他被南非菲利斯马戏团滞留在了墨尔本，后来因贫困而入狱，再后来他又从一位雇主那里逃离了，那位雇主对他十分不满，还有暴力倾向，指控他偷了自己的黄金。就这样，亚达卡没有买票偷偷上了一艘大船，这艘船已经在库克港停泊了一个多星期。他是被船上装载的各种奇怪的动物吸引到这艘船上的。他又饿又累，躺在新鲜的干草上休息，接着就睡着了，醒来的时候发现自己竟然已经置身于太平洋的公海上。接下来，他将跟随这支马戏团在澳大利亚东海岸巡演三年。

马修斯神父去彭特里奇监狱接他时，亚达卡几乎快死了。亚达卡身处一间昏暗的单人牢房，微弱的烛光穿过这间牢房，这一抹光亮将他唤醒了，要不然他可能就长眠不醒了。他光着身子，感到很冷。他镇定自若地慢慢站起身来，走到装有铁条的小窗口，从马修斯手里接过递给他的那片面包。亚达卡非常感激神父的帮助。

马修斯神父有一个慈爱体贴的妻子，有一个女儿。他们一家人很信任亚达卡，并且给他提供了一个黑色小屋子，让他做家里的一名黑佣，帮助维护家里的东西。他们教亚达卡读书、写字，一起欣赏周日教堂里和周五晚上马修斯家里演奏的音乐。但亚达卡仍然渴望回到属于自己的“土地”，渴望回“家”，回到昆士兰州北部母亲的家园。他很渴望回到自己的部族。

亚达卡多次尝试逃跑，但每次都被抓住，又带回来。二十五岁那年，他又一次试着逃跑，这一次他成功了。他穿过山脉往北走的时候，偶然遇到了其他部族的人也在穿越山脉。他们都朝同一个方向走。亚达卡十分清楚，你要对任何接近自己部落以外的人保持警戒。不是来自这个地区部落的人甚至更危险。他和那些人们保持着一段距离，终于来到一个很大的聚会现场，来自不同家族、部落和部族的人都会聚在那里。

*

看到这么多宗族里男男女女聚在这里，我感到很高兴。所有这一张张漂亮的黑色面庞仍能从生活中找到值得开心的事情。他们给了我希望。我在他们边上待着，看见他们很快聚集起来，像是要举行什么仪式。人群开始唱歌，跳舞，共同庆祝来自布冈夜蛾的这种馈赠。每年的这个时节，吃上一顿满含蛋白质的蛾子太有必要了，这顿盛餐会让人们积累足够的脂肪，为即将到来的冬天做好准备。为了安全起见，我很快打听到了举办这场盛会的部族，并向他们介绍了我自己。我跟他们讲述了我的遭遇，族里的老者召开会议进行了讨论。一位六十岁出头的女人对我很有兴趣。我有点儿担心她可能想让我当她的丈夫——不是因为她长得不漂亮，而是我只会在这里待一阵儿，我要回到我的族人身边去，回到我母亲的身边去，要是她尚在人世的话。我很思念母亲——自从我十二岁之后就再也没见过她。消息传来，我可以留下来，那个女人会收养我。我要叫她“妈妈”。我不确定这个女人为什么要这么做，但我还是满怀感激，称她为母亲。

此后不久，亚达卡理解了这个女人收养他的动机。她要给亚达卡讲一个故事，她对这个故事视若珍宝，但被禁止和部落里的其他人分享，因为人们认为这个传奇的故事代表着厄运或毫无价值。这是一个关于背叛、破碎的传说和禁忌之爱的故事。如果金妮·梅收养了亚达卡，就能给他讲这个故事了。金妮·梅选择亚达卡继续让这个故事流传下去。他现在担负起了这个责任。也许有一天这个故事会给他带来某些东西。

突然间，关于这个故事的记忆如潮水般涌上亚达卡心头。这些情节不是按照时间顺序展开的，而是零散片段式的。他需要花时间把这些情节串起来，形成一个完整的故事。他会向先人们寻求指示。即使金妮·梅已经去世，她还可能出现在亚达卡的梦中。

就在这时，亚达卡听到棚屋后门关上了。他急忙朝着莫利跑去，却不想跟丹尼撞了个满怀，丹尼背上背的、手里拿的全是物资。

自从去往镇上之后，丹尼一直在不停地购买补给，并且忙着去取雪莉夫人送给他母亲的礼物，丹尼之所以这么着急，是因为他想赶回来看母亲生了个弟弟还是妹妹。

砰！丹尼跌倒了，重重地摔在地上。身上的物资掉了一地。亚达卡跌跌撞撞向后退了几步。丹尼自己站了起来，有点儿喘不过气来，但是他一看到眼前这个黑人就愤怒地向他冲去，挥舞着拳头，大声喊着，“妈！”

十七

埃弗顿的主街道上熙熙攘攘，充满了活力，内特·克林托夫正置身于最热闹的地段。斯坦洛旅店的客人们已经聚集在店外的台子上，为新上任的女王陛下法律的推行者加油。

内特握紧拳头，朝着一名醉酒的赶牲口人下巴上狠狠来了一拳，他应声倒地，被完全打晕了。接着，内特迅速转身，一拳打在另一个赶牲口人挥舞的胳膊下面，又朝着这个家伙的下巴来了一记勾拳，打得他踉踉跄跄一屁股跌倒在水槽里。

内特利用这一时刻喘了口气。他的衬衫已被撕破，连最后一根线也掉了，露出了他轮廓分明的胸膛。内特用手揉了揉自己受伤的大腿。这场战斗似乎结束了，他点了点头，向众人致意。现场的欢呼声不断，后来又响起了雷鸣般的掌声。一个妓女肆意地向内特吹了一声流氓哨。更多的欢呼声响起来。内特不禁红了脸。他知道他必须向镇上的人证明，他自己能处理这些事情，他不是一个容易被打败的人：是内特的第一记重拳向这个大声喧器、惹人讨厌的赶牲口人证明了这点，这个家伙正在挑战内特在这个高地的权威，同时，内特也向聚集的民众证明了自己的立场，他们都热切地想看看这个新来的中士能给他们带来什么。

几个妓女坐在斯坦洛旅店的围栏上，匆匆地看了一眼内特。内特光着膀子，露出强健的肌肉，拍了拍裤子上的土。这几个女人目不转睛地盯着他。内特弯腰捡起地上的衬衫，将它塞进裤子后面的口袋里，他穿着制服裤子，这一弯腰的动作完美地勾勒出了他的臀部曲线，妓女们的目光都紧盯在他紧实的屁股上。最引人注目的是，他的下巴轮廓特别好看，是个女人都想用鼻子蹭蹭。妓女们同时叹了口气，彼此耳语道："这么说，他就是镇上新来的治安官。"

一个妓女抑扬顿挫地说道："只要他想，他可以随时逮捕我。"

"你们说他结婚了吗？"

"他结没结婚重要吗？"

妓女们大笑起来。内特一瘸一拐地走过去，揪住那个面朝下漂浮在水槽里的赶牲口人的脖颈，把他拉了出来，与此同时，妓女们一起向内特鼓掌。

骑警斯宾塞·莱斯利像往常一样姗姗来迟，摸索着手腕上挂着的镣铐。人群咯咯笑了起来，挥手让他走开。这是莱斯利通常会引起的反应，没人给他鼓掌。

内特把另一名仍然神志不清的赶牲口人拖了过来，拉到那个浑身被水浸透的赶牲口人旁边，斯宾塞用镣铐将他们锁在了一起。这时，人群中又传来了最后一阵欢呼和一轮掌声，这是小镇在以它自己的方式表达对内特的认可。内特亲切地笑了笑，微微鞠了一躬，表示很乐意这样玩下去。斯宾塞也大为感动，和人群一起为内特鼓掌。

骑警莱斯利为克林托夫中士撑开牢房的大门，克林托夫将两个醉酒的赶牲口人用力拖进牢房里。牢房地上爬满了醉酒的赶牲口人，新抓进来这俩跌跌撞撞地倒在了他们身上。

“我们不得不释放几个，”斯宾塞说着，将一条腿迈进牢房内，以便关上门。“我们得为今天晚上腾出地方。”

内特摇了摇头，难以置信。斯宾塞·莱斯利说这个小镇在交易日会失控，他的这种看法永远不出错。天空中还有阳光。他决定不骑马去看莫利·约翰逊了，这是一个明智的做法。

斯宾塞已经多次目睹这些人醉到这个程度，放浪形骸。把这些醉酒的赶牲口人扔进牢房，他是老手了。把他们锁在牢房里，让他们清醒过来，几个小时后再把他们放了，让他们再去喝酒。他已经被派驻在埃弗顿克雷斯特希尔前哨工作了近九年，他一直很开心地干着自己的文职工作、管理着这个小哨所。这期间，没有发生很多事。大约在二十年以前，关于这个地方城镇化发展的传言四起，在斯宾塞的任期内，该地区的人口总量就翻了一番。牲畜线路的开通，使这里成了中间站，人们又都来到这里，人们在饭桌上再次谈起克雷斯特希尔哨所要成为一个镇了。斯宾塞知道，上面一定会委任一位上级长官来管理这个地方，对此他并无意见。他就是这样一种人。对于“他的梦中姑娘”是来自澳大利亚另一边的这件事情，他一直也可以接受：他攒了一整年的钱，给女孩付路费，并把她接过来，结果女孩过来嫁给了另一个人。

内特系好了新衬衫的扣子。幸运的是，路易莎坚持让他手边带着换的衣服，以备不时之需。妻子总是能考虑周全，内特对她很是感激。内特来到监狱后院，在水槽里洗了把脸，整理了一下头发，检查了一下自己擦伤的关节。监狱的前门猛地被打开了，牲畜贩卖场的一位官员冲了进来，气喘吁吁，汗水从眉毛往下流。“长官，我们发现，在离我们二十步远的地方有人拔出手枪准备开战，那些人是因为买卖绵羊而吵起来的。”他猛咽口水，双手置于臀部，面部因大口吮吸氧气而变得扭曲。

内特和斯宾塞面面相觑。“长官，我早就和您说过。”斯宾塞耸耸肩说道。随后两人都冲出门去。

十八

午后的微风中飘荡着甜美的歌声，是丹尼在歌唱。“她的脸庞极其俊俏……”

在那棵巨大而古老的疏花桉的树荫下，莫利、丹尼和亚达卡站在一个用生锈的铁栅栏围成的围场里面——这是家族的墓地。

丹尼的歌声仍在继续：“最纯洁的微笑和最温柔的手……”他偷瞄了一眼那个黑人，对他充满了好奇，但也十分警惕。“我热爱这片她所站立的土地。”当亚达卡看向他的时候，丹尼的目光急忙瞥向别处。亚达卡很喜欢这个男孩，喜欢他骨子里的战斗精神，喜欢他对妈妈的忠诚。丹尼的年龄和他的大儿子相仿。

在围栏里，坟墓上插着自制的木制十字架作为标记。十字架上都刻有名字：“挚爱的父亲杰克‘乔克’·斯图尔特，1807—1869”；“杰克·乔瑟夫·约翰逊 1869”。还有一块大河石上刻着“玛丽”这个名字。

丹尼优美的嗓音会让最冷酷无情的赶牲口人也落泪：“我亲

爱的爱人啊，你至今还好吗……”莫利仍然沉浸在悲恸中——她目光迷离，怅然若失，只是听到亚达卡挥舞锤子的声音身体向后退缩了一下，此时亚达卡正在用锤子把钉子锤进那只小棺材，把盖子钉上。丹尼在唱歌，亚达卡在用锤子敲打，两种声音交织在一起，优美得摄人心魄，却也令人极度心碎。亚达卡落泪了。

接着，莫利终于开口了，打破了那片刻的温柔，她问了自己大儿子一个很意外而且很可笑的问题：乔·朱尼尔和亨利·詹姆斯在雪莉小姐那里听话吗?

丹尼眼里噙着泪水，看向妈妈，目瞪口呆。“他们表现好着呢……就像在奇安德拉发现的金子一样，妈妈。”接着，莫利离开了。亚达卡钉好了棺材盖子，抬起头看了看，对莫利突然的情绪感到有些不解。他和丹尼看着莫利走远了。最后，丹尼回头看向亚达卡。他们看着彼此，丹尼耸了耸肩，然后两人都回头看到莫利从棚屋的后门走了进去。丹尼叹了口气，两人将思绪和注意力转回到完成埋葬的任务上来。

亚达卡拿了一个小小的自制木制十字架，向前走了几步，单膝跪地，要把十字架插在地上。丹尼拽住他的胳膊。说道：“先生，我来吧。”

亚达卡点了点头，完全理解丹尼的意思。他把十字架递给丹尼，自己则向后退去。丹尼模仿着这个黑人的姿势，用劲把十字架插进地里，向十字架周围推了一把土，弄成一个小土堆，将其固定好。十字架上面写着：“黛西·莫利·约翰逊，1893”。

丹尼和亚达卡向后退去，两人都低头表示敬意——想想他们第一次见面的场景，这一刻，他们之间的气氛可谓忧郁而平静。丹尼不禁又偷看了一眼眼前这个黑人。他对亚达卡越来越好奇。随后，亚达卡便离开了，走进了灌木丛。

丹尼看着这个土著黑人走远。他又回头看了看棚屋，想起他们走进家族墓地时，母亲悄悄对他说的话：“丹尼，和他保持点距离，离他远点。我们不能相信他。还有，他也有事要忙。所以，不要耍你的小把戏——不要管他。”

然而，丹尼无法控制自己对这个土著人的好奇心理。丹尼担心亚达卡就此从灌木丛里消失，便急忙跑去追赶他。他大步跨过地上掉落的树枝，跨步越过草丛，跳过袋熊的洞穴，奋力追赶这个黑人。很快，丹尼消失在了灌木丛里。

莫利躺在床上，面朝着墙，紧紧搂着自己，一颗泪珠从脸颊滚落下来。*又失去了一个孩子……已经埋葬了。也许这是最好的安排吧。这个时候可能会出现很多问题，我做的事情太危险了……我不光要去送别一个新生儿，还要为剩下的孩子操心和担忧……*

终于，莫利忍不住了，她开始低声啜泣。

在灌木丛中一块空地上，丹尼拨弄着一个小火堆。炽热的煤上面正在烧开一马口铁罐水。丹尼往水罐的提手中间塞进一根棍子，把水罐从火上安全地提起来。他往桶里倒了点儿茶叶，敲了敲罐的外侧让茶叶沉下去。

背后传来亚达卡的声音。“谢谢你。”

听到亚达卡的声音，丹尼急忙向后退去，脚底绊了一下，他又紧张又害怕，险些将刚沏好的热茶泼洒出去。亚达卡停了片刻，他没有动，也没有看这个小男孩。他不想做任何事再吓到丹尼了。

“可以和我一起喝点儿茶吗？”亚达卡指着桶里的热茶问道。丹尼记起了妈妈给他的警告：他要和亚达卡保持距离。

“妈妈不让我和陌生人说话。”

“我是古古·伊米舍人收养的恩加里戈人，我叫亚达卡。”亚达卡伸出手来。

片刻，丹尼试探性地向前走了几步，握住了亚达卡的手。“我叫丹尼。”

“我猜，咱们俩现在不再是陌生人了。”亚达卡示意丹尼坐下。丹尼听罢便坐了下去。亚达卡旁边放着两根刚刚用火烤直的长矛杆。还有一根较短较粗的棍子被做成了另一种武器，抑或是某种器具。亚达卡此前为获取食物等待时机接近莫利或她的棚屋时就准备好了这些东西。亚达卡观察了整整两天。他顺着牛肉的香味来到了莫利的住处，但是克林托夫夫妇的到来却让他陷入了困境。

亚达卡倒了茶。丹尼对眼前的这个黑人很感兴趣——这还是他头一次离黑人这么近，因为这些日子里这一带黑人很少。丹尼上下打量着亚达卡。

他并不像丹尼一开始想的那么高大，实际身高大概有六英尺。健壮，但是身上有伤。他下背部感染的伤口马上就要愈合了，已无大碍。用苔藓和药草自制的药膏似乎起作用了。

大约八岁的时候，丹尼和妈妈总会看到一个黑人部落从他们家的院落抄近道穿过。妈妈说，“他们这是要去唱歌跳舞”。年轻的时候，莫利和爸爸偶然碰上了一个大型的集会，那些人用土著语冲他俩高声尖叫，驱赶着他们。莫利意识到这些黑人正在做某些非常重要的事情，并不想让外人看到。集会的人群由成年男子和年轻的小伙子组成，他们在碾碎的赭石粉末中加水，做成一种糊状物，涂抹在身上，并涂出各种不同的图案。她和爸爸头也不回地跑开了。他们一直跑，直到与这些黑人拉开一定距离。但那天晚上晚些时候，他们能顺风听到部落里人们的歌声、吟诵声和跺脚声。接下来的日子里，他们听到的只有女人的声音，女人们大声叫喊，就像猛烈咆哮的狂风。

那段时间，黑人们和莫利保持着距离，尽管有几次一位年长的土著女人会故意落在队伍后面。莫利远远地保持着一定的距离，等待着、观望着。她会把自己的两个儿子，乔·朱尼尔和亨利·詹姆斯展现出来，把乔·朱尼尔推在自己的前面，让亨利·詹姆斯站在自己的身后。那位年长的女人总会点头，然后骄傲地微笑，朝着莫利挥挥手，然后就去追赶其他人去了。

每当这时，丹尼总是面带疑惑，看看妈妈，又看一眼匆匆离去的那位年长的黑人妇女。莫利告诉他，她们打招呼，是因为那个女人曾接生过丹尼的两个弟弟。“她只是检查了一下两个孩子——在某种程度上，也是她的孩子。”莫利总会这样说，边说边望着那个土著老女人渐渐走远。莫利的眼里有一种渴望，或许是对陪伴的渴望。也许她想念这个年长的土著女人了。她想，也许*这就是有母亲关心和疼爱的感觉吧*。即使这种关爱来自遥远的地方。莫利只知道这个女人作为一个土著妇女十分善良，她总是在自己需要帮助的时候出现。这个女人曾帮助筹办父亲的葬礼，接生了自己六个孩子中的三个，分别是：小杰克、乔·朱尼尔和亨利·詹姆斯。此外，丹尼出生前，莫利经历过四次流产，其中一次这个土著女人在场。那次流产后，莫利的情况十分危险，在这个土著女人的精心照料下，莫利恢复了健康。然后，像往常一样，土著女人紧握拳头，朝着拳头里吹了口气，口中念念有词，最后离开……莫利是多么怀念来自这个土著女人的关爱啊！

丹尼喝着茶。他和亚达卡啜饮热茶，陷入沉思之时，彼此间十分安静。丹尼看了看地上，看到放在他旁边的长矛轴，开始用手指触碰长矛轴上锋利的木制矛尖。

“捕猎用的，用来获取食物。”亚达卡告诉他。

丹尼的手移动到了旁边另一杆矛上面。那杆长矛上有一个锋利的、边缘呈锯齿状的骨尖。这根骨头正是亚达卡第一天来这里吃完饭揣进口袋里的那根骨头。他把这根骨头削成了一个看上去十分危险的矛尖，安在了这杆长矛上，从而制成了一件凶猛的武器。

亚达卡仿佛看懂了丹尼在想什么一样，对他说：“那杆长矛是用来杀戮的。”丹尼直直地看着眼前这个黑人，问道：“那么你是坏人吗？”

“我觉得我不是坏人。”

丹尼有点儿害怕了。

亚达卡的目光转向旁边的灌木丛，好让丹尼缓解一下紧张的神经，或者给丹尼一个机会，让他站起来逃跑。丹尼决定留下来。亚达卡注意到了这一点，很感激这个男孩信任他。他仍然看着远处，说道：“丹尼，我希望你除了捕食这个原因外，永远不要以任何其他理由去杀戮。”

丹尼迅速别过头去。亚达卡要是一直在看着他，可能会注意到丹尼眼睛里一闪而过的愧疚之情。

他们俩又安安静静地坐着喝了会儿茶。男孩和这个土著男子很快便相处得轻松起来，他们加深了对彼此的信任。丹尼喜欢说话，要是他的身边恰好有人愿意倾听，那他就更是滔滔不绝了。“不久前我过了生日，距离现在已经三个月了。”

“真的吗？祝你快乐幸福。方便问问你的年龄吗，丹尼？”

“先生，我十二岁了。”丹尼答道。丹尼笑得很灿烂，似乎年龄对他来说很有深义一般。他又说，“我父亲在这个年纪的时候已经出去工作了。”

“你也希望像你父亲那样去工作吗？”

“也不完全是。母亲需要我在家里帮忙，因为父亲经常不在家，我可是母亲的好助手。”

莫利给孩子们买不起生日礼物，但是她总会在孩子生日那天做上一餐丰盛的饭菜，把家里所有人都聚在一起庆祝，尤其是如果孩子们的父亲还没有离开家去赶牲口的时候。家里人过生日的时候，乔很少正好在家，所以莫利想在丹尼十二岁生日那天让乔回来，她想让自己的长子过一个特别的生日。莫利觉得十二岁是一个非常重要的节点：你不再是个孩子了，但你还不是个“少年”。你处在人生的十字路口，将童年抛在了身后，但还没有进入成年。丹尼很想离开家去干活，去和爸爸一起赶牲口，从莫利的生活里离开，置身于每日的劳作中。

“你已经准备好做男子汉该做的事情了。”亚达卡啜了一口热茶说道。

“你说的男子汉该做的事情就是我爸爸和西边那个妓女一起

做的事情吗？”

亚达卡对丹尼脱口而出的话感到震惊，很明显，这个孩子还不理解“妓女”这个词的意思。

“妈妈就是这么叫她的，我觉得这应该是她的姓。”

亚达卡再也忍不住了，他咧着嘴笑了起来。“好吧，我说的男子汉该做的事情和你父亲做的这件事情不一样，但是你以后也会对你父亲做的那件事情感兴趣的。”亚达卡说完自己咯咯笑了起来，说到“男子汉该做的事”，他也已经有一段时间没做了。

丹尼想了解更多关于亚达卡说的“男子汉”做的事情。亚达卡也非常喜欢与人聊天。他十分享受这个男孩的陪伴，也很喜欢丹尼所表现出来的对他的信仰的兴趣。

亚达卡告诉丹尼，他在自己的部落中过得还不错。“你有责任保护好你的母亲和弟弟妹妹们，你还得干家里的活。”

丹尼点了点头，认真听着，把亚达卡说的话记在了心里。

“但是，最重要的是，你要学习有关这片土地、天空和各种动物的故事，你有责任将这些故事重新讲给你的儿子们。随着时间的推移，你会了解所有这些故事的，但一开始你必须得走到山上的神圣之地。”亚达卡又啜了一口茶，不知他是真的需要喝一口茶，还是为了起到戏剧性的效果。“你最终要做的就是完成第一次杀戮，当然，要以正确的方式进行。”

丹尼睁大了眼睛，眼神里带着怀疑和恐惧。*第一次杀戮？*

亚达卡抓住这个时机，迅速拿起来一杆长矛，向丹尼展示了一个快速而令人印象深刻的猎杀动作。“快速击杀，让猎物没有痛苦，这就是正确的方式。”

男孩紧紧闭上眼睛，仿佛正在从脑海中清除一个可怕的想法。亚达卡不禁好奇自己是不是扯得太远了，他的充满威胁的姿态和表情也消失了。他看了看这个男孩，然后说，“丹尼，我说的第一次杀戮是指猎杀动物，为获取食物。”

丹尼睁开了眼睛，终于放松下来。他看着地面，有些尴尬。他看见了亚达卡光着脚——一个可以用来转换话题很好的选择。他毫不犹豫地将所有问题都抛了出来，“你没有靴子吗？还是丢了呢？”

“如果没丢，你的靴子在哪儿？”

“没有靴子，下雪了你怎么办？”

亚达卡不禁笑了起来，这个小男孩说得可真快。“你可真能问。”

“我妈妈也这样说我，但是你要是不问，就不知道答案，不是吗？”

“你会回答别人问你的所有问题吗？”

“是的，先生。我喜欢和人说话。”丹尼开始说了，就像他妈妈描述他那样，“他哇啦哇啦说个不停，舌头翻飞，嘴不断地张开又闭合。”

“在这儿，你没有机会说太多话。很少有访问者——唉，是根本就没有。我平时只能和我的弟弟妹妹说话，只有妈妈让我外出采购食物的时候我才有机会和其他人说话。邮差来送信我也能说上几句话，但是邮差难得到这里来，他来的时候也是匆匆忙忙的，说不了几句话。妈妈没有家人，爸爸也没有——唉，是他从来没有提起过。所以我们为了找点乐子就自己编故事，以此来消磨日日夜夜。这个游戏就是看你讲的传奇能有多长。我妈妈很擅长编故事。”丹尼笑了，想起了妈妈编故事的精彩表现。

“我曾在波涛汹涌的海面上驯服了一头熊，教六匹马跳舞，徒手给一只老虎喂食。那只老虎曾在马戏团里扮演一个小丑，名叫蒂波。”亚达卡说。

男孩感到难以置信，突然大笑起来。“一只老虎？还有一头熊？马儿跳舞？”

亚达卡难以压抑胸中的热情，说道：“真的，我说的每个字都是真的。”

丹尼强忍住笑声，宣告了他的成熟。“我今年已经十二岁了，但你讲的听上去确实很传奇。”

亚达卡冲丹尼微笑着，满眼赞赏。他们俩喝着茶。彼此间此刻又恢复了沉默和平静。亚达卡改变了话题，说起了丹尼之前问的那个问题。

“我们的脚不会冷。当我们看到山谷里第一次升起薄雾，我们便从山上下来，向北出发，到北方去过冬。”

丹尼仔细思索着亚达卡说的话。“可是我们这里已然升起了第一缕薄雾——你还待在这里做什么呢？”

亚达卡心想："不是我不想走，还是跟你说说吧。"

俩人之间又陷入沉默。随后，亚达卡继续说："我们可以使用山洞，把无法远行的老人和生病的族人安置在里面，里面有食物和水。来年春天，我们就返回来了。"

"但是一个体面的男人应该有自己的靴子。这是我爸爸告诉我的，一个体面的男人脚上应该穿鞋。"

亚达卡回答道："那咱们俩现在算不算体面的人呢？"俩人看着对方脏兮兮的光脚，一起笑了起来。

"今年冬天，我就能得到爸爸给我的靴子了，但我得用楔子把鞋后跟塞满才能穿。"现在轮到丹尼来讲述他的故事了。他跳了起来，模仿他爸爸用那条严重弯曲的左腿走路的样子。"在我爸爸小的时候，"他告诉亚达卡，亚达卡则认真地看着丹尼，听着他说话。"爸爸的断腿和他的爸爸有关，他爸爸打断了他的那条腿，没有接好。但我们跑得太快，他追不上我们。"说着，丹尼做了一个横跳的动作来证明他跑得快。"爸爸用皮带抽我。用皮带扣末端。"丹尼把裤子从腰部翻下来，露出了屁股上的伤疤。亚达卡很同情地看着丹尼。丹尼觉得有点儿不自在。"爸爸不是故意打我的，他只是喝醉了。他一喝醉就做傻事。"

丹尼一屁股坐在地上，感到很不自在，他知道这个故事讲下去，会讲到哪里。如果妈妈知道了，他会惹上许多麻烦。他喋喋不休说到这件事了，满嘴废话连篇。要是妈妈知道了，可能会把他的皮剥了，挂在钩子上展开，然后晒黑，晒得就像那只大野牛背上的皮似的。“不要和外人说我们的事情。”妈妈总是这样说。

但是，丹尼控制不住自己：从来没有一个成年男人给予他如此多的关注，并且这个人还真正对他说的东西感兴趣。

亚达卡倒掉了茶杯里的残渣；他理解这个男孩有些不自在，也就不再逼他说下去了。他从丹尼的表现看出这对这个家庭意味着什么：那就是暴力。金妮·梅的声音再次在他耳边回响：“……不是一个好人。”

“丹尼，成为一个体面的人，不在于你脚上穿的是什么，而在于你的行动。”

丹尼点了点头，表示同意。不太确定他是否真的理解了亚达卡说的话，但是他感到很满意，因为亚达卡没有追问他父亲和皮带的事情。丹尼的注意力又回到了那两杆长矛上——或许他下意识地想改变话题，也可能是一个孩子在窘境之下表现出来的紧张情绪。丹尼拿起了那杆猎杀用的矛，瞬间显得自己矮了许多。

“过来。我教你。”亚达卡说着，使出全力，把矛投了出去，熟练地将矛尖扎在他们前面数英尺远的地上。丹尼很惊喜地走过去取长矛。他脸上带着激动的笑，把长矛取了回来，他像一只顽皮的小狗一样，开心地跃过路上散落着的树枝。亚达卡教丹尼如何握住长矛，并将其投掷出去。丹尼的第一次尝试失败了，亚达卡连忙鼓励他。丹尼便又试了一次。

丹尼和亚达卡不知道，其实莫利一直在一棵树后面偷偷看着他们俩。起初她看见丹尼不听话有些生气，但看到丹尼竟然那么开心，她的气也就消了。她看到了亚达卡对丹尼宛如父亲对儿子般的鼓励，特别是亚达卡能理解儿子，对他格外温柔，这让她深受感动。亚达卡身强体壮，再次向丹尼展示了如何投掷长矛。亚达卡那轮廓鲜明的躯干，是莫利以前从未在别的男人身上看到过的。莫利意识到自己在欣赏亚达卡的身体，赶紧将目光移开，不觉有些尴尬，对自己心中这种挥之不去的想法笑了。

她回头看去，看到儿子的小脸因兴奋而容光焕发，由于受到关注而闪烁着光芒。他们俩又来来回回投掷了好几次长矛，最后丹尼独自将长矛投了出去。丹尼没有多少力气，但他投掷的方法是正确的。亚达卡轻轻拍了拍丹尼的肩膀，向他表示祝贺。丹尼眼神中充盈着爱和骄傲，抬头看着他新交的朋友。他跑过去取回了长矛，把它放在了另一杆长矛旁边。然后他俩跑向那棵倒下的树。两人分别握住锯子的一端，开始锯树。丹尼满脸笑容。

看到儿子这么开心，莫利也感到极大的欢乐和喜悦。她站在那里，骄傲地看着丹尼。太阳开始慢慢沉入山间，黑夜很快就要降临了。

十九

一个火花砰的一声飞向空中，噼啪一声炸裂开来，铁皮树原木的汁液正在燃烧着，这些原木排列在埃弗顿的主街上，专供出售。店铺里点着小火。火缓慢地燃烧着，腾起炙热的火苗，在黑夜里供人取暖，给人照明，还不时地释放出火花，像烟花一样——这就是居住于丛林地带的人们的生活。

托马斯·麦克尼利，就是那个亚达卡在莫利家抓到的流氓流浪汉、那个把爱德华兹一家被谋杀描述得如此生动的野蛮人、那个很快就把手指指向莫利家前院草坪上受伤的黑人的无业游民，此时正在主街黑暗的边缘来回闲逛。外面参加大甩卖活动的人们一边吃着东西，一边闲聊。

麦克尼利悄悄走到一群上流社会的人旁边，他们正在仔细端详亚达卡的通缉令，骑警莱斯利尽职尽责地把这些通缉令贴在商店的门面和主要街道的张贴板上。“一个未开化的野蛮人。”一位衣着讲究的绅士，眼镜架在鼻尖上，一边仔细地观察着这幅画像，一边说道。

“好的黑人死光了。”另一个人责骂道。

“不完全是这样，”又一个人补充说。“我们就雇用了一个很好的黑人。豪斯·杰克，他是一个善良的人。值得信赖。”

他的妻子补充道：“活儿也干得好，真出人意料。”

“不过，像这样的黑人并不多。”那位先生走开了，摘下了眼镜。

咯咯地笑着，一起享受这种漫无边际的闲聊时刻。

“不得不说，这幅画的细节画得很逼真。”

对此，大家达成共识。

从暗处传来一个声音，对他们说道：“我看见过他。真是个残暴的家伙。”麦克尼利走到灯光下，一颗铁皮树干上的火星飞入空中，树液炸裂。他的时机把握得很好。一小群人转向麦克尼利，他迅速跑到人群中一个人的身后，站在人群的右边，用右手比画着，夸大其词地讲述着。

“大高个儿黑人。足有六尺六。不，六英七寸，这太明显了。”

他那双贼溜溜的小眼睛闪着光，从一个人扫到另一个人，搜寻着上钩者。他迅速跑到人群后面。人群跟了过来。“饥渴而凶残的眼睛。”他对着一位绅士的耳朵小声说，这时他的左手正在偷偷地摸索着这位绅士的西装口袋。

终于，这个流浪汉用手轻触帽檐，离开了。他边走边说：“祝你们好运。”

麦克尼利使人们感到紧张。大家一致认为，如果有一个杀人犯在逃，安全回家就成为问题。

其中一位绅士摸了摸他身体一侧的口袋。“我的链表！我的金怀表不见了！”

绕过斯坦洛街拐角，克林托夫中士站在那里。见到中士后，那位先生的喊叫声变得更加令人惶恐：“我的表！我的金怀表不见了！那家伙朝那边走了。那个浑蛋流浪汉！”

听到这句话，内特急忙朝那位先生指的方向跑去。他看到了那个被控诉的家伙：一个流浪汉，穿着肮脏、并不匹配的三件套西装和一双无底鞋。他正沿着连接几家店面的一个平台上全速奔跑，脚在身后踢得很高。内特追了上去，又不得不关照着受过伤的那条腿，而此时流浪汉消失在了一栋建筑后面。

内特赶到的时候，麦克尼利已经不见了，消失在围在拳击帐篷入口处乱转的人群中。鼓声有节奏地敲打着，砰砰——砰砰，砰砰——砰砰——心脏跳动的节奏——呼唤着想要成为拳击手的人，引诱他们参加一场血战，走向死亡，他们承诺说可以与杂耍节目中最好的拳击手打一场比赛，并拿到一大笔钱。

进到里面，喧闹的观众在拳赛场地破旧的帆布垫子上坐成一排。一根绳子把场地中间部分围成一圈，作为拳击台。麦克尼利四肢着地，在人群中爬行。

拳台上，罗伯特·帕森在蹦蹦跳跳地热身，光着上身。约翰·麦克法伦在他身边坐立不安。他们的衬衫和油布外套挂在他们所处拳台拐角柱子的绳子上。脱掉上衣后，麦克法伦的体格就像个男孩。他向人群冷笑，露出他的烂牙。

另一个畜牧工和罗伯特·帕森及约翰·麦克法伦站在一起，他的帽子拉得很低，在脸上投下阴影。他把一个威士忌酒瓶举到他们的嘴边，他俩每人喝了一口。因为他们戴着手套，所以需要他帮忙。两个没穿衬衫的赶牲口人走到一边，继续他们的热身活动，他们转动肩膀，左右摇晃头，看着他们的两个对手进入拳台，碰撞两只戴着手套的手。这些是杂耍拳手：土著拳击手穿着闪亮的彩色长袍，这都是表演的一部分。

“拳击双打！”现场解说员兼裁判用扩音器大声喊道。人群一片应和声。土著拳击手脱掉他们的长袍，开始热身。

“红方参赛队员有‘红牛’罗伯特·帕森和‘小丑’约翰·麦克法伦，两个从山上回来的赶牲口人！”人群咆哮起来，纷纷把帽子抛向空中。

解说员继续煽动着观众的热情。内特向角落里的人询问，*这是乔·约翰逊吗？*出于对莫利的安全着想，他希望这个人就是乔·约翰逊，他很快就可以回家了。

“蓝方今天参赛的是两位最好的拳击手——‘杀手’莱昂内尔·尼伯恩和‘毁灭者’迪格比·达林·唐斯。”

拳击手们活动筋骨时，观众们发出阵阵吼声，这都是表演的一部分。铃声响起，帕森和两个土著拳击手中个子较高一些的那个“毁灭者”，步入擂台中央。另外两个拳击手也走了出来，站在各自方的角落里。“毁灭者”举起戴着手套的双手，轻轻相互拍打，以示恭敬，但帕森做了拍手的假动作，一拳直击迪格比的胸腔，打断了他的一根浮肋。迪格比单膝跪地，但在裁判介入之前，帕森又一记有力的右直拳正好击中对手的下巴。迪格比的头几乎要从肩膀上掉下来了，他倒在地上，还没碰到帆布地板就昏死过去，裁判示意比赛结束。

裁判很沮丧，他最好的拳击手受伤了，这意味着他将缺席几个星期的赛事，一个土著拳击手冲进来看护他的伙伴。麦克法伦扑向帕森以示庆祝，帕森抱住了他。他们的那个跟班在拐角处得意扬扬地举起威士忌酒瓶，喝了起来。

与此同时，内特一直在扫视着人群。就在他准备放弃追捕，走向他认为是乔·约翰逊的那个人时，他看到麦克尼利抬起帐篷的一侧想要逃跑。内特下定决心不能再让他逃走了，他从喧闹的人群中挤出一条路，朝麦克尼利的方向跑去。

回到主干道上，内特一边在街上的人群中穿行，一边在建筑物阴暗的角落里搜寻着。他追到了斯坦洛旅馆，正准备进去，突然旋转门被猛地推开，那个流氓流浪汉飞身从里面甩了出来。从内特身边猛冲过去，重重地撞在了地上，这差点儿把内特也给撞倒。

“站住！”内特大叫着，向麦克尼利冲过去。

但内特脚底绊了一下，他那条受过伤的腿使不上劲。麦克尼利在地上打了几个滚，猛地跳了起来，像一只啮齿动物一样跑进了黑暗中。

内特揉了揉自己的腿，疼得面部肌肉抽搐着，对自己感到失望，又很没面子——麦克尼利让他看起来像个傻瓜。几个围观的人过来帮忙，但他挥手让他们走开了。他抓起帽子，使劲在手里拍打，掸去泥土。该死——他现在只能寄希望于此了：之前他收拾那两个赶牲口人时已经让这里的人印象深刻了。

二十

莫利坐在火坑旁，修补着她丈夫旧羊毛背心上的一个洞。一边缝补，一边轻声哼唱着：“最纯洁的微笑，最温柔的双手……”她看起来很疲惫，又有些忧郁。她举起背心，来回检查着。

丹尼坐在旁边，看着亚达卡加工一块骨头。他想，*也许是用来制作另一支猎杀用的矛的*。亚达卡在一块石头上锉这根骨头，把一端磨成尖尖的。

莫利轻柔、沙哑、温柔的歌声混合着大自然的夜晚大合唱，完美地融入了此时此刻，这让丹尼倍感珍视。母亲的歌声抚慰心灵，他还有一个愿意和他坐在一起的男性伙伴，愿意和他们母子在一起。

“我喜欢她脚下的土地。黑色，黑色，黑色是我心爱的人头发的颜色。”莫利的歌声停下来。她全神贯注地研究着自己的手工作品，突然，丹尼热情的掌声打断了她的注意力。

“我喜欢你唱歌时的样子，妈妈。”丹尼朝妈妈笑了笑。

“你也遗传了我的天赋。”莫利说道，她的脸红了。

“唱得不错，太太。”亚达卡说道，从研磨的骨头上抬起头来。他很真诚，朝莫利微微笑了一下，以示欣赏。

莫利吃了一惊。*一种恭维*？她不知道该怎么回应。*是在夸我吗？*还有他的笑容，完美的牙齿。她迅速地拽出一条不需要特别留意的毛线，改变了话题，把焦点放在了她的儿子身上。“你外祖父也最喜欢这样，是吗，丹尼？”

丹尼高兴地分享了这个故事：“他工作的时候唱歌，吃饭的时候还唱歌——”

莫利插嘴说：“他睡觉的时候也唱歌。还唱到——床。”

丹尼发出了小声的抗议，但莫利很快告知了他该干什么了。“你得在拂晓时就去麦吉尼斯家接你的弟弟妹妹们去。”

丹尼看着妈妈，有点儿不知所措。“我正想着帮亚达卡把木材劈完。”

莫利严厉地看了他一眼。丹尼明白这是什么意思，也知道最好不要争辩。他走进屋去睡觉，但在门口停了下来，转过身来。他也许是有了一个好主意，可以拖延自己的上床时间。“讲个故事。好吗，妈妈？”他不给母亲回答的时间。“行不行？就那个小公牛的故事。”他跳到妈妈身边，对她说：“亚达卡可能想听。”

丹尼大胆地站在妈妈面前，满怀希望。“不，等等——亚达卡，你给讲讲那个叫蒂波的小丑的故事吧！在马戏团的时候！”

莫利怀疑地看着亚达卡。亚达卡不确定他是否有足够的勇气在这个时候讲述他的故事。但是亚达卡很喜欢这个家庭。在莫利和丹尼的陪伴下，一种温暖在他心中滋长，这种温暖是他遇见并深深爱上那个后来成为他妻子的沃尔加尔女人之后从未有过的。只要莫利允许，他喜欢和莫利在一起，共度一段时光。他抓住了这次机会。

“菲利斯马戏团，太太。南非马戏团。我对来看比赛的孩子们很好。在波涛汹涌的海面上安抚过一头熊。在东海岸旅行过，从我的家园古古·伊米希尔北部出发，那里有彩色的沙子和热带雨林。他们丢下了我，把我丢在墨尔本……我因穷困潦倒而被捕。”

亚达卡停顿了一下，强忍住哽在喉咙里的情感。那是一段痛苦的时光。他那么小。被人丢下。没人关心，因为他是黑人。但他还只是个孩子。

“你当时多大？”莫利问道。

“和你的丹尼一样大。”

莫利极为震惊。她无法想象她的儿子会怎样面对那样的事情。她看到了男人的痛苦，并为他感到难过。*怎么会有人这样对待一个孩子？*

她竟然会被这个故事触动，亚达卡感到惊讶。他已经很多年没有这种感觉了。丹尼，这样的年轻和天真，坐在那儿，急切地等待着故事继续下去。

“马修斯神父把我从监狱里救了出来。他给了我一个白人的名字，但我没用。他还教我读书、写字、吹大号。”

莫利不敢相信她所听到的。“大号？”她扬起眉毛问道。

亚达卡点点头，微笑着。莫利也朝他笑笑。莫利发觉自己说错了，突然停住了嘴，很快又开始忙着补那件背心，用那根一开始就不需要留意的毛线。丹尼在这个空当中，突然参与进来，开始讲述自己的故事。

“大概十天前——你看，就像这样，我正在泥土上写字。”丹尼用手指在他面前的泥土上摸索，演示他的动作。“妈妈走过去把扫帚收起来，突然，她听到这种喷鼻息声和呼噜声。其他人都在后院里玩儿。”

丹尼站起来，模仿着妈妈当时听的动作。“妈妈走到门口，用力撞破门——外面站着一头高大的野生灰公牛！犄角和成年人展开的手臂一样宽。”丹尼将双臂尽可能地展开，向前挺胸以获得更大的宽度，然后将手指尽可能地伸展，希望能够得着超出其能力范围的东西。

亚达卡跳起来，开始以土著舞蹈的形式模仿公牛。这是古老的传统，他很擅长。莫利被他突然的动作吓了一跳。但丹尼对这种互动很兴奋。现在亚达卡也参与进来了，丹尼就继续投入更大的精力来讲述。

“现在，我的两个弟弟和一个妹妹开始在前面来回走动，那头牛看着他们，跺着蹄子。”亚达卡完美地跟上了丹尼的故事，用脚踢起了泥土。这个突如其来的动作，又把莫利吓得一惊，她的神经紧张极了。她觉得自己有点儿傻。丹尼继续模仿他自己和妈妈当时的动作。

“我把枪递给妈妈。她为保持自己稳定，靠在了门框上。那头公牛向我的弟弟妹妹们猛扑过去。”

亚达卡猛扑过去，丹尼高兴地尖叫起来。莫利跳了起来，紧紧地闭上眼睛。

“砰！正中它的眉心！”

“什么？”莫利结结巴巴地说，她困惑地睁大了眼睛，呼吸急促。亚达卡和丹尼都盯着她。她变得非常紧张。

莫利询问着，但仍然很紧张，她说道，“什么——你刚才说什么？”

丹尼对妈妈的反应有点儿困惑。“说你怎样射中那头公牛眉心的。”

莫利深吸了一口气，然后如释重负地叹了一口气。她对自己的反应和愚蠢表现，一句话也说不出来。

亚达卡凑过去，好奇地皱着眉头。他感觉到了莫利的焦虑，心想，*这里一定有什么事情*。他说：“丹尼，我们改天晚上再讲完这个故事。”他觉得也许他应该私下和莫利谈谈，问问她是否需要帮助。她的反应太奇怪了，让人很难不多想。

丹尼很不情愿，但还是照做了。他亲吻了妈妈，向她道了晚安，他握了握亚达卡的手，感激地点了点头，然后消失在黑暗的棚子里。

莫利感觉夜晚的声音似乎被放大了。她揉着太阳穴；她必须隐藏自己的情绪，因为这可能会让她哭出来。她的肩膀突然前倾，从噘起的嘴唇发出干呕的声音。她要吐了！她迅速用手捂住了嘴，把翻滚上来的东西又压了下去。

*

我认为，我这样的反应和我听到丹尼说的话无关。这段时间发生了太多的事情。我昨天才生下孩子，我很虚弱。今天早上，我才埋葬了我刚出生的女儿——毕竟，这又是一个我再也不能抱着、再也不能看着她长大的孩子。我渴望见到其他孩子们——乔·朱尼尔、亨利·詹姆斯和小德尔菲。我太想念他们了，我为他们担心。刚有一头杂种野牛到过我家门口，一些英国的不速之客在我家周围四处探寻，还有那个老流氓流浪汉——难怪我在自己家里也从来没有安全感。现在我又窝藏着一个逃跑的黑人，我的天哪！我的身体很疲惫，心灰意懒——当然，我最近也在听到一些事情。我累了，我的思维在捉弄我。

*

莫利努力地控制住自己，让自己平静下来，她又深深地叹了口气，轻轻擦去终于从眼睛里流出的眼泪。

亚达卡带着莫利不习惯的温柔问道，“你没事吧，太太？”

莫利闭上了眼睛。她不确定该说什么，也不知道该不该说什么。他是黑人，没有权利问她问题：他怎么敢？“过去的几天，我太忙了。”

莫利走开了，抓起扫帚，开始每天例行清扫松散的表层泥土，从前面开始，一直扫到后面，清除了当日留下的脚印。清除了一切痕迹。

两人之间只有尴尬，亚达卡现在陷入其中，他看着莫利，想要接近她，但不知道该做什么，或者他应该做什么。他回避了莫利的这个话题——过去的几天，莫利忙得不可开交，说得对。亚达卡从火中取出燃烧的木头，掐灭它燃烧的一端。只有热煤还在坑里燃烧，它们最终会熄灭。他绕到后面。

在回到他睡觉的地方时，亚达卡的脑子里充满了疯狂的想法和情感。他为什么要这么关心这个女人的幸福？他知道他不能再为这个家投入更多了：他很快就要走了。他必须走。现在，骑警随时会在这里集结。在他们眼里，他是一个被通缉的人——因为盗窃和大规模谋杀。但他控制不住对那个男孩的喜爱。那是个好孩子。他对其他孩子越来越好奇，对莫利也越来越好奇。今晚他在火炉边看着莫利，注意到琥珀色的炉火使她变得温柔起来。她修补旧背心时显得轻松而满足。他记得从侧面瞥了莫利一眼：温暖的火焰映出了她浅棕色头发上的金色，给她的皮肤带来了光泽。她看上去……很漂亮。想到此，亚达卡笑了。

但是，亚达卡不明白为什么这个小家庭要躲在这荒郊野外，与世隔绝。有什么原因吗？尤其是今晚莫利那些奇怪的反应：可以看出，她被恐惧和痛苦控制着，亚达卡能感觉到。

莫利从前面看着亚达卡消失在黑夜中。她知道自己已经暴露了太多的弱点，明天必须注意自己的言行。她需要足够坚强，需要让亚达卡离开了。她把亚达卡的足迹扫走，突然，她浑身打了个寒战。她转过身去，望向黑漆漆的前院周围。火小了，很难看清周围情况。月亮还没完全圆，还在高高的夜空中冉冉升起。她只看到疏花桉闪着银色的光，看起来像正在舞动着的古怪精灵，树枝向各个方向伸展。是她的眼睛在捉弄她吗？她的眼睛突然看向柴堆，高低不平的地面非常清晰。她又打了个寒战。她紧盯着柴堆后面的黑暗，睁大了眼睛。谁在那儿，发生了什么？

她转身往屋里走，在她身后是一个戴着帽子的男人轮廓，充满威胁！莫利发出一声低沉的吼叫，她不想惊动她的儿子，她希望丹尼已经睡着了。匆忙逃跑时，莫利跌倒在地上。陌生人向她走来，伸出了手。莫利朝着这个人影使劲踢去。她挥舞着她的扫帚，希望能击中对方，击退这只野兽。她脑海中闪过一些画面，她有些分不清现实，但她知道她需要战斗。她翻了个身想跑开，但她感到恐惧，她的四肢麻痹，无法动弹。她的思绪陷入了某个时刻，而这一切都被她眼中的恐惧出卖了。最后，一个熟悉而温和的声音打破了这一切："太太，是我！"

莫利快速看了一眼身后的这个男人，亚达卡站在那里，手里拿着那顶帽子。

莫利愤怒了。“什么……你拿着那顶帽子干什么？”她努力控制住自己的呼吸和恐惧。

亚达卡很尴尬，他为自己给莫利带来的恐惧感到难过，这是这个女人最不需要的东西。

“我在棚子里找到的。只是想问问我能不能拥有它？”他觉得这样问很愚蠢，听起来就像一个刚找到一个玩具的小男孩。他伸出手想扶莫利站起来，但莫利没有理睬。

莫利使劲从地上爬起来，掸去身上的灰尘。她情绪非常激动，眼泪一下子就流出来。亚达卡垂下头，假装没有看见。

“不，你不能拿走。还给我。”

亚达卡把帽子递给莫利。莫利一把从亚达卡手里把帽子抢过来，朝屋里走去，随手闩上了门。

一进到屋里，莫利便再也抑制不住自己的情绪。她靠在门上，抓住门闩支撑着自己，她一下子崩溃了，无声地哭了起来，她的身体因情绪激动而前后摇晃。长时间以来，她一直在隐忍，直到看到亚达卡戴着帽子，在夜色中显露出的轮廓，这是压垮她的最后一根稻草。她再也忍不住了，默默地哭泣起来。莫利外表坚强，坚强的外表下隐藏着一颗脆弱的心，掩盖着丰富的情感。

然后，莫利使出全身的力气，迅速地振作起来，就像情绪爆发时一样快。她走向厨房的火炉，把帽子扔了进去，看着火焰吞噬了毡子。

透过棚屋墙上的缝隙，借着丹尼去睡觉时点燃的蜡烛的光，亚达卡看到卧室的窗帘拉上了。亚达卡一头雾水。这个女人，乔·约翰逊夫人，到底怎么了？亚达卡很好奇，但遗憾的是，他没有时间搞清楚真相了。为了他自己的安全，他必须把那些木头劈好，堆起来，然后离开——将自己置身几英里之外。

这块高山平原上，草结了霜。一层诡异的薄雾悬在上空。莫利的棚屋就依偎在薄雾中。

屋后露天的地方，亚达卡裹着一条旧马毯，背靠着熏制室，睡得很香，尽管在他入睡之前，有许多想法困扰着他。他现在需要休息——他很快就会再次成为孤家寡人，逃离所有人和一切事。夜晚变得更凉爽了：冬天已经到来。突然，他醒过来，跳了起来，一下子抄起身边的捕猎矛，高高举起，摆好自卫姿势。

丹尼突然停了下来，举起双手，做投降状。“亚达卡，是我！”他低声说。

亚达卡简短地警告说：“丹尼，不要那样偷偷接近一个人。你可能会被杀死。”

丹尼点点头，显得很抱歉。亚达卡放低长矛。一只乌鸦在树上叫着，迎接新的一天；亚达卡转身面对乌鸦，点了点头，表示知道了。东方远山的上空升起第一缕霞光。亚达卡和丹尼都感到一阵清晨的寒意，气温随着太阳的升起而下降。

亚达卡仍然裹着马毯，走到火坑边，他对着炭吹气。没过多久，引火就被火苗吞噬了。他把一些枯木放在火焰上，火就燃烧起来了。

丹尼笨拙地说道，“我现在要出去一趟。明天下午回来。你可以教我投掷长矛，教我做……一些男人做的事情……”他满怀希望地补充道。

亚达卡正在火上暖手，抬起头来，希望能给这个男孩更多的帮助。“到那时，我就不在这儿了，丹尼。”

丹尼不安起来。“你必须在这儿。”

亚达卡感到对不起这个男孩，他朝他微笑着，用眼神示意丹尼他睡觉的地方那支小矛；他不能否认，经过这么短时间的相处，他已经喜欢上了这个男孩。“你拿走那支矛吧。你是个聪明的孩子，你会琢磨出如何投掷的。但不要朝着你的弟弟们投掷。”亚达卡尝试着打破尴尬。

丹尼知道，亚达卡必须走。木头已经被砍好，搬到房子前面，随时可以劈开堆放了，今晚满月的时候，他就会走了。丹尼无法掩饰他的感受。他不想让亚达卡走。

*

希望我能告诉他我的感受。他对我来说很重要。说实话，比我爸爸还重要。他是一个可以信任的朋友，一个可以分享我的秘

密的朋友……减轻我的负担。他知道该怎么做。他会做得很好。这样，妈妈就安全了，乔·朱尼尔和亨利·詹姆斯就可以在木头堆上尽情玩耍了。很长很长一段时间以来，我都没有感到在家里这么安全了。失去那种安全感真让人难过。亚达卡走后，这种安全感就消失了。

*

亚达卡看到丹尼的小脸拧巴在一起，混杂着各种想法和情绪。他把一只手缓缓地搭在丹尼的肩膀上，轻轻捏了一下。“丹尼，我很享受我们在一起的时光。这对我来说很特别。你是个好男孩，年轻人。照顾好你妈妈——她是个好女人。记住我教你的。”

丹尼不敢抬头看亚达卡——他的内心波涛汹涌，难以平静。

莫利的声音从棚屋门口传了过来，打破这一刻。莫利在叫她的儿子。丹尼转身要走，但又停了下来，用袖子背面擦了擦鼻子，把鼻涕吸了进去。丹尼一直在拼命掩饰自己的情绪。他转过身来，和亚达卡紧紧拥抱在一起。

亚达卡被感动了，他抱住了丹尼，就像抱自己的孩子一样，紧紧地抱着他，深情地拍着他的背，然后一把把他推开，朝他妈妈那边推过去。但丹尼很抗拒。他抬起一只手捂住嘴，对着亚达卡的耳朵说着悄悄话。亚达卡有些不知所措，他把丹尼往后推，推后一只胳膊的距离。

莫利看着这一切，从她的视角来看，她是有点儿担心。她明白亚达卡不理解。亚达卡做出发音的口型：“你说什么？”莫利再次呼叫丹尼，这次更简洁。丹尼听出了妈妈的情绪，只得径直朝妈妈走去。

丹尼一边往妈妈身边跑，一边在想着他刚刚对亚达卡说的话，并质疑他是否应该和亚达卡分享这些。但如果从亚达卡脸上的表情来判断，很明显这个黑人根本没听懂他说的话。还是他听懂了？

母子俩走了进去，丹尼回头再次瞥了一眼亚达卡，亚达卡站在那里，对刚刚听到的一切感到很困惑，努力想弄明白这是怎么回事。

二十一

克林托夫家的房产是一栋古雅的维多利亚早期风格的住宅，两居室。外观庄重朴素。人字形的四坡屋顶，上面盖着木瓦。沿着房子被封闭的一侧，向外凸出一个露台。装饰很拘谨，一个灰白色的尖桩篱栅是整栋建筑的点睛之笔。这处房产就坐落在通往埃弗顿的主干道旁边。开阔的平原地形使这幢房子很显眼。烟囱里冒出的烟袅袅升起。屋前草坪上覆盖着一层霜。

内特坐在床边，看起来特别疲惫——昨晚是艰难而漫长的。过去 24 小时里他参与的打斗，在他上半身上留下了瘀伤。

内特追丢了那个行窃的流浪汉之后，就和几个喝得酩酊大醉的赶牲口的人打了起来，一对一单挑，以牙还牙。他特别庆幸，这几个家伙处于醉酒状态。接着，他多次沿着小斜坡往返监狱，把更多醉酒的赶牲口的人送到监狱，往返了多少次，他都不记得了——送到监狱的还有几位绅士。把这些人拖到小山上，投进牢房，费了他很大的力气。今天早上，他感到昨天混乱打斗中使用过的每一块肌肉都绷得紧紧的。

内特吃力地穿上靴子。他听到路易莎在厨房里做早餐，锅碗瓢盆叮当作响。路易莎打了一个喷嚏。内特对她喊道："上帝保佑你。"

"谢谢你。"

"你应该去看医生。你觉得好点儿了吗，路易莎？"

"我没事儿，"路易莎说道，就在这时，路易莎开始一阵剧烈咳嗽，打喷嚏。

"路易莎？"

"哦，天哪。"路易莎擦拭着鼻涕。"说实在的，我很好。我更关心约翰逊太太，想知道她的生产怎么样了，她都经历了什么。有了宝宝，是不是很棒，内特？"

内特抬头一看，发现路易莎就站在卧室门口。

"内特？"

最后，内特终于把靴子滑到脚上。

"一个婴儿咕嘎乱叫？"

内特大步走向路易莎，深情地将她抱在怀里，将她紧紧地贴在自己赤裸的胸脯上。路易莎很喜欢他的气味，她大口呼吸着他的气息，用鼻子蹭他的脖子，亲吻他胸口和肩膀上的瘀伤。内特的上半身肌肉发达：把他跛腿的丢分又找了回来。路易莎把她的手轻轻地放在内特的胸膛上，她慢慢向上移动双手，搂住内特的脖子，引导着他亲吻自己。一个温柔的吻，路易莎目光正好与内特的目光相遇了。

“你真的要这么早到镇上去吗？”

“哎呀，克林托夫夫人。你儿子还在他的床上睡觉，你是在勾引我吗？”内特回头看着熟睡的小赛缪尔。“今天好怪——他通常在这个点儿就起来到处乱窜了。”

“他一夜没睡好——鼻子有点儿堵。但你别转移话题！随你怎么说——我就是想要个孩子，内特。”

路易莎把内特的脸拉到自己的脸旁，大口亲吻着他的嘴唇。内特热情地回应，但片刻之后，内特抽离开自己的身体，和路易莎保持在一臂的距离。

“亲爱的，但不是现在。我得核对细节，今天早上释放二十个人。我必须找到一个杀人犯，而且……”他开玩笑地继续说，“……你是多么不负责任啊，你感冒了，还如此吻我。”他拍了拍路易莎的屁股，推开她走到餐桌旁。“我的盘子还是空的，臭娘儿们。”他开玩笑说道。

路易莎看到内特如此，不禁笑了。她知道她会再次抓住这样的时刻——也许就在今晚？她看着内特坐在餐桌旁，正在穿衬衫。她有一个多么棒的男人啊。又一阵咳嗽之后，路易莎的声音因为喉咙后面的灼痛而发紧，她告诉内特她很想出去看看莫利和她的孩子。“我真是太粗心了——我们本该主动提出把她的孩子接回去。”路易莎很满意自己的这个想法，一边翻着锅里煎得很完美的煎蛋，一边笑道。“我希望她在那里没事。”

内特想了想。这是个好主意。路易莎开始准备他的盘子。但内特希望乔·约翰逊已经喝够了酒、打足了架、嫖完了妓，已经往家里走了。内特昨晚没把他和他的另外两个伙伴关在一起，所以希望他已经和家人团聚了。

路易莎打破了丈夫的沉思：“谋杀案有什么进展吗？”她把一盘咸肉和鸡蛋放在内特面前。

带着一种听天由命的口吻，内特回答说：“我们征集了自北部和南部的骑兵——他们一两天内就会到达。然后我们再次返回到爱德华兹家，彻底搜查一下他的房子。但说实话，我不知道从哪里开始。”他抖开餐巾，把它放在腿上，开始吃早餐。

路易莎也开始吃还在滋滋作响的咸肉，就在这时，一辆公共马车疾驰而过，离开埃弗顿。车轮的咔嗒声和马蹄的轰鸣声使她抬起头来。她从炉子上方的小窗户向外望去，就在那条主干道上，她注意到一个鬼鬼祟祟的流浪汉。她并不知道，这和她丈夫昨晚追捕的流浪汉是同一个人，托马斯·麦克尼利。他正要离开这个镇，腋下夹着一瓶酒，口中念念有词，背诵着某种伟大的东西给自己听，他挥舞着双手。*真是个可怜的老年人*，路易莎想，但这个想法只持续了一秒钟。她浑身打了个寒战。

内特问：“你一个人待在这儿，还好吗？我很担心你和赛缪尔。”

公共马车经过，荡起了尘土，那个流浪汉在尘土中拖着脚走过。还没来得及回头回答丈夫的问题，路易莎就看到流浪汉离开了主路，走进了离她们家不远的一小片茂密的灌木丛中。她喉咙里有点儿喘不过气来。

“是的，很好。谢谢你！”她不想打扰内特了：今天上午，他已经安排了很多事。一个造成不了威胁的老流浪汉在灌木丛中安静地喝酒，她当然不需要担心了。

“谢谢你的早餐。”内特在松软的蛋黄里塞了一片培根。“我就需要这样一顿早餐。我想我昨天吃得不多。你能给莱斯利骑警也准备一盘早餐吗？他整晚都在那里。”路易莎很高兴有事情可做，这可以分散她的注意力，她也很乐意帮忙。她拿起另一个盘子，盛上满满的食物。

“你今天能回家吃午饭吗？”路易莎问道，一边望向那个流浪汉消失的灌木丛。

内特立刻抬起头，鸡蛋从他的叉子上掉了下来，他的脸上流露出明显担忧的表情。“当然。”

路易莎听出了他的担忧。“赛缪尔很想和他爸爸在一起待一段时间。”

“什么时间？”内特继续吃早餐。

路易莎一边计算着，一边为骑警莱斯利准备早餐。

“啧啧，一点钟可以吗？”

“一点钟，说定了。”内特推开他的空盘子。

“你走之前，我得给你看样东西。”路易莎从内特身边跳过去，一边咳嗽，一边朝起居室最远角落里那张办公桌走去。

“又在尝试拖住我吗？”内特戏谑地问道。

桌上放着一台油印机，还有蜡纸，这是离别时爸爸送给她的礼物。油印机旁边是一叠印刷好的报纸。路易莎拿了一张，递给内特。

“哟，呦，呦。”内特看了看报纸。“真为你骄傲，亲爱的。”

路易莎对自己很满意，她笑了，用手帕擤了擤鼻涕。“埃弗顿第一个出版作品的女作家。顺便说一下，这份报纸是以伊芙琳·爱德华兹命名的。用来登载地方琐事怎么样？”路易莎像一个交作业的女学生一样，自豪地站在丈夫面前。

内特亲切地微笑着对她说道：“创始家族。19 世纪 20 年代到达。把这两条放在头条。”

路易莎坐在内特的大腿上，双臂搂住他的脖子。“民间传说，查尔斯·爱德华兹是一个黑人孩子的父亲。最白的……附近地区最白的那个。”

内特怀疑地看着妻子，满脸疑惑。

“怎么了？”路易莎羞怯地问道。

内特扬了扬眉毛，说道：“我可以问一下吗？你是怎么得到这个消息的？这次谈话是打着什么幌子进行的？”

路易莎咧着嘴笑了，带着紧张而又羞怯的笑容，淡淡地说道：“雪莉小姐称之为历史了。”

内特咯咯地笑出声来，声音深沉而性感。他继续看报纸，接着读上面的内容：“*受虐待的妻子们：这纯粹是丈夫的权利*

*吗？*用一个严肃的话题来介绍你自己。”

路易莎僵坐在内特大腿上，说道：“内特，我姐姐就保持沉默，最后丢了性命，内特。无论在哪里生活，城市、丛林或山区，我们必须对暴力侵害妇女这一主题发出呼声。这需要立法。”

内特温柔地把妻子漂亮的脸庞捧在手中，他全身心爱着妻子，敬畏她，感激她的力量和决心。内特深深地吻了他的妻子，路易莎热情地回应，在他强有力的臂膀中感到安全和被爱。内特紧紧地抱着妻子，他们相拥在一起。

一盘子咸肉和鸡蛋吃了一部分，放在桌子的一边上，骑警莱斯利在一张纸上疯狂地用笔写着什么。写的是：“批捕：醉酒妨害治安罪。”在他的另一侧，逮捕文件堆积如山。前一晚，监狱里绝对是人满为患了。

由于乔·约翰逊，内特一直密切注意着罗伯特·帕森，那个参加拳击帐篷里打斗的赶牲口的人。帕森走近骑警的办公桌，指着那堆逮捕文件说：“我这是第一次。”

约翰·麦克法伦，他的小跟班，扯下一颗松动的烂牙，走过来和帕森站在一起。他把他的油皮夹克递给帕森。这两个人是销售季监狱里被关押的常客。他们的眼睛里有一种不可信任的东西。内特想，*如果他们不是努力干活的赶牲口的人，他们很可能就成了无情的不法之徒。*斯宾塞·莱斯利昨晚把他们关押起来时也是这么说的。他们喝得酩酊大醉，不可能伤害任何人，但旋转着枪管，举着枪对着你的脑袋来证明他们的忠诚，这可不是展示他们同志关系的最好办法。把他们关起来是为了他们的安全着想。

内特站在工具柜旁，给他们递手枪和猎枪。他取下武器上写着名字的标签，把武器还给他们。内特回答了帕森的问题："只是一次警告。我们需要记录违法者。一种追踪犯罪的方法。追踪嫌疑犯。"

麦克法伦靠向内特的脸，靠得太近了，他的气息令人作呕。"那个该死的凶手是一个该死的野蛮黑鬼。一个正派的白人是不会去谋杀一个正直的白人女人和她的孩子们的。"

内特没有退缩，尽管他被麦克法伦的气息熏得反胃。"感谢你提的意见，麦克法伦先生。你的意见会被重视的。"内特走到桌子的另一边。

帕森在两张表格上都填了"没有固定地址"。麦克法伦用"X"签下自己的名字时，内特在研究着这两张表格。*麦克法伦是个左撇子*。内特注意到。"乔·约翰逊回家了吗？"内特漫不经心地问道。

这几个赶牲口的人面面相觑，目瞪口呆。"他在镇上吗？"帕森问道。

"他的马在院子里。我认为——"

帕森插嘴了。"不，我们发现他的马跟着一个野马队跑了。

今天我们晚些时候就要出发去那儿。看看我们的老伙计还好吗。八年里，他第一次错过了赶牲口。”

内特很困惑。这一披露的情况与莫利所说的完全矛盾。内特继续提问。“你们带着绵羊待在山里……为了什么？待三个月吗？帕森和麦克法伦点点头。“乔·约翰逊没有和你们在一起吗？”

他们俩又点了点头。过于自信的麦克法伦忍不住说：“这是八年来的第一次。你听到了吗？”内特开始讨厌这个像个孩子般的男人了。

这两个赶牲口人离开了。斯宾塞看到了他们之间的交流，看见内特脸上疑惑的表情。“长官？”

“这和她说的完全矛盾。”

“您说什么，长官？”

内特沉思着，想起莫利的话：“我的乔是一个赶牲口人。已经离开三个月了。我的乔会把所有补给物资带回家的。”

接着，内特又想起来，他听到过莫利和她的大儿子说要把生活用品带回家的事儿——莫利给了她儿子一张清单。*这是怎么回事？为什么莫利会对她丈夫的下落撒谎呢？*内特的担忧有了些许转变。他仍然担心莫利的安全，以及她孩子们的安全——毕竟，这个地区仍然有一个杀人犯逍遥法外——但他刚刚发现的情况触发了他内心的另一种想法。也许他确实需要去约翰逊家了，因为“她的乔”可能不会回家了。也许乔突然不辞而别离开了莫利。莫利，一个女人独自一人，还带着孩子，住在高地上，她需要保护。考虑到这一切，内特恼怒地叹了口气。

“长官？”斯宾塞又问。“谁自相矛盾？”

“莫利·约翰逊。”

二十二

莫利一边站直了身体，伸了伸懒腰，一边擦去额头上的汗水，把一只手放在她的下背部。在她家露台的前遮阳篷下，新的柴堆差不多垛好了。亚达卡在把原木劈开，她往柴堆上垛。现在只剩下几块原木了。亚达卡在这里的工作差不多完成了。

亚达卡落下锋利的斧头，把一块木头劈成两半。他轻轻地把劈好的两块木头扔到莫利的脚边，莫利弯下腰把它捡起来，垒在柴堆上。亚达卡一边干活，一边默默偷看莫利，这个勤劳、健康、健壮、有教养的女人。他不禁很佩服莫利。他只在她的房子里住了很短一段时间，但他总感觉乔·约翰逊夫人哪里不对劲，这激发起了他很大的好奇心。

亚达卡说，“起了大风……”——莫利看着他，扫视了一下周围环境，好像在寻找风——“……风无处不在，但从来触碰不到我。”莫利这才意识到这是一个故事的开端，开始注意亚达卡。莫利喜欢听传奇故事，也想停下手头耗费体力的活儿，休息一下。

“扶摇直上。”亚达卡摆动着双手，模仿着一阵旋风。“糟了，我突然明白过来。然后一路跑回家。就在那时，我发现他们死了——我的女人。她很美。”亚达卡陷入回忆中，停下了手里的活儿，专注地思念起自己的妻子。“黝黑的皮肤，月光下闪闪发光……”好像妻子就站在他面前。也许这就是他想象中的场景？

亚达卡的讲述如此率真、如此优美，莫利感到震惊，这也许是她第一次对亚达卡感到震惊。这个温柔、善良、体贴、英俊的……男人。莫利变得局促不安，觉得自己好像在侵入别人的私人领地。

“她跳舞的时候，就像浅水从河里岩石上流过，特别流畅……”

莫利清了清嗓子，听到亚达卡用这么亲密的言语分享他的故事，莫利感到有点儿不自在。透露了这么多自己的事情，亚达卡也有点儿不好意思。此前，他和任何人分享那个故事时，都没有像今天这样有安全感。也许他应该把这种感受告诉莫利？告诉他所有的一切。但这又有什么用呢？他今晚就走，要回家。但家里还有什么？他已经离开家快二十三年了，如果北方的发展和南方的发展一样，他还会有家、有家人或有一种生活方式可以选择吗？

莫利看出了亚达卡的忧虑，亚达卡转向莫利，说道：“我发现我的妻子和孩子，所有的老人……都死了。是屠杀。”片刻的沉默。“观察留在地上的痕迹，我可以判定，我的家人是被赶到河里的，河水让他们的逃跑不得不慢了下来……”他激动得哽咽了。“河的两岸被点着了火，大火炙烤着他们……是埋伏。精心策划和预谋的。一场谋杀。”

莫利点点头，表示认可。她知道法律对黑人的残酷无情，这让她无话可说。

亚达卡试图把这些记忆从脑海中抹去。他们再次看着对方，他们彼此分享了失去亲人的悲伤，这是他们第一次在另一个层面的交流。他们还谈到了孩子们。莫利被深深触动，最后她战胜了自己，说道：“听你讲述失去亲人的事儿，我很难过。”

亚达卡痛苦地点点头。他无法直视莫利，他被莫利的真诚深深打动。他便继续忙着干手里的活儿。

亚达卡又抓起一根原木，把它劈成两半。但他忍不住又继续讲下去：感觉把这个故事讲出来是对的。“我的部落离开了。为了报复，我没有跟着他们一起走。”他把劈开的一半木头又劈了一次。莫利看到了他受到的伤害。这是多长时间都无法治愈的创伤。“我知道这件事不会有什么结果。现在，白人太多，枪太多了。”

亚达卡把劈开的另一半木头又劈成两半，把劈好的四块木头扔在莫利的脚边。他俩都默不作声，只能听到大自然的声音和远处乌鸦的叫声。亚达卡转向乌鸦叫声传来的方向，点点头以示敬意。

“你为什么要那样做？”

“什么？”

“向乌鸦的叫声致敬。”

“这是我母亲的母亲的母亲的图腾，是灵魂前往永恒的宇宙的载体。乌鸦在我们氏族的创世故事中也有特殊的地位。”

莫利充满好奇。

“我只是表达我的敬意。”亚达卡补充道。

“谢谢你的故事。”莫利一边说着，一边把木块收集到一起，她要把这些木块摞起来。是时候控制一下她自己了。

*

除非我是河里的石头，我才可能不被他的故事感动。失去妻子，那是一件很痛心的事情——但失去所有家人呢？失去三个幼小的孩子呢？那些白人打着为了进步的幌子而杀人，那些人就死在这些冷酷无情的人手里。想到这些，我摇了摇头。我亲眼见过这种侵犯……我想只有纯粹的仇恨，才会做出这样的行为。但我听爸爸说过那些自吹自擂又大权在握的家伙给黑人带来了巨大的恐惧。哈，现在回想起来，每当喝完威士忌，我爸爸总和相同肤色的人打架。也许这能解释他对那个偶尔造访的年长的土著妇女的特殊好感。

换作是我，我就会挡在那些杀死他全家人的一颗子弹前面……他竟目睹了这样的事情？如果是我，我就不可能有勇气再活下去了。我佩服他的坚韧。我不知道那个帮助安葬我父亲、给我接生了三个孩子的土著女人是否也遭此厄运——距上次见到她，已经很长一段时间了。

*

莫利回过头，看到亚达卡站在水桶旁。他在喝水。他脱下衬衫，把一块抹布浸入洗衣桶里，开始擦洗全身，先是擦脸，然后擦胸……*出于某种堕落的原因，我被这个男人吸引了*。莫利呼吸急促——她以前从未有过这种感觉。全新的感觉——强烈的感觉——在她的身体里荡漾，在她从未感受过的部位，她感到惊愕和*愉悦*，原来你也能在那些部位获得这些感觉。她使劲咬住嘴巴，努力从这荒唐的感觉中挣脱出来。这些感觉很强烈，难以抗拒。

*

也许我们之间没有太大的不同。悲伤，我们都有。我们都失去过亲人，也都悲伤。我们都爱自己的亲人。我们都爱自己的肤色。他的关心和爱护，他给我接生那个死胎女婴时温柔的手法——现在一切都说得通了。他绝对不是那种我所了解的没有信仰的野蛮人。如果这些人中有任何人是这种人，都不可能是他。

该死，这就是你让人进来的后果。我不能表现出软弱，不能让任何人进到我的心里来。太多的事情处于危险之中。

*

亚达卡感觉到莫利站在他身后，看着他。“我要回家了。沿着东部高地，向北一直跑回到我妈妈的家园。”亚达卡说道，终于打破了沉默。

莫利知道，她不能把自己牵扯到亚达卡的人生故事中去。外表上，她又开始表现得很坚强，这是为了她自己，而不是为了亚达卡。“你为什么要告诉我这些？”

“没有被讲述过的人生经历就是没有活过的人生，太太。”

就这个观点，莫利思考了一会儿——他是对的，她爸爸也会这么想的。

亚达卡用目光鼓励着莫利，希望她能敞开心扉，和他分享更多她的故事。但莫利知道她必须坚硬冷酷，她很快恢复往日的严厉。

“你说你要回家——好吧，我不会阻止你的。”莫利不想表达得太直接，但她需要让亚达卡知道，她对他不感兴趣。她不允许自己这样。亚达卡所提供的帮助是她想要和需要从这个男人——这个黑人——身上得到的全部。

亚达卡停顿了一下，看着莫利，她正忙着整理已经堆得很整齐的柴堆。亚达卡懂，但沉默打败了他们，他们都知道这一点。在他最终离开莫利之前，亚达卡决定打破沉默。他把衬衫穿上，拿起一个长柄勺，往一个锡制杯子里倒了一勺水，递给莫利。

“我看到你家墓地里的一块石头上刻着玛丽。那是你妈妈的坟墓？”因亚达卡离得太近，莫利吓了一跳。她迅速转过身来，但无法掩饰她绯红的脸颊。她接过水，喝了一口，祈祷凉水会带走她脸上的灼热。但萦绕在她脑际的，只有亚达卡的形象：今天早上，亚达卡到穆伦比吉河汲水，他担着满满两桶水，第四次也是最后一次挑水加满水缸，他的肌肉在水桶的重压下绷得紧紧的。今天早上，莫利受宠若惊，因为挑水通常都是她的活儿。如果她敢继续想亚达卡挑水的场景，那将一发不可收拾。*哦，我的天哪！停止这种愚蠢的行为吧，你这个蠢女人！*“对不起，您刚才问什么？”

亚达卡不禁笑了。*该死的，亚达卡露出他那完美的牙齿。*“您墓地里的那块石头？”

“哦，是的，不，那是我不久前做的一件事。关于玛丽的事情，都是我爸爸跟我讲的。她是我妈妈。那是她的名字。玛丽。我自己凿进去的。”

莫利走开了。现在，她感到非常尴尬，她再次责怪自己，责怪自己的行为，责怪掠过她心头的荒谬想法和身体上的异样感觉。她第一次产后出血，和雪莉小姐住了一段时间，去学习“女人的生活方式”。这就是雪莉小姐当时警告过她的事情吗？雪莉小姐去跟她一起学习。*哦，天哪，我无法想象雪莉小姐会有这种感觉！*莫利自己的丈夫从来没有激起过她现在体验的情感，更不用说询问那块石头了——玛丽的墓碑——而正是她丈夫为她把那块石头放在家族墓地的。

莫利喝完了水，把杯子放回水缸边，清了清嗓子。“莫利，玛丽的昵称。”一说完这些话，莫利就希望能立刻收回。

亚达卡屏住了呼吸，他很难相信莫利竟与他分享这样私密的事情。他深吸一口气，一下子噎住了，继而慌张地咳嗽起来——莫利告诉了他关于她的事情。*她的名字*。他终于赢得莫利的信任了吗？

*

*古丽——古拉巴！*好吧，太好了。从来没有白人女人告诉过我她的名字。我永远也不会用这个名字去称呼她。多美的名字啊：莫利。

从没想过我还会有这种感觉，在我妻子死后就没有过了——而且是对一个白人女人？但这个女人，莫利，有些特别。我这是怎么啦。或者是因为我身处绝境，并且有伤，所以对现实以外的事情有了期望？我希望自己不会表现出来。但我已被莫利的力量、勇气、决心和对孩子们的爱感染，我忍不住……这些内心深处的冲动……我们之间现在浮出水面的感情，是在这个特殊的时间和地点的一时冲动呢，还是真正产生了呢？我想知道莫利是否也有这种感受。

*

亚达卡不想坐等这个时刻结束，他重新开启了一个话题，但莫利打断了他。现在，木柴已经劈好，堆成了一个柴垛，正好在莫利家露台的遮阳棚下面，取柴火方便，也遮挡住了风雪。莫利指了指柴垛，说道："谢谢你。你该走了。"

*不！不！我不能走！*亚达卡的脑子里闪过各种想法。*不，我们有个很好的开始。我要留下来！该死的，快想想办法！*"夫人，我可以先清理一下，吃完饭，黄昏时离开吗？"

"这和我无关。你做这些事情的时候，离我远一点。你在这里的时间结束了。"说完，莫利直起身子，朝屋里走去。

亚达卡想让莫利再次注意到他。但他最后能做到的，就是说了一句："谢谢你，太太。"

莫利转过身，看着亚达卡。最后，他们四目相对。她点着头表示感谢。"旅途安全。"她说道，这句话她是真心的。她走进屋里，随手关上了前门。

亚达卡听到门闩拉上的声音。他站在那里，无法掩饰自己的失望。他不禁想，如果……会怎么样呢？他知道他必须离开了：完全出于对大家安全的考虑。不管怎样，在这里，他和这个白人女人以及她的四个白人孩子，不会发生任何事情，在他们的有生之年都不会的。尽管他听说过一个黑人和白人之间禁忌之爱的故事。这在双方都是一种禁忌。生活已经够艰难了。

二十三

埃弗顿的另一端，在镇上最高的地方，一间中等大小的石头小屋与教堂并排坐落在一块体面的土地上。这是麦吉尼斯家的宅邸。一位上了年纪的土著男子照料着房子和教堂之间的玫瑰花丛。他正不慌不忙地在每簇灌木丛的根基处翻土。

克林托夫中士从这里走过，那个土著老头挣扎着想从地上站起来，在克林托夫面前，他要用恰当的方式和这位权威人士打招呼。他终于设法站了起来，恭敬地点点头，然后正式地鞠躬。内特对老人微笑着，他对这种正式感到不自在。土著老人弓着身子小心翼翼地向后退了几步，继续翻动着土壤，脸上保持着微笑，但一副心不在焉的样子。

后院拴着丹尼刚买的马，他妈妈让他买的那匹马。内特很佩服——丹尼眼光很好。这是一匹母马，灰白色，焦糖色的鬃毛和尾巴，大大的巧克力色眼睛。它曾经应该是一匹漂亮的母马。

丹尼正在刷着马毛，内特走过去。“听到你小妹妹的事儿，我很难过。雪莉小姐刚刚告诉我了。”

丹尼继续刷着马毛，头也没抬。“死亡是生命的一部分，先生。常有的事儿。”

内特注意到丹尼的成熟。他指着那匹马说：“你认为你能让它给你生小马驹吗？”

“有点儿怀疑。它太老了。卖主说它已经过了繁殖期。但它很强壮，我们还能让它好好干几年活儿。”

“你爸爸回家了吗，丹尼？”这个问题刺激到了丹尼；他抬头看了看内特，但很快又开始给马刷毛，然后他绕到另一边，避开了这个问题。

内特进一步问道：“现在销售季已经过去了。他已经买到了补给，所以我猜他就要回家了？”

丹尼停下手中的活，目光越过马背，朝着内特看过来，直视着内特的眼睛。“是的，先生。”

内特想努力看穿这个男孩。他是不是隐瞒了什么？他知道一切吗？内特抚摸着马的鼻梁，把话题带回到站在他们中间的动物身上。他又问了几个问题。马的名字是什么？它有几只手宽那么高？买这匹马做了怎样的交易？丹尼一一回答了他的问题，但再没有看内特一眼。

丹尼继续刷马。刚刷完，他就开始检查马蹄，看有没有损坏——它们可能需要修理。这匹可怜的马明天就要带四个孩子回家了，要走四个小时的路，还得驮着沉重的东西。这也是丹尼买它的原因之一：它是一匹驮马，习惯于驮着重物长途跋涉。它有“一颗大心脏，”前主人说。

丹尼继续耐心地干活，理顺马尾。

“你干得很漂亮，丹尼。”

“这是我在家里干的部分家务。爸爸每次赶牲口出发之前，或刚刚赶牲口回来，我就帮着刷洗和照料他的马。”

内特想起乔的母马的状况，大售卖那天这匹马被丢在关牲口的围栏里。这匹马身体状况很差，看上去比其他干活的马要糟糕得多。即使这些马在高地上干活，一个赶牲口的人干完一天的活儿后，总是要给他的马梳毛的。

既然丹尼对他们的对话不再感到拘谨，内特就又问了丹尼几个关于他爸爸的问题。他问道：“丹尼，你看见你爸爸离开家赶牲口去了吗？”

丹尼仍然没有看内特，他一边集中注意力解开马尾上最后一个该死的结，一边说道：“没有看见，先生。”

内特直起身子，他开始警觉。丹尼已经看出了这一点，为了增强表达效果故意停顿了一下。他一点儿不傻：他知道中士在干什么。“我们还没起床，他就早早走了。”丹尼半扬起眉毛补充道。

内特明白了，又问了丹尼一个问题：“你爸爸有过不按时回家吗？”

丹尼最后看了一眼那匹马，他的自我现在引导着他，他觉得自己比眼前这个来自大城市的中士更聪明。“有时他会直接去参加另一次赶牲口，或者来这里——”丹尼停下来，但已经太晚了。他又在给自己挖一个陷阱。他突然焦虑起来，假装在马的后腿上发现了什么东西。

内特知道，这是一个机会。这孩子确实知道什么。内特进一步追问：“这地方在哪儿？”

丹尼把注意力集中在马后腿上的伤痕上，用指尖拨弄着这块伤痕。“丹尼？你去过那里吗？”

丹尼知道自己说得太多，他无处可躲了。他满脸内疚地说：“请不要告诉我妈妈。就那一次。”

太阳高高地挂在天空中，广阔的平原上看不到一丝云彩。在一个十字路口，一名骑手骑着马飞驰而过，路上升起一团尘土。那匹马突然停了下来，停在了十字路口的中央。

是内特。他看了看他的怀表：快一点了，他承诺过妻子要回家吃午饭的，这个承诺重重地压在他的心头。他望向远方，看到了他们的家，烟囱里不断地冒出炊烟，他知道路易莎到时将烹饪好一顿特别的饭菜，他的小男孩一定会焦急地等待着他的归来。

内特的直觉从没出过错：他就是凭着直觉在战争中幸存下来的，只是一条腿上受了伤。一次战斗中，他冒着猛烈的炮火折返去救一个战友。他躲在一丛小灌木后面，权衡着他的选择。他正要从一栋废弃楼房的前门跑进去，但本能告诉他从后面绕过去。在那里他找到了受了重伤的同伴。当他把同伴拖到一个安全的地方时，他被狙击手击中了。他很幸运地逃过一劫，子弹打碎了他左腿上部的骨头。如果他从那栋废弃建筑的前门进去，狙击手可能就直接射中他的胸部，甚至在他还没到达同伴身边的时候就被打死了——他的同伴也活了下来，完全康复了，他永远感谢内特救了他的命。

现在，内特的直觉告诉他，莫利·约翰逊有点儿不对劲。他与妻子和儿子约定的午餐不得不被推迟。内特掉转马头，朝相反的方向疾驰而去。

内特拉住缰绳，放慢马的速度，小跑起来。这里的土地远离河套地区，更干燥，草也更少，更多的是红色黏土，更粗糙。马的速度慢下来，小心翼翼地穿过一个灌木丛，接近一间小茅屋。茅屋就在大马路旁边，离镇上大约半小时的路程。这个房子正好处于平原高地和灌木丛的边缘地带，一侧平原终止了，另一侧则出现了灌木丛。为埃尔皮达·萨瓦的生意——卖淫提供一点儿隐蔽。这个生意在这一带已经有一段时间了。淘金热期间她父亲来到这里，在争夺其中最大一批赃物所有权的过程中被杀了。他的妻子和大女儿埃尔皮达被留下来自谋生路，还有两个小女儿需抚养。埃尔皮达和她的母亲开始卖淫。她们生活得还不错，供养着两个小女孩，让她们在墨尔本接受了良好的教育。

内特小心翼翼地环顾四周。他从茅屋后面走过来。房子的女主人可能有客人，他不想撞见任何事情。一个健硕的女人，至少有五十多岁，一点儿也不漂亮，胸衣上端乳房完全暴露在外。她的乳房是她最大的优势。她手里拿着烟，慢慢地吐出嘴里的烟，向空气中吹出一缕细细的烟。

内特吓了一跳。他没想到这个女人会站在那里，更别说光着胸了。他不知道该看哪里。

她微笑着，对于一个没有门牙的女人来说，这已经足够讨人喜欢了。“新来的中士来支持本地生意了？很荣幸。”她拉起内衣盖住胸部。

内特碰了一下帽檐向这个女人致敬，有点儿尴尬。“来这儿问你几个问题，夫人。”

她嬉皮笑脸地问道：“之前还是之后的事儿？”

内特不知道该怎么回答，所以决定直接问：“你最后一次见到乔·约翰逊是什么时候？”

她的笑容很快就消失了。“他的妻子，一个疯婊子，挥舞着猎枪跑到这儿来！肯定是在三个月前，或大约吧。她撞见了我们。把她的马提尼－亨利步枪放在乔的蛋蛋上，威胁说如果乔不立即起来回家，就把他的蛋蛋打爆。她又叫又闹，说什么该死的，把一个生日给毁了。”她模仿着莫利的尖叫声，“‘你想怎么操她就怎么操，但我是为了这个男孩才来让你回家的。’她说的是关于她儿子十二岁生日的事情。”

这就使这些事情变得更清楚了一点儿。是家庭内部争吵。还能发展成别的什么令人不愉快的事情？或者乔离开了他发疯的持枪的妻子和孩子们？内特现在知道，他需要立刻去找莫利谈谈。但他首先必须阻止丹尼和他的弟弟妹妹离开小镇。他也许能从这个男孩身上得到更多信息。他碰了一下帽檐，掉转马头，疾驰而去。

“随时回来！免费优先为你服务！”埃尔皮达把头向后仰去，发出沙哑的笑声。她的笑声很快变成了一个重度吸烟者的咳嗽声，都快把半个肺咳出来了，最后，她把胆汁吐到地上。山里的生活确实使她变得强硬了。

在埃弗顿监狱的一间“牢房”里，丹尼躺在一张铁框架的单人担架床上。乔·朱尼尔、亨利·詹姆斯和德尔菲扮演医生和护士，照顾他们的病人。他们把手放在丹尼的胸上。一个把耳朵贴在丹尼鼻子上；另一个把一只手放在他的额头上。他们面面相觑，摇着头。

然后他们听到克林托夫中士从前厅区喊道：“丹尼，你能过来一下吗，孩子？”

丹尼用胳膊肘撑起身子，透过铁护栏向房间的另一边望去，麦吉尼斯神父、雪莉小姐和内特站在那里，围在他的桌子旁。他们谈话的声音很小，他听不太清楚他们在说什么。几个人不时回头看孩子们一眼。

丹尼慢慢地站起来，朝他们走去。亨利·詹姆斯很快就代替他坐在担架上，德尔菲开始了手摸胸，用耳朵听鼻子，手摸额头的例行检查，诊断结果不太好。

丹尼朝办公桌走去。他不着急：他知道自己有麻烦了——如果不是和这些大人在一起，他就会和妈妈在一起了。他已经说得太多了。快走到办公桌时，他放慢了脚步，当看到了墙上亚达卡的通缉令，他停了下来。通缉令上的亚达卡没有长着他了解的亚达卡那双友好的眼睛。画像中的眼睛凶狠、愤怒、凶残。

雪莉小姐分散了他的注意力。“过来吧，就现在——克林托夫中士可是个大忙人。”

内特一点儿没有迟疑，他看着丹尼正盯着的地方。“你怎么认识他的，丹尼？”丹尼直视着好奇的内特的眼睛：丹尼也没有丝毫停顿。“我不认识他，先生。”

内特已经看透他了。这个男孩说谎时，他会直视内特的眼睛：他说真话时，他会看向别处或低头看着地面，否则他无法隐藏自己的内疚，从而会暴露自己。早些时候，他们俩围着那匹马说话时，就是这样。

内特坐在办公桌一角，轻轻地从办公桌下面拉出一把椅子给丹尼。“来，请坐。”男孩坐在那儿，拼命不让自己被通缉令吸引。“不久前，你刚过了生日，十二岁生日？”

这个问题让丹尼大吃一惊。内特仔细观察着他的反应。丹尼的思绪回到了他生日那晚。他正从墙缝里往外看，眼里充满了恐惧。他听到远处传来一个声音，温柔而体贴。“丹尼？”

是内特，把丹尼从记忆带回现实。丹尼低下头，拨弄着手指。“是的，先生。大约三个月以前。”

内特决定缓一缓。房间里一片寂静，突然间，丹尼觉得无法呼吸了。他的上唇上冒出了汗珠。

“你能告诉我你生日那天晚上的事吗？”克林托夫中士到底知道多少，丹尼无法掩饰他对此的担忧。他深深地吸了一口气，与内特对视了一下。内特知道，他要撒谎了，但他会配合这个男孩。

“他们唱生日快乐歌。我们小孩子们玩了一会儿。妈妈坐着织毛衣……爸爸喝酒……我们上床去，熟睡得像狗一样，什么都没听见。”

就是这样：“什么也没听到。”但确实发生了一件事儿。

内特直起身子，尽量不表现得太急切。“在这样的一个夜晚，你可能听到了什么，丹尼？”

这孩子再也隐瞒不住了。回忆如潮水般涌来，他望向别处。

*

我躺在床上，醒着。害怕。我能听到外面传来的砰砰的声音，每砰一声，我就退缩一下。一切都被掩盖了——呻吟、呜咽、喘息、啜泣。这些声音来自妈妈。门边的墙上有条裂缝，我爬下床，自己去看……

爸爸比妈妈高，妈妈蜷缩在地上，试图保护自己，爸爸一拳接一拳地打妈妈。妈妈没有叫出声来，可能是怕吵醒孩子们。我呆住了，不知道该怎么办。以前有一次，我去救妈妈，爸爸把我狠狠地甩了一下，结果我撞到了头，病了好几天。妈妈发誓她再也不会让这种事发生了，我知道这就是为什么她不发出声音，尽量忍耐，默默承受暴力的原因，她是不想把我也牵扯进来。但我希望爸爸打的是我。不是妈妈。绝对不是妈妈。

*

丹尼被这段记忆弄得心烦意乱，但他竭尽全力抑制自己的情绪。他拨弄着手指，假装在抠指甲上松动的皮。“跟平常一样，先生。”

“那是什么？”内特温柔地问。

丹尼用了一些时间，控制住自己的情绪。男孩慢慢抬起头，他的眼睛正好和内特的眼睛对视上。“野狗在山里吠叫。还有蟋蟀。远处的猫头鹰。阿利盖特在做梦——它在睡梦中发出哀鸣声。爸爸……嗯，当他喝醉的时候，他……”

“怎么了，丹尼？”内特问道，身体前倾。

丹尼的眼睛一直盯着内特。“放屁很多，先生。”

牢房里的其他孩子咯咯地笑着。内特知道丹尼在说谎，但他还是笑了，他迁就着这个男孩。“我只是想帮助你妈妈，丹尼。”

听到这句话，丹尼对内特有了新的认识。也许他是个好人。

也许丹尼应该把那晚他所了解的一切告诉内特。但他答应过自己，他不会告诉任何人。他永远不可能。连他自己的妈妈都不会告诉。

内特转向麦吉尼斯夫妇，他们对这个男孩表现出的傲慢感到很生气。内特瞥了一眼那个土著男子通缉令，尝试从另一个角度继续问。“他因为一起残忍的谋杀案而被通缉，丹尼。八个人，他杀了——一位妈妈和她的孩子们。”

丹尼瞥了内特一眼。他不会相信的。他知道亚达卡不是这样的人。从男孩失望的反应中，内特意识到丹尼知道的比他说的多得多，他需要去莫利·约翰逊家。“就发生在你家附近。我很担心你妈妈。我想我自己也去一趟。”他停顿了一下，为丹尼让路。“跟你妈妈谈谈。再到处查看一下。”

丹尼变得有点儿焦虑。*到处查看？*现在，他的眼睛里充满了担忧，但他保持着沉默，他对于自己的感受和他了解的亚达卡的真实情况感到困惑。但克林托夫中士说的话让他开始担心他的妈妈。他只能希望妈妈一切安好，并相信自己对亚达卡人品的直觉。他回头看了看那张通缉令，在他的内心深处，他知道亚达卡不是一个坏人。他知道坏人会做什么，亚达卡和他爸爸完全不一样。但是……

丹尼的回答让他们和他自己都感到惊讶：“我认为这是个好主意，克林托夫中士。”

三个成年人转向他。“为什么，丹尼？”内特问道。

丹尼低下头，对着地面说道：“她独自一人在家，我不在家，我担心她。”

内特认为这是事实。他转向雪莉小姐说：“请把孩子们带回家，确保他们的安全。明早我会带着他们的妈妈回来。”

丹尼想说点儿别的，但内特已经出门了。丹尼重新考虑了一下——也许他不应该说这些，说这些秘密、谎言和幽灵，它们就像冬天的第一层薄雾一样盘旋在他妈妈生活的这片土地上。丹尼承受不了。他径直回到“牢房”，回到他的弟弟妹妹身边。丹尼把寻找安慰伪装成责任，他感觉应该保护弟弟妹妹们，他把他们聚集到自己身边，用安静、温柔的语气告诉他们接下来的计划：他们将返回麦吉尼斯家。

德尔菲疑惑地看着丹尼说：“明天，我们就回家？”丹尼回答不上来。他自己也不确定。他的眼里充满了忧虑和担心。

“丹尼？”德尔菲再次问道。

内特骑马沿着从镇上出来的大道飞奔。前面是他的家。他拽紧缰绳，不断鞭策着马匹，也克制着自己想要停下来的冲动。但当他走近家时，他仍然无法控制他看向家的目光。

然后他用力拉住缰绳，让马停了下来。他看到了自己的新家，烟囱：没有烟。*这不同于往常*。厨房的烟囱应该一直在冒烟。他掉转马头，向院子飞奔而去。马越过了前面的栅栏，绕到了后面。还没等马停下来，内特就从马上滑了下来。他向前跨了半步，重重地落在地上，然后冲进屋里，护着他那条该死的伤腿。他从后门冲进厨房，喘着粗气，揉搓着那条腿，以缓解疼痛。尽管这段时间他一直骑马，但对他的腿也是一种考验。

一切都是安静的。太安静了。厨房炉子里的火灭了。内特更加担忧了。他抑制住焦虑，喊道，“路易莎？”没人回答。

“路易莎！赛缪尔！”他跑向卧室。他的妻子和儿子躺在床上，睡得很熟。内特松了一口气，走到他们面前。他安静地轻轻坐在床沿上，小心翼翼地不吵醒他们。他深情地看着他们，抚摸着妻子的脸。妻子动了一下。他的手被汗水湿透了，他意识到妻子发烧了。她特别烫，大汗淋漓。他从床头柜上拿起一块湿毛巾，轻轻地拍着妻子的额头。

路易莎翻了个身，几乎要吐了。“内特，桶！”

内特及时抓过来水桶，路易莎大口吐在水桶里。他抚摸着路易莎的后背。路易莎抬起头，用手背擦了擦嘴，说道：“赛缪尔……”

“他就在这儿，”内特安慰路易莎，但路易莎快速转向身边的男孩，说道，“内特，检查一下他！把他抱起来！”路易莎如此担心，内特着实吓了一大跳。他抱起儿子，儿子的身体软绵绵地躺在他的怀里。

路易莎尖叫道：“哦，我的天哪！内特！”她用力很大，差点儿晕倒。她转过身，又一次把身子伸进桶里，瘫倒在枕头上。

内特转到床的另一边，把耳朵贴在男孩的胸前，然后把一根手指放在他的鼻子上。内特掀起男孩的衬衫，看到他在拼命呼吸着气，由于吸气很浅，他的横膈膜几乎没有扩张。内特思考了一下，他现在一点儿都不想再去找莫利·约翰逊了。他的儿子和妻子需要紧急医疗救助。*我明天将去接莫利。按照指示，孩子们将待在麦吉尼斯家。莫利哪儿也不会去——她在期盼着她的孩子们很快回家。或者他可以让莱斯利警官去把莫利带回来。*

他现在最关心的是他小家庭的健康。路易莎和赛缪尔急需帮助。内特赶紧用毯子把赛缪尔裹起来，说道："我把他送到医生那里，然后再回来接你。不要焦虑——好好休息。赛缪尔会没事的。你们俩都会没事的。我会确保你们没事。"

说着，内特俯身吻了吻妻子的额头，"我爱你"。然后匆忙跑到房屋后面，他的马等在那里。

"要快，内特！要快！"路易莎勉强在他身后喊了一声。她转过身，再次把身体探到桶里。

二十四

一轮满月终于从山顶上探出头来，照亮了大地。莫利站在自家露台上，直直地凝视着前方，说不出话来。

亚达卡站在莫利面前，穿着她丈夫的裤子、衬衫和背心，就是她前一天晚上在火坑周围修补的那件背心。亚达卡的头发湿了，向后梳着。“不要紧吧？”他问道。

莫利仍然不能说话。

“你的丈夫，看见我穿着他的衣服了？”

“穿上一双靴子，你就能被看成一个正派的人。”莫利终于说话了。亚达卡看着他的光脚。莫利说得有道理。也许丹尼说得对，正派的人脚上会穿一双靴子。从亚达卡现在的穿着来看，这种说法听起来有点儿像是真的。

莫利继续说：“你为我工作，我给你衣服作为报酬。他的衣服。旧衣服。那是你说的。这是事实。”

亚达卡点点头，转身要离开。

“等等。”

亚达卡转过身来面对着莫利。看到莫利站在月光下，他叹了口气，满怀渴望。

“我要给你的头发打蜡，让你的头发保持直立。湿头发会干的。干了以后，你的头发就卷起来了。坐下。”莫利指了指砧板。亚达卡知道他应该走了。*离开，现在就离开！*但他的心却让他留下。他取下斧头，把它放在一边，坐了下来。他盯着远处那个大大的银色月亮升到山顶上。它像一盏聚光灯一样，照进前院。

莫利回到屋里取蜡。回来时，她手里拿着一个小锡罐。她打开锡罐，挖出一块来，在指尖揉搓着。她看向亚达卡正在看的地方，用嘶哑的声音低声说：“满月。”

“对走夜路有帮助。”亚达卡回答说。两人都知道，月亮出来意味着亚达卡要离开了。

莫利慢慢地走向亚达卡，看着他的身形，把蜡油揉到手上。她用几乎听不见的声音说道：“女人的头脑是一团乱麻。”

莫利走近亚达卡，一边让自己镇静，当她探出身子，手指从亚达卡头发中划过时，她终于坚定了信心。莫利以前从来没有做过这件事，内心也从来没有涌动过这样的感觉。她内心深处有什么东西在涌动。一定是月亮。

莫利的手在轻轻地触摸着亚达卡的头发，感受着莫利的触摸，亚达卡呼吸变得急促。这种感觉是如此简单，却又如此有效。一种温柔的女性的触摸——一种他已经很久没有体验过的感觉。

莫利深深地叹了口气。一种无法控制的冲动侵袭而来。他们离得太近了，她也受到了影响。莫利摇摇头，努力地驱散月亮的魔力和此时此刻的诱惑。她必须找到一个分散注意力的东西，她必须隐藏这些冲动。把蜡抹到亚达卡头发里的时候，莫利看到了他的侧面。“你长得很好看。”

“我有一个白人爸爸。”

“你认识他吗？”

“我想甚至我母亲都不认识他。”

莫利对自己点了点头。“我不认识我妈妈。”

莫利有点儿对自己恼火了。她从来没把这件事告诉过任何人。她的丈夫知道，但仅仅是因为她的父亲警告过他，莫利在成长过程中没有受到女性的影响，可能需要一些“学习”才能让她表现得像个女人。他指的是性。乔·约翰逊很好地保证了莫利的学习。不幸的是，对莫利来说，这种学习是通过残酷暴力的方式完成的。

亚达卡打断了她的思绪：“你有家人吗？”

“只有我的孩子们。有孩子之前，只有我爸爸。只有爸爸和我。他总会说：‘我们就是我们所需要的家庭’。”

现在，他们之间你一言我一语，轻松地聊着。莫利把发蜡揉擦到亚达卡的头发后面。这对拉直卷发并不会真正起作用，但她在努力。莫利暗自希望亚达卡能回家。她不愿伤害他。“她生我的时候死了，我的妈妈。”

一些令人难以置信的事实让亚达卡震惊。自从他来到这里，莫利生活中的细节，让他亲切熟悉，而现在她说的这一件事……慢慢地，莫利的故事中支离破碎的片断在他的脑海中被联系在了一起。

亚达卡看着莫利。谜底终于揭开。他笑了。“是你。”现在，各种事实都吻合上了，亚达卡把这些线索从头捋了一遍。“莫利，玛丽的昵称。玛丽难产而死。金妮·梅数次来探望。”他难以置信地摇了摇头。

“你说什么？”莫利看着他，满脸疑惑。给亚达卡的头发打好蜡后，莫利转过身来，站在亚达卡面前。

亚达卡想告诉莫利他所知道的一切。难道他注定要偶遇这个女人，并来到她家门口？“那个帮助你的女人，金妮·梅。她是我的养母。”

这对莫利没有任何意义。“世界真小——”她开口说，但亚达卡打断了她。

“你出生的那天晚上，她把你抱在怀里，你父亲趴在你死去的妈妈尸体上哭泣。”

“黑人妇女一直帮助白人妇女分娩。”

“金妮·梅一直在讲*她妹妹*深爱着一个白人男人的故事，要把这个故事传递下去。”

这句话触动了莫利。莫利不敢相信她所听到的内容。

亚达卡继续说，他有些激动地分享着他所知道的一切，金妮·梅告诉他的一切。这一直是她的计划。“黑玛丽，‘附近最白的黑人女人’——当地人都这么叫她。金妮·梅说她红头发，皮肤白皙，但她的恩加里戈人特征很明显。黑玛丽给一些赶牲口的人当厨师，你爸爸就是其中之一。”

莫利看着亚达卡，目瞪口呆。亚达卡趁机尽可能清楚地说出这个信息：“你的母亲。她是黑人。”

莫利狠狠地扇了亚达卡一巴掌。“你怎么敢这样对我说话?我尊重你，你却得寸进尺。你在这里已经待够了！”

亚达卡知道，他必须把他故事讲下去，这是他的责任，尽管莫利很生气。如果他不这么做，可能就再也没有机会了。尽管他知道莫利现在可能会感到不安和不受尊重，他还是继续讲下去。他必须这样做。金妮·梅知道黑玛丽对那个苏格兰人的爱是真的，而对方对她的爱也是真的。因为没有人会接受他们，所以他们彼此保守着这个秘密。

“闭上你的嘴！”

“他们的爱就像最高峰对最低的山谷那样深沉，就像雪河那样狂野。”

“停！”莫利朝着她的猎枪走去，猎枪就放在露台的柱子上。

“恩加里戈人，他们是你的家人。这没什么可羞耻的。”

莫利转过身，把猎枪对准了亚达卡。“管好你那张说脏话的臭嘴，从我的土地上滚出去，滚开！”

亚达卡看着莫利，一脸绝望。他央求莫利让他把话说完。“莫利，求你了，我讲这个故事并没有恶意。这是真相，有关你的真相。一位伟大的女人讲给我的。我生命的一部分——我们的生命——就是去分享这些故事，这样我们才能活得更长，活过明天，甚至活得更久。没讲出来的人生经历就是没活过的人生，而你的母亲，黑玛丽，瓦拉甘吉，在这个世界上生活过。在她短暂的一生中活得很自由。”

“我现在讲下一个故事，我无意冒犯你或你的妈妈，但我也从一个白人老农民那里听过一个版本。他雇我帮忙，作为报酬，在一段时间之内，他每天给我一顿饭，提供一个休息的地方。那个农民给我讲了那个白皮肤、红头发的年轻黑人妇女的事。从远处看，你会完全认为她是白人，但近距离看，她的黑人特征就很明显。他讲的故事是这样的：你看，这个地区的白人给你妈妈取了个名字叫‘黑玛丽’，这样所有人都知道她确实是一个黑人女人，如果他们抓住了她……”他的语气缓和了一些。“如果他们逮到她，就可以对她为所欲为了。”

老农民引用了别人说的话，对亚达卡说：

“一匹尚未驯服的小牝马。”

“她像野马一样狂奔。”

“像男人一样打架。”

“不过，她像黑人一样狡猾。”

亚达卡感受到了莫利的怀疑和困惑，后悔说出了这样的话。

尽管如此，他还是继续说了下去。“这些只是人们对她的一些评价。那个农民说他依稀记得有传言说黑玛丽被一个苏格兰人抓住了。农民的妻子说过黑玛丽和那个苏格兰人的事，但那是多年前的事了，我到那个农民家的时候，他的妻子早已不在了。‘娶这样一个女人做妻子是合适的，’老农民说。‘与她发生关系是一回事。对一些人来说，这是常事。但要结婚，他们就得保密，不让别人看见。’”

亚达卡站在莫利面前。听到这些，莫利的情绪特别激动。亚达卡做最后一次努力，他想让莫利明白：“金妮·梅让那些故事流传了下来，她的妹妹对一个白人男人的伟大的爱的故事。她把这个故事一遍又一遍地讲给她最小的儿子巴尔布莱听，但他丝毫不感兴趣。巴尔布莱知道这是被吉米国王禁止的事情。我确实问过金妮·梅，为什么她一遍又一遍地跟我讲她妹妹的故事，她只是说，‘人们需要知道’。”

亚达卡盯着莫利。莫利接受了吗？

莫利在几秒钟内拼命想弄明白脑子里闪过的许多问题，那几秒钟对莫利来说就像一辈子一样。第一次听到这个故事——她的故事——她就是不能彻底厘清，至少现在不能。发生了那么多事情，她怎么能够厘清呢？厘清了又有什么好处呢？被人知道有黑人血统。那她的孩子们怎么办？他们将不得不面对的？她必须把孩子放在第一位。

莫利终于开口说话了：“我需要你离开。现在。滚！听到了吗！滚！”

亚达卡终于沉默了，他转身离开。但就在这时，莱斯利骑警骑着马穿过灌木丛跑了过来。他的马口里吐着白沫——莱斯利骑得太快了。斯宾塞·莱斯利从马上一跃而下，既不优雅，也不气派，脚底还绊了一下，一只手里笨拙地握着手枪。他的马高高跃起。莱斯利看起来很累，显得很慌乱。“我听到了叫喊声。这里一切都好吧？”

莫利迅速镇定下来，心想，*今晚还会发生什么事呢？这该死的满月！*天啊，现在她必须处理这一切。像一个熟练的女演员一样，她眨眼间改变了自己的举止，说道：“没事的，谢谢你。”

亚达卡没有注意到莫利的变化，他迅速转过身去，系上衬衫最上面的扣子，掩盖他的伤疤和第一次和莫利见面时所带的铁项圈留下的红色印记。正是莫利使他摆脱了那个项圈。莫利此时此刻祈祷，亚达卡能把这件事情深埋心底。亚达卡转头面向骑警，低着头站在那里，像一个顺从的仆人。他也可以配合着演戏。多年来他一直这样做。他就是这样活下来的。

斯宾塞在他最上面的口袋里摸索着他的小笔记本，说：“这是——”他找到了他需要的信息。也许他只是在为了表达效果而假装犹豫。或者由于此时肾上腺素激增，使他一时糊涂，忘记了这些事实。“这是乔·约翰逊先生的房子吗？”

莫利，没有丝毫迟疑，表现得温暖而又热情好客。“我是乔·约翰逊太太。”

斯宾塞继续盘问："约翰逊先生在哪里？"

"他到城里去买给养去了。明天早上就回来了，如果你愿意那时再来的话。"莫利回答道。

亚达卡一直低着头，保持沉默，努力去找到一个摆脱这种局面的方法。但就在他想出一个主意，抬头面向莫利的时候，那轮满月爬到了树顶，把一束光洒在他的脸上。"太太？"

斯宾塞转过身去面对这个黑人，一看到他的脸，马上意识到这就是海报上的通缉犯。此人因谋杀爱德华兹一家、他们家的中国用人、一名骑兵和一名当地警察而被通缉。我的上帝！

看到骑警的反应，亚达卡知道他被认出来了。他告诉自己要保持冷静，希望莫利能配合他。"我到外面去办事吧，太太？"

斯宾塞不敢相信自己的好运气。如果他抓捕了这个黑人，他就会得到某种信任，这正是他所急需的。"不许动！"斯宾塞命令道。他的手颤抖着，努力地稳住手枪，把它对准了埃弗顿的头号通缉犯：一个逃跑的凶残野蛮人。

二十五

莫利三个最小的孩子头顶着脚躺在麦吉尼斯家那间空余房间的一张大床上。他们的头靠在豪华柔软的有褶饰边的枕头上，毛茸茸的毯子拉得高高的。就像浮在一朵云上，他们正睡得很香。丹尼站在他们身后的窗户边，小脸上写满了忧虑。他看了看天空中缓缓升起的满月，然后看了看他熟睡中的弟弟妹妹们。*我该怎么办？*

他很担心妈妈，也担心克林托夫到他们家去，说出他做的事，真是太愚蠢了。*真是个浑蛋！*他心想。天色还早。*如果现在出发，我午夜前就能到家*。丹尼只知道他必须采取行动。他蹑手蹑脚地走到卧室门口，把门打开，看见雪莉小姐和麦吉尼斯神父与一位尊贵的年长绅士坐在一起——也许是一位有权威的人？

是艾森曼赫尔法官，在一张纸上写着什么。像往常一样，雪莉小姐主持会议。

“艾森曼赫尔法官，我以前从来没有讲述过这些故事，因为她爸爸清醒的时候从来没有向我忏悔过，但我确实相信它们是真的。他喝了朗姆酒才会说真话。我一直都知道莫利·约翰逊并不像表面看起来那么简单。”

听到他母亲的名字，丹尼赶紧离开了门口，背紧贴在墙上，他感到很震惊，现在他知道雪莉小姐家有个法官，雪莉小姐正在用一种侮辱性的口吻谈论他的妈妈。他的妈妈从来没有做过任何事情，以至于别人能这样谈论她。他的弟弟们这次来访表现得比以前更好：雪莉小姐自己也是这么说的。丹尼透过门缝往客厅里看。雪莉小姐还在继续。

“我听人们说过那个皮肤白皙、长着雀斑的红头发土著妇女。他们叫她黑玛丽，并谈论莫利的父亲乔克·斯图尔特如何追求她。真是可耻。我看不出也不理解她有什么吸引力。”

麦吉尼斯神父发出啧啧声，开口说话了。“现在，嬷嬷，我们要评判谁？”把这事今晚留给上帝和艾森曼赫尔法官吧。”

雪莉小姐控制不住自己——她喜欢有人听她讲话。“他们还是那样混在一起。这种关系给孩子们带来了混乱。谢天谢地，他们只有一个孩子。这个孩子可能是这个地区最早出生的混血儿之一，但不幸的是，她不会是最后一个。”雪莉小姐对此嗤之以鼻，她停顿了一下，脑海中又想到了什么，然后说：“黑玛丽大约比我大六岁。是的，六岁。人们第一次看见她时，她才十六岁。我当时十岁。这就是为什么我还记得这些的原因。爱德华兹一家是她第一次接触的白人。我给你们讲，这里有一个荒诞的故事。”

没有缓一口气，雪莉小姐单刀直入地说：“黑玛丽的父亲是查尔斯·爱德华兹！”

“嬷嬷！”麦吉尼斯神父插嘴说，眯起眼睛表明自己的观点。“这个传闻没有证据。‘若有人自以为虔诚，却不勒住他的舌头，反欺哄自己的心，这人的虔诚是虚的。’《雅各书》第一章，第二十六句。”

雪莉小姐被麦吉尼斯的插话惹恼了，她讽刺地说：“原谅我，神父，我犯了罪。”一点儿没有迟疑，她继续说道，“如果克林托夫中士的假设是正确的，那她就在那里藏匿了那个野蛮的黑人杀人犯……那么，好吧。我们还能做什么？”

为了增强表达效果，雪莉小姐停顿了一下，“我称她的孩子们为八分之一血统混血儿。他们需要紧急救助，艾森曼赫尔法官。”雪莉小姐恳求道。

*需要帮忙？*丹尼想。*从你们那里，听起来像是*。

法官做完了记录，精心地舞动钢笔，签下了自己的名字，把信整整齐齐地对折，递给了雪莉小姐。“为了孩子们的安全，我授权将他们迁走。”

丹尼吓得睁大了眼睛。

迁走？这是什么意思？迁到哪里，为什么？我们得回家找妈妈了。她在等我们。明天，我们就要回家了。为什么会有人这么做？把我们从她身边带走？她是个好妈妈，为我们竭尽所能。她

爱我们，每晚都对我们这样说。忍受了那么多来自……

丹尼迅速轻轻地关上了门。他知道他必须采取行动了。他看了看熟睡的弟弟妹妹，又看了看窗户。

艾森曼赫尔法官刚才挥动的笔现在放在了麦吉尼斯家的餐桌上——莫利·约翰逊的孩子们就是围着这张桌子吃饭的。以他们慈爱的主耶稣和基督教慈善事业的名义，麦吉尼斯夫妇已经给了莫利喘息的机会和独处的时间，就像任何一个努力维持生计的母亲应该得到的那样。她只是个普通人。

但是，从这支毒笔中流出的墨水，具有与理性与法律的双刃剑同样的力量：今晚，这支笔非但没有帮助人，反而造成了伤害，深深地切断了那些纽带，这些纽带在很久之后都将失去，永远消失。这支笔轻轻一挥就能造成灾难，毁掉一个家庭。莫利·约翰逊一家人。

二十六

满月在夜空中升得更高了。月亮穿过树梢，将一束束光洒在莫利家所在的高原上，关注着这个令人不安的时刻，这是莫利和亚达卡都不想要的。亚达卡双手放在头上，露出锁骨上的伤疤和红色的鞭痕，跪在骑警面前。

斯宾塞·莱斯利向亚达卡宣读了他的逮捕令："以女王的名义，我以谋杀爱德华兹夫人和她三个孩子，谋杀骑警菲利普斯和当地警察邓普西·巴克皮的罪名逮捕你。"

这让，莫利吃了一惊。亚达卡从来没有提到过这些死去的人。亚达卡瞥了莫利一眼，看到了她的失望。他希望他能有片刻时光亲自给莫利解释一下这件事情。他们互相对视了一眼，马上就被骑警打断了。

"还有你，约翰逊太太，我需要你陪我到拘留所去问话。"

莫利知道她哪儿也不能去。她哪儿也不会去。她的孩子们很快就要回家了，她需要在这儿等着他们，陪在他们身边。"我不知道他杀了——"

"我要询问你丈夫的下落，"骑警莱斯利打断莫利，他对自己的高高在上感到得意扬扬。

这使莫利一时语塞了。她把脸垂下来，思考着这对她和她的孩子们意味着什么。

"你丈夫的同事们一直很担心。你丈夫没有和他们一起去赶牲口。他们发现他的马跟着野马跑了。请把枪放下，约翰逊夫人。"

莫利此刻呆呆地站在那里。看到这一切，亚达卡突然明白了莫利过去几天里某些反应。打死公牛的故事；亚达卡在棚子里找到被塞在某些东西后面帽子；看到他戴着这顶帽子，莫利一下子就崩溃了……他现在看到莫利越来越不安。

"我的孩子们很快就要回家了！"

亚达卡知道他必须做点儿什么，来分散骑警的注意力，这样莫利才能镇定下来。他想帮助莫利。斯宾塞不断的胡言乱语正在使莫利变得更加焦虑。亚达卡知道莫利为了她和孩子们可以做出一切事，他必须在莫利采取行动之前做点儿什么。他决定站起来，冒着被当场击毙的危险，但为了这个女人，他愿意冒这个险。他认为这对他来说可能是更好的选择。既然这个骑兵来了，他的未来看起来黯淡无光了。

他只杀死了另一个骑警和一名当地的警察，那发生在一次被抓捕的过程中，因为他被冤平白指控做了一件他并未参与过的事。他已经受够了他们这样对待他自己和他的同族。他听人说过被捕的最后结局。他要么活，要么死，在那一刻他选择了活下去。但最终，这个决定值得吗?

值得。他遇到了莫利·约翰逊，给她讲了她的梦一样的过去，她的起源——她开始的地方。亚达卡意识到斯宾塞并不习惯和擅长这样的对峙。他可能会失手扣动扳机。亚达卡知道他需要谨慎，否则他可能会让他们两个——他和莫利——都被这个惊慌失措的骑警打死。

亚达卡坚定地站了起来，准备迎接死亡瞬间。骑警立即把他的枪口对准了亚达卡，正如亚达卡希望的那样。“蹲下！我要开枪了！”对亚达卡来说，幸运的是他没有那样做。

汗水从骑警的脸上流下来。他尝试着不让汗水流进眼睛里，这时，他变得更加慌张了。*这些人不知道我是谁，不知道我的权威吗？先是这个女人不听我的命令放下她那该死的枪，现在这个黑人又违抗我！*

亚达卡看到骑警的焦虑，他低下了头，表示他的屈服。

“我不能和你走。因为我有孩子。”莫利又说道。

骑警把他的注意力转回到莫利身上。“我接到命令，要把你带回去。”

“不，我有孩子！”

亚达卡再次试图把骑警的注意力转移到他自己身上：“带走我吧，长官。”

骑警莱斯利几乎要不能控制自己了。“闭嘴！”他的手枪在两人之间来回摆动，他谁也不相信。他声音紧张地哀求道：“约翰逊太太！拜托了！”

莫利快把自己逼疯了。“他们需要我！”

亚达卡轻轻地向骑警走了一步，说道：“带走我吧，长官。”

“别说话！蹲下！”

“我的孩子需要我！”

“带走我，长官！”

“求你了，约翰逊太太！枪，放下！”

“我的孩子们怎么办？”

亚达卡自己也焦虑起来。他清楚这会引发什么，他周围的一切好像都慢了下来。也许这对他来说有好处，因为他在盘算着该怎么做。

骑警迅速转身，向莫利走去，他的手枪直接对准了莫利的头。亚达卡的本能就是去保护莫利，他准备扑上去。斯宾塞大喊一声，唾沫四溅，“闭嘴！站起来！臭女人！”

莫利的眼睛充满了恐惧和愤怒，她的身体绷得紧紧的，浑身颤抖。

*

在我面前，骑警已不复存在。只有他！他的帽子！他的拳头！玻璃碎片！*孩子们！想想孩子们！*我听见我的灵魂在尖叫。

那些在我睡梦中萦绕的支离破碎的画面浮现在了眼前。*这场噩梦会结束吗?*

*

亚达卡知道莫利会做什么。但他不想让莫利这样去做。他看到莫利紧紧地抓着枪，他知道接下来会发生什么。他站稳了，朝着骑警扑去，希望能把他撞开。*不要再死更多的人了!*

砰！一声枪响，枪声从山上弹了回来，在寂静的夜色中回荡着。莫利周围的世界变慢了，令她惊恐的是，两个男人倒在了她面前的地上。她不确定开枪的是自己还是骑警。

莫利从昏迷中清醒过来，迅速确认自己没有被枪击中。然后她看了看自己还在冒烟的枪，意识到是她扣动了步枪的扳机。她惊恐地站在那里，张着嘴，意识到在她面前地上的两个男人中的一个被子弹打中了。时间已经停止。莫利等待着纠缠在一起的两个男人的动静。

然后，亚达卡滚开了，跳了起来。他屏住呼吸，站在那里，一动不动，惊愕不已。

莫利盯着躺在她脚边死去的骑警。就像冬天到来时刺骨的寒冷来得那么快，她已经变得冰冷，麻木。“把他埋在地下。”莫利告诉亚达卡。

二十七

冬天的第一轮满月在夜空中升得更高了；离午夜还有一个小时左右。

莫利面前的火坑里，一小团闪烁的火焰舞动着。她茫然地盯着火焰，披肩紧紧地裹在身上。她被吓坏了。她的扫帚和猎枪就放在她身边，面前的地面已经打扫过了。没有留下与骑警搏斗的痕迹，白天人来人往的痕迹都被抹去了。骑警的血已经被掩盖了，所有他的痕迹都消失了，只有燃烧的木头发出噼里啪啦的声音，打破了夜晚的寂静，发出悦耳的声音。满月安详地照在莫利身上。头顶上的某个地方，一只强壮的猫头鹰在叫着，莫利抬头望向远处黑漆漆的地方。月亮的光芒照亮了疏花桉的枝条，使这棵疏花桉像被时间困住的精灵。仿佛看见了什么似的，莫利目不转睛地盯着它们。

莫利想走过去拿她的猎枪，但她仔细观察了一下，改变了主意，她的披肩掉了下来。她停住了脚步，被眼前的一切迷住了。她屏住了呼吸，看到了那个皮肤白皙、红头发的年轻土著妇女——那个和她一起在水里的女人，那个她伸手去抓，还没抓住就被水冲走的女人。她怀里抱着什么东西，在月光下几乎闪闪发光。莫利的目光聚焦起来，她看到那个女人正抱着两个紧紧包裹着的死婴。是莫利死去的两个婴儿？是小杰克和黛西吗？这个女人是谁？亚达卡说的那个叫黑玛丽的土著妇女的故事是真的吗？这是她吗？

莫利不动也不说话。她安静平静，只是沉浸在这令人难以忘怀的美好时刻。她的乳房开始往出流奶水。一股暖流在她内心深处涌动，她的母性本能被这个皮肤白皙、头发乌黑的土著妇女和襁褓中的婴儿激发了。这是我妈妈吗？玛丽？

一片乌云从满月上划过，划破了月亮华丽的光束，女人和婴儿都不见了。莫利上气不接下气，她接受了这一切，大声喊叫："玛丽……"寂静的夜晚只有大自然的声音，还有猫头鹰高亢的叫声。莫利刚才感受到的温暖消失了，进而感到一阵空虚。就在那一瞬间，她感觉自己是完整的，成了一个完整的人……不再就她自己了，她妈妈也在。她本可以永远停留在那一刻的。

莫利身后传来一声温和的"太太？"亚达卡从黑暗中钻了出来，把铁锹靠在棚屋的一侧。按照莫利的命令，他已经把骑警的尸体深深地掩埋了。莫利没有看他。他继续慢慢地向莫利走过去，一边走一边轻声说着话，以免吓到她。"你没事吧，太太？"

莫利站在她家前院的中央，衣服上有一片片湿漉漉的地方，她的乳汁自由地向外流着。她还沉浸在刚才的经历中，以至于意识不到正在发生着什么。那片云从满月上飘走了，月亮的光芒照耀着莫利，把她带回了现实。她意识到自己的乳房还在往出流奶水，她迅速用手盖住，一边走过去拿她的披肩和猎枪。手里拿着披肩和猎枪，他尴尬地跑进屋里，关上了身后的门。

亚达卡在后面看着莫利。他不知道该如何回应。

*

女人的事我管不了。但我不能离开她——她开枪打死一个执法人员，这件事后果特别严重。这不像我认识和尊敬的莫利・约翰逊能干出的事儿。她是一个伤透了心的女人，一个受过极度伤害的女人。她正在经受着极大的痛苦，想想就觉得非常痛苦。但是……我也知道这是最好的解决办法了。对于我们俩来说。一想到要离开她，我的心就感到刺痛。

出来吧，莫利，阻止我。告诉我你需要我留下来。

*

亚达卡在等着，但屋里什么动静都没有——一点儿声音也没有。然后亚达卡自己咯咯地笑了。*好像莫利・约翰逊会那样说似的。那是莫利・约翰逊，一个赶牲口人的妻子——她大半辈子了一直都在为自己讨命……她一生都是这样。她不会就此罢手的。*

亚达卡并不知道，莫利从屋里透过墙缝在偷偷看他，她在拼命克制自己不去打开前门的门闩。她希望亚达卡能离开，否则她就会做傻事，比如冲进他强壮的臂弯里，永远抱着不放。如果她允许自己这么做，这将意味着什么？对她自己？对她的孩子们？对他？对他们的人生？

她使劲捏着小臂，想把这些愚蠢的想法从脑子里赶出去。她需要思考。她得摆脱亚达卡。把他留在这里太危险了。最后，她有主题了，她要让亚达卡离开。如果亚达卡被抓住，他会被绞死。但他会活下去的。他会回家。他能做到的。她相信亚达卡能做到——她必须相信。

亚达卡动了一下，似乎要离开，但又停了下来，他最后一次回头看了看那间房子，期盼着、等待着……什么都没有发生。屋内一片死寂。他该走了。

亚达卡的脚步缓慢而吃力，但当他走到那个旧柴堆时，前门打开了，莫利走到露台上，她又开始假装坚强了，她把披肩紧紧地裹在身上，克制着自己。亚达卡转过身来，满怀希望。

长时间的尴尬沉默，双方都在等着对方先开口。最后，还是莫利打破了沉默："如果你能帮我顶替这一切，你就是我的救命稻草了……对所有这一切。骑警。我的乔。"

莫利竟有如此大胆的请求，亚达卡着实被吓了一跳。但他突然意识到：莫利提到了她丈夫的名字，她把他也牵扯到整个事件中来了。

"我很抱歉，但我的孩子们——他们需要我，需要他们的母亲。”亚达卡目瞪口呆地站在那里。“我绝不会为了杀人而杀人，而是为了我的孩子们才杀人，为了我的生活而斗争——我会一直这样去做。为此我不会找任何借口。”

“你是那么做的吗？杀了你的乔？”亚达卡开始明白了这一切。

这个问题几乎击溃了莫利。她努力不让别人知道这个秘密——但更不让她自己知道，这样她的孩子们才能过上正常的生活——这个秘密憋在心里，是超乎寻常的巨大压力，虽然只是亚达卡简单的一问，但她却再也无力承受，最后她崩溃了。这让她的身体也产生了一些反应，使她不得不抓住栏杆稳住了自己。她的表情渐渐柔和下来，她深深地吸了一口气，然后把这一切都说了出来：“我把他的靴子埋在了他旁边，柴堆下面。没穿靴子，不能埋葬一个人。”

亚达卡听得很明白了，但却并不感到很吃惊。他低头看了看那个旧柴堆，现在一切都很清楚了，这个土堆是一个坟墓。亚达卡回头看着莫利，问道：“乔埋在那儿吗？”他指向土堆。

“当时，孩子们马上就要起床了……坑挖得很浅，所以那儿才有个土堆。我把最后剩下的木柴堆在上面。阿利盖特击退了来挖掘的野狗。味道也不是很难闻，这取决于风往哪个方向吹。但这附近总是有东西在死去。”

亚达卡知道，莫利需要倾听者，他保持沉默，全神贯注地看着莫利。

“他被埋在那里，靴子就在旁边。去拿走靴子吧。”亚达卡不知道说什么好。莫利继续说：“如果你穿着靴子，人们就不会太注意到你。”

“不用了，谢谢您。”

“如果你被拦住，也许还有机会。用你的白人名字。”

亚达卡并不关心这悠扬事，他也不想这样，他看着莫利——莫利看出来了。“无论你说什么或做什么，都是为了活下去。我是这么想的。”

两人又沉默了，但两人之间还保留着轻松。他们彼此靠得更近了一些。亚达卡感觉得到，莫利身上的重担已经卸下：对于她丈夫的死。没有判断，只有理解，他们是两个命运掌握在他人手中而遭受痛苦的人。

亚达卡对莫利如何杀死丈夫的细节不感兴趣——他只是通过直觉去理解其中的原因。帮莫利摆脱了心中的枷锁，他如释重负。莫利望向夜空。随着莫利的警惕心逐渐放松，也许亚达卡现在可以问她了。莫利会认为他愚蠢吗？

他使劲咽了一下口水，激动的情绪哽在喉咙里，低声说：“跟我走吧。”

亚达卡的问题让莫利迅速回到了现实。当莫利听到亚达卡的请求时，她很平静，但这种平静是短暂的。“成为一个黑人？”她难以置信地问道。

“你是黑人。你知道这一点。”莫利不知道该怎么回答，但亚达卡没有给她回答的时间。“这就是金妮·梅总出现的原因。她是你的家人。你的孩子们的家人。”

“做一个女人已经够难的了，更别提一个黑人女人了。”莫利说道，对亚达卡和他荒唐的问题感到懊恼。*或者是这样吗?* 她走进屋里，但没有把门关上，这是鼓励亚达卡继续说下去。

亚达卡向莫利指了指他要去的地方的方向，他将躲在那里过冬：一个洞穴。东北方向，从这里走两天半的路程。如果莫利选择跟着他，就可以来到一个大水坑，在那里她需要靠右走。亚达卡告诉她，她会遇到一片光秃秃的土地，“就像有人清理出一个完美的圆圈”。靠这片空地左边走。再往前走一点儿，有三个看起来像鸸鹋蛋的巨石。那个洞穴。就在对面。一个山洞。有食物，有毯子，有庇护所，在春天的时候……人们。你的族人。”

亚达卡满怀希望等待着一个积极的回应，此间，谁也不说话。“那就是我要去的地方。我会到达那儿的。”

再次的沉默。棚屋里没有传出莫利的任何动静。

亚达卡该走了。他不能再得寸进尺了。他再次出发了，但莫利从屋里叫道：“靴子。请带上吧，为了你的安全。”

莫利走到露台上，清了清嗓子，小声说：“你是个好人。请带上吧。”她看起来很漂亮，又很脆弱，亚达卡忍不住想强行带她跟自己一起走。他向后朝那个土堆走去。莫利指了指埋靴子的地方，他开始挖。他不需要挖得太深，就能感觉到靴子，并把它们拉了出来。他举起左脚穿的那只靴子，看到鞋跟磨坏了，就像丹尼描述的那样。他把靴子带到火坑旁边的原木旁，掸去灰尘，穿在脚上。

莫利看不下去了——这对她来说太难以承受了。她激动得几乎要病了。她回到屋里，但再次把前门开着。亚达卡看着她走进屋里，把打开的门看成是邀请，也许是吧？他要进去吗？他能尝试另一种方法来说服莫利吗？他只是想让莫利说她会和她的孩子们一起追赶他。*是的，就是这样——她的孩子们。*他知道如何说服莫利。

“我能不能，比如说，六个月后去拜访丹尼？”亚达卡问道。

莫利在屋里，但大声喊道：“别这样了，太危险。”

“我能陪丹尼第一次用矛进行猎杀。”

莫利从屋里走出来，走到露台上，手里拿着一个用布包着的小食品包，用绳子系着。月光下的亚达卡，使莫利惊叹不已——穿上了靴子，他显得很有型。莫利用了片刻时间才稳住自己，然后从露台上走到亚达卡身边。“附近一直有很多的谋杀事件，我们都得等待很长一段时间。”

莫利把包裹递给亚达卡，便迅速走开了，她担心她无法自控，有意拉开了两人之间的距离。她走到院子里，抬头看着天空中的满月。*今晚我的思维和情绪都被它破坏了。*

“想想男人们的约定。我答应丹尼了，”亚达卡说。“我可以带您和您的女儿去散步。在雪山变得开阔的地方，有这些美丽的野花……那时候都应该开花了。”

莫利转过身来面对着亚达卡。亚达卡就站在她身后。他们的目光交汇在一起，他们之间弥漫着浓烈的异性吸引力，两人神经都绷得紧紧的。一个男人和一个女人，此刻真实地站在一起，没有任何阻碍地站在一起。

莫利的眼睛里闪着光。她改变主意了吗？亚达卡读懂她了吗？

莫利不敢相信他们已经走到了这一步。*到底发生了什么？*对于不可能发生什么，不应该发生什么，她想说出自己的想法，但她仅仅气喘吁吁地低声说出来一句“……亚达卡”。

她喊我的名字了。他已经说服了她。听到莫利叫出他的名字，亚达卡忍不住笑了。*她的嘴唇，太完美了*。亚达卡向前挪动了一小步。其他事情都不重要了。没有什么能夺走他们的这一刻。亚达卡的手伸向莫利，他没有把握，犹豫着，然后又放了下来。

该死，我不能离开。我真的想离开吗？

他们的呼吸变得急促。亚达卡再次走上前去，他的脸垂到莫利的脸上。*她的嘴唇上*。亚达卡变得勇敢——但现在他愿意等莫利做出反应。恋人第一次接吻时所经历的尴尬。莫利终于把她的头稍稍转向了亚达卡。就在那儿，亚达卡想。他现在应该吻莫利了吗？

从黑暗的棚屋里传来一个粗哑的声音：“这附近一直有很多

谋杀事件，是吗？我也听说了。但我敢说，你们俩可能知道得多一点儿。”

亚达卡快速转过身来，面对着这个不知从哪儿冒出来的人。莫利走到一边，看见一个粗犷的赶牲口人站在棚屋的门口，体格健壮得像个砖砌的卫生间，蓄着满脸的红胡子，一副虚张声势的样子。亚达卡向前迈了一步。“别动，你这个黑杂种。我会一枪打穿你的头。”

莫利大胆地走上前说道：“你有什么事？”

这个赶牲口人从露台上走下来，穿过院子向他们走过来，手里拿着猎枪。“我和乔一起赶牲口，只有这一趟他没有来。八年来第一次。我觉得有必要顺路拜访一下，看看我的老伙计是否还好。”

亚达卡的目光一直没有离开这个赶牲口人。他叉开腿站着，稳稳地站着。他处于一种随时准备防卫的状态，如果有必要的话。但他必须小心。

赶牲口人正好面对着莫利，继续说道：“我刚刚听到的一切，让我非常担心。”

莫利直面以对，坚强且带着蔑视。“不用瞎操心……先生？”

“帕森。罗伯特·帕森。”

“不用你操心，罗伯特·帕森先生。”

帕森看清了亚达卡。“你他妈杀了谁得到他们的衣服的？”他走向亚达卡，两个人目光相对，彼此的脸距离只有几英寸。

“你敢直视一个白人的眼睛，土佬？”

亚达卡立刻把目光移向地面，他不想引起任何麻烦。但他很清楚，也做好了准备。他知道如何遵守规则。为了他和莫利的性命，他必须这么做。

“我觉得一个黑鬼不应该有你这样的表情。”说着，帕森狠狠地用膝盖顶在亚达卡的要害处。亚达卡倒在地上，帕森看到这个土著人穿着乔的靴子。他认出了靴子磨破的鞋跟。

“你穿着乔的靴子，你这个浑蛋！”帕森用枪瞄准了亚达卡。

莫利冲过去趴在亚达卡身上。“不！等等！我把靴子给了他，是因为他替我干了活儿！”

“让开他！不知羞耻，你这个荡妇！”

莫利站起来，充满斗志。“你说什么？”

亚达卡被踢中要害，还没有从中缓过来，痛苦地躺在地上，希望莫利的反应不会激怒这个赶牲口人，从而杀了他们。

“我问过你了。我的伙计呢？乔在哪儿？”帕森问莫利。

“走了。离开我了。就剩下我和孩子们了。没有食物，什么都没有。我刚出生的一个小宝贝死了，就是因为所有这些担忧。这个人提出要帮忙，而我需要帮助。为了换取他的时间帮我干活，我把乔的靴子给了他。”

“好啦，乔脚上穿的是他妈的什么玩意儿？”

“我不关心这些！他和正西边那个妓女正在快活，被我抓个正着。那个妓女骑在他身上……”

帕森大笑起来。莫利不确定接下来会发生什么。亚达卡现在已经半坐起来了，仍然很痛苦。

帕森走向莫利，一边走一边继续笑着。他再次站到莫利面前，变得非常严肃，他死死盯着莫利。“你说的话我他妈一个字也不信。你知道，我发现乔的马跟着一个野马队跑了。你应该知道，丢了马肯定就是出事儿了。”

莫利被牢牢钉在了原地。是出于恐惧还是在虚张声势？

帕森继续说：“这些地区的人，如果不骑马、不戴帽子、不穿靴子，就哪儿也去不了。当然，除非他死了。”

乔·约翰逊死了，尸体正在腐烂，就躺在几英尺开外的地方。莫利和亚达卡都知道，但他们沉默着。

帕森的目光从莫利转向亚达卡。他不敢相信，站在他面前的这个女人竟然如此大胆无礼。*这婊子不知道自己的身份吗？*帕森瞧不上这个女人，他举起枪，狠狠地向莫利的肋骨砸去。噼啪一声，莫利疼得喘不过气来，跌跌撞撞地向后退去。帕森紧接着反手一击，莫利踉踉跄跄地在院子里继续后退。

亚达卡挣扎着站起来。帕森用枪对准他，扣动了扳机，但这把猎枪卡住了。这给了亚达卡一个机会。机不可失，亚达卡扑向帕森。两个人扭打在一起，在院子里来回扭动，朝着火坑纠缠过去。帕森占了上风，因为刚才的重击，亚达卡还需要恢复一阵。帕森用头撞了亚达卡，把他撞得晕头转向，逼得他往后退，最后亚达卡被一根原木绊了一下，仰面倒在地上。帕森用力举起枪托，不断地砸向亚达卡的脸。亚达卡的腿随着不断的击打而不停抽搐，过了一会就一动不动了，他的腿毫无生气地悬在那根原木上。

帕森大口喘着气。莫利设法慢慢地站了起来，就在帕森停下来检查他的枪，或者重新装弹准备打死亚达卡时，向帕森扑过去，抢夺他的猎枪。帕森不想把手从猎枪上拿开，他用头撞向莫利，把她撞倒在地。

莫利被打得神志不清，只能躺在地上，她用装死给自己赢得时间思考下一步动作，她要帮助自己和亚达卡。她必须迅速而理智地思考——他们仍有可能都被打死。她能说些什么或做些什么来扭转局面呢？*想，该死。使劲想！*

身后有动静传来，莫利微微转过身来。她惊恐地看到了另一个更年轻的赶牲口人。这是约翰·麦克法伦。他走进前院的空地。*他穿的是女人的裙子吗？他是个什么样的傻瓜？这有什么用？*

约翰·麦克法伦拿着亚达卡一支猎杀用的矛。“看看这个！”他喊道。他跳上砧板，开始跳来跳去，模仿土著人的样子。他哼唱着，但他的话毫无意义，只是一堆胡言乱语。这是一种粗鲁、有辱人格的表现。麦克法伦自嘲地笑着，露出了他的烂牙。他终于停止了他愚蠢的举动，环顾四周。他意识到这里发生了什么事。“乔在哪儿？”他问道，然后大声喊道，“乔，我们把你的马带回来了！”

帕森摇摇头，还在大口喘着气。他设法平静下来，指着那根原木说："把这个黑杂种捆起来。"

麦克法伦从原木上往下看了看，想到自己将有一个黑人听他摆布，高兴地大叫了一声。他放下长矛，从腰带上抽出一根绳子，把亚达卡的腿绑起来。"加上他，一共多少个了？"

"三十八个。"

"就这么多吗？"

"我不会得到赏金了。"

莫利一直在等待时机。她盘算着下一步该怎么办，脸上带着红色的伤痕；鼻涕和血从她的鼻子里流出来。

麦克法伦停下手中的活儿，更加仔细地看了看左脚那只靴子，靴子的鞋跟已经磨坏了。"嘿，乔的靴子。"

帕森挥挥手，不理会麦克法伦的话，然后走向水桶，给自己倒了一杯水。"怎么这么久才来？"

"我得去拉屎。"

莫利看了看那支长矛，但长矛离麦克法伦太近了。然后她看到了砧板底部的斧头。亚达卡坐着让莫利给他头发打蜡时，把这把斧子挪了地方。她要是简单地答应和亚达卡一起走就好了。那样的话，他们是不是就不会受到攻击了呢？他们就可能已经看到或听到这两个赶牲口人来到这里，那他们就有时间做好准备应对袭击。但是，现在这些"本应该"和"本可以"又有什么用呢？

莫利慢慢地站了起来，尽可能放轻自己的声音，即使她的肋骨骨折使她非常痛苦。她稳定住了自己的身体，然后用尽全力把斧子挥动起来，喉咙里发出强有力的“啊啊啊啊”！

莫利没有看到，但在那棵疏花桉的后面，有个人影。是内特·克林托夫中士吗？他会站出来阻止这一切吗？

是丹尼，汗从他的额头流下来。他试着尽可能屏住呼吸。他刚从麦吉尼斯家回来。听到喧闹声，他扔下马，悄悄地走到那棵老疏花桉后面，藏在它那女人般弯曲的树干后面。他看着他的妈妈和那些人，他不明白为什么会发生这样的事情。这些人看起来有点儿面熟，但他们的帽子拉得很低，阴影遮住了他们的脸，又很难分辨。他有两次骑马去送他爸爸，他觉得他们可能是他爸爸的伙伴。但只有月光，他不能确定。

丹尼看着他们跑在他妈妈的两边，站在她的后面，嘲笑她的挣扎。他看着妈妈努力地把斧头举在高处，她的呼吸短而急促。他能感受到妈妈的痛苦。他听到帕森说：“把斧子放下，不然我就一枪打爆你。”

丹尼躲疏花桉下，吓得呆在那里。他双臂抱住双腿，紧紧地抱在胸前，祈祷他的妈妈照那个人说的做。他听到同一个人说：“你真他妈不要脸！为了一个黑人，不顾一切！”丹尼迅速看了一眼，看到帕森所指的地方。在那根原木后面，他看到了那个温柔、体贴、可敬的男人的腿，他认识这个人，而且把他看作自己的朋友。他担心亚达卡可能已经死了。在这里，黑人被发现就可直接被击毙。

接着他听到另一个人，就是麦克法伦接下来说的话，一阵寒意传遍了他的全身，仿佛死神已经降临在他身边："你要开枪打我妈妈吗？"

丹尼的眼里满含泪水。帕森咕哝了什么，但丹尼听不清。随着妈妈发出一声令人揪心的尖叫，"啊啊啊啊啊！"丹尼看到妈妈把斧头深深砍进了砧板里，投降了。

极度恐惧，使丹尼身体瘫软了。他使劲咬着下嘴唇——咬得都流血了。他紧闭双眼，泪水顺着脸颊流下来。他转过身去……这两个男人在院子里四处走动，丹尼听到窸窸窣窣的声音，但他不想睁开眼睛——他太害怕了。他已走进了他最可怕的梦魇。他看见过他爸爸的一些行为，也目睹过他爸爸在酒后暴怒中对他妈妈所做的事情，这都是罪恶的事情，但今晚在这里……

他听到妈妈在乞求，"我的孩子们，求求你们！看在我的孩子们的份儿上！"

丹尼涕泪横流，嘴唇也浸出鲜血，他再次向树干四周张望。他想跑到妈妈身边保护她，就像其他几次他帮助妈妈对抗爸爸一样，但他知道自己绝对不是这些人的对手。*但总有一天我会的*。那个红胡子的男人抓住他妈妈，一拳接一拳地打在她脸上。

被打了第一拳后，莫利就麻木了。她只感觉到身体正遭受重击，打击的力量使她身体不断颠簸，拳头重重打到骨头上。如果拳头打在同一个地方或者裸露的伤口上，她会感到轻微的阵痛。最后，这个男人放开了莫利，她摔倒在了地上，就像德尔菲的布娃娃。莫利摔倒在地上，断了的肋骨着地，她再也受不了了，她生命中第一次选择逃避，希望死亡尽快带走她。另一个男人大步走向她，露出他的烂牙。他吐了口唾沫在他的手上，把手放下去，放在裤子前面，他踢开莫利的双腿，腾出空间，然后俯在她身上，撕扯她的内衣。

丹尼再也看不下去了。他转过身去，用手捂住嘴，努力不发出一点儿声音。麦克法伦深深侵入莫利的身体，强奸了她。

丹尼逃开了！就像一只受惊的野兔，消失在黑夜中。

猫头鹰高亢的叫声响起，久久萦绕在群山之间。

满月就在头顶上。现在正是午夜时分。空气中弥漫着一种诡异的气氛。丹尼一动不动地站在前院中央，直勾勾地盯着前方挂在疏花桉树桩上的亚达卡，在满月的映衬下，能隐约看到他爸爸的靴子，就悬在离地面一英寸的地方。亚达卡的脸呈现出死人的灰白色。白色的树枝向外伸展着，就像逃跑中突然停下来的精灵。这是很漂亮的，但也具有毁灭性。

丹尼身后传来一个声音。这是莫利，她正在翻身。她意识到身边有人，吓得跳了起来，急忙跑开了。看到眼前死去的亚达卡，男孩就像被施了催眠术一样，一动不动站在那里。

莫利把目光聚焦，意识到那是她的儿子。丹尼盯着她，她跟随着丹尼的目光，她那肿胀的、泪痕斑斑的脸上沾满了干涸的鲜血、鼻涕和污垢。她满脸麻木，毫无表情，盯着挂在树上已经没有了生命迹象的亚达卡僵直的尸体。

过了一会儿，丹尼说话了。“他死了吗，妈妈？”

莫利什么也没说，只是眨了几下眼睛，努力地恢复自己的意识。

丹尼的目光无法从他死去的朋友身上移开。沉默。大自然在哀悼这一刻，死一般的寂静。紧接着，传来非常轻柔的嘎吱嘎吱绳子断裂的声音。绳子很短；亚达卡的脖子被那棵粗壮的树的枝条卡住了……

那棵粗壮的树向外舒展着枝条，等待着承受冬天的重量……你的重量……

你爸爸的两个伙伴……今天晚上来过……他们带来了你爸爸的消息……”

“这是他们干的。”不是问，而是已经知道了真相。

“赶牲口的途中，在那个高地上，你爸爸的马滑倒了——”

“别说了，妈妈。”

“他的头撞在……死了。大概就是这样。”莫利痛恨自己的谎言，拼命忍住眼泪。

“不是这样的，妈妈！”

“肯定是这样。”

“别说了。我知道真相，妈妈。”

“你知道什么，儿子？”

“不过，这不是你的错。”

莫利困惑地盯着丹尼，丹尼继续说道：“我生日那天晚上不是一个非常快乐的夜晚……”

男孩对恐惧麻木了，对这一切都麻木了。情绪低落。他回想起他的生日那个晚上，就在他爸爸按计划第二天就要去赶牲口的那个晚上。

他的妈妈答应为她的大儿子的生日举办一场家庭晚宴。她认为十二岁生日很重要，她想为儿子做点儿有意义的事情。

所有的孩子都上床了。几个小的已经睡熟了，但丹尼在像今晚这样的夜晚永远睡不着，因为他太清楚了，等他爸爸肚子里灌满了威士忌，他就会开始殴打他妈妈。今晚，有好几件事儿让他爸爸生气。以前很多时候，他爸爸动手打他妈妈都不需要任何理由。但今晚，他爸爸觉得他痛打妈妈的理由充分了，因为妈妈这一天“冒犯”了他。

他的爸爸在外面不断地嘟囔和喊叫着，声音传到屋里，丹尼一直就坐在床边，不敢睡觉。他希望爸爸睡觉去。

“在一个妓女面前羞辱我的男子气概！”他爸爸不时地大声喊道。

乔不能也不愿意放过这件事。莫利只是坐在那里。她有几次想上床睡觉，但都被乔堵在那里，乔把腿放在莫利的大腿上面，莫利不敢动，因为她害怕乔会撞到她怀孕的肚子。她怀孕六个月了，肚子还不大。莫利已经告诉过乔她怀孕的事儿了，因为通常情况下乔就不骚扰她了。

那天晚上，乔在莫利身边坐下，显然是他要找碴。莫利曾尝试离开，说要去照看孩子，但乔抓住她的胳膊，将她拽了回来。乔另一种折磨莫利的方式是用头撞她的太阳穴。被撞晕之后，莫利就直接仰面倒在地上了。她讨厌这种头捶，因为这种撞击总是突如其来，她也总是不能做好准备迎接它的冲击。

但今晚，情况太不对劲。丹尼能感觉到。他起身下了床，透过墙缝往里看。

乔是个粗野的男人，又高又壮。他把帽子拉得很低，把阴影投在脸上。他喝得酩酊大醉，行动迟缓而不稳定。他身体跨在砧板上面，手里拿着一瓶威士忌。他把瓶子里的最后一滴酒咽下去，用手背擦了擦嘴，把瓶子狠狠地砸在砧板上。残余的威士忌顺着砧板的一侧流了下来，像血一样浸湿了砧板。

丹尼从他的思绪中走了出来，挨着妈妈坐在地上。他摆脱了脑海中那个画面，转向莫利，但莫利太内疚了，不敢看他。丹尼轻轻地说："他是冲着你来的，妈妈。爸爸是来杀你的……"

记忆太深刻了，他的思绪又回到当时。

那个赶牲口人手里拿着瓶子打碎后的一块锯齿状玻璃碎片，摇摇晃晃地走向莫利，莫利吓得呆立在那里。丹尼移动了一下，找到了墙上另一个裂缝，这样他就可以更清楚地看到他妈妈。莫利紧紧抓住猎枪，全身颤抖，脸擦伤了，流着血，衣服也撕破了。她努力地说出了这些话：“乔，求你了。为了孩子们。想想咱们的孩子们。”

然后，乔扑向莫利，玻璃碎片对准了莫利的喉咙。丹尼吓得睁大了眼睛，低声央求他的妈妈：“开枪啊！”

枪响了。

丹尼睁开眼睛，看到他的妈妈正盯着他，他为自己不得不经历这种事而深感不安，为自己对这件事记得如此生动痛苦不堪。

“就一枪，直接打在两眼之间，就像打那头公牛一样……”丹尼用嘶哑的声音说道，同时，他也接受了他所目睹的一切。“打死了。”

莫利不知所措。她竭力克制着自己的情绪。“我很抱歉，丹尼。”她张开双臂，丹尼走过来，投入她的怀抱，被妈妈的爱保护和安慰着。他们拼命地紧紧拥抱着对方。

在那里他们坐了很长时间，彼此拥抱着。没有哭泣，只有如释重负。

终于，莫利打破了沉默。“这是我们的秘密，丹尼。”

这不是一个发问，而是一种陈述，为了活下去，莫利正在做她需要做的事情。丹尼，始终不渝的好儿子，点点头。

"答应我。"

"好的，妈妈。"

莫利轻轻地吻了一下丹尼的额头，突然意识到其他孩子并没有和他在一起。她把丹尼推开一臂的距离，问其他孩子们在哪里。丹尼太害怕了，他不知该如何回答。莫利努力解读他的沉默。"你说什么了吗，丹尼？你的弟弟妹妹在哪里？"

"雪莉小姐说，法官那个家伙……叫我们有八分之一黑人血统的人。那是什么，妈妈？"

莫利周围的世界变慢了，她的胃里翻江倒海。她记得这个词，或者是一个很像这个词的词。八岁的时候，她和雪莉小姐待过一段时间，她听到雪莉小姐和另一个女人的谈话，正是这个女人告诉雪莉小姐要把莫利送去一个地方。"给她找一个专门为混血儿建的家对她会更好，如果你相信这个混血孩子爸爸酒后的胡言乱语是真的。不能把她丢给她爸爸，任由他摆布。她血管里流淌着的污秽需要净化。她知道得越少，就越好办。你只要告诉他们她是一个有四分之一黑人血统的人，她就会被送去。"

莫利知道，*有八分之一黑人血统的人*这个词会让她的孩子被抓走。现在，她终于理解了亚达卡给她讲的故事。她生活中的片段正在拼接起来。过去发生的事情正在帮助理解现在的处境。

慢慢地，莫利身上发生了一种变化。她的举止整个就像一个女人——不，是一个妈妈——一个被鄙视的妈妈的样子。

在满月的映衬下，两个骑马的人在平原上狂奔。是莫利和丹尼，莫利背着她信赖的猎枪。乔的靴子系在她的行李袋上，她骑着骑警的马。丹尼还带着一个装有补给的行李袋，手里拿着亚达卡给他的猎杀的矛。他正骑着他妈妈的马。

莫利神情专注。她不断用脚后跟敲打着马的两肋，拼命地驱赶着马。

二十八

内特·克林托夫沮丧地站在卧室窗前，望着窗外的满月。现在是清晨，但天还黑着呢。很快，黎明就会来临。路易莎剧烈地咳嗽着醒来，她把手伸到床那边去寻找她的丈夫。他不在那里。

“内特？”睡意蒙眬中，她环视了一下房间。

内特陷入了沉思。他所了解到和听到的一切在他的脑海里反复上演着。骑警斯宾塞·莱斯利带着莫利·约翰逊回来。如果一切按计划进行，他们几个小时前就该回来了。

“内特？”

内特终于开口了。“你相信她吗？”

路易莎被这个荒谬的问题吓了一跳，她为内特对她漠不关心而感到懊恼。“我很好。谢谢你的关心。”

内特后悔地叹了口气，坐回到床上，把妻子搂在怀里。“对不起。你要点儿什么吗？”

"不需要。谢谢你。"路易莎稍稍挪动了一下身子，以便更好地看到内特的眼睛。"你指的是谁？"

内特吻了吻她的额头，把视线挪开。"没关系。"

路易莎向后靠了一点儿，好把内特看得更清楚一些，她稍稍提高了声音说："嗯，一定是这样。你一直站在窗前，都一个小时了，很可笑的样子。"她想起了生病的儿子，现在正安静地睡在他们身边的小床上，她快速瞥了一眼儿子。她不想吵醒孩子——他们度过了一个艰难的夜晚。孩子抽了一下鼻子。她又开始咳嗽了，赶紧用手帕捂住了嘴巴。

内特心疼地看着路易莎。"莫利·约翰逊。她说，'喜欢看我的乔慢跑……回家……他高兴地挥舞着帽子……'"

路易莎停顿了一秒钟，特别担心莫利，接着说道，"不，我不相信她。不知怎的，她说的听起来不像是真的——更像是她为了给我们留下好印象而幻想出来的。孩子们脸上的表情也出卖了她。"

内特摇了摇头。他不想说出来。"我想是莫利杀了他。谋杀了她的丈夫。"

"内特，你怎么会这么说呢？"

"柴堆周围有一股气味。苦甜参半死人的气味。我以前就闻到过这种味道，在战争中——很浅的坟墓、腐肉、死亡……"

他们之间沉默着，双方都意识到在为自己说的话找证据。

路易莎想了想，说道："这是母爱，内特。无条件地、永恒地去保护自己的孩子。她会为了自己的孩子不惜一切代价。并不是说我希望谁死。但是我很抱歉，内特……一个人能承受的就这么多，以前……尤其是在这里，又没有人可以求助。”

路易莎的事业和内特捍卫的法律有了冲突。内特把目光转回到窗户和满月上，月亮慢慢地沉到西边山脉的后面，进入了梦乡。

路易莎决心要说服丈夫，她继续说下去。“对那个男孩丹尼来说，他认为父亲的殴打是理所应当的——”她停了下来，心生厌恶，长出了一口气后。“我不认为莫利有错。”她非常坚定地补充道。

内特看着她，困惑地说。“真的吗？”他已经恼怒了。

“好吧，该死的……”路易莎又呼出一口气，“对不起，我还是很难过……我还在为我姐姐的死生气。”她激动得哽咽了，现在很沮丧。“我不知道……谁知道呢，除非你当时在场。”

内特再次看着窗外。“睡一会儿吧。”路易莎小声说。

“我睡不着。”

“是那该死的月亮。”路易莎把枕头拍松，躺了下来。

内特正要回到床上，突然听到远处的隆隆声。他仔细听着，慢慢地转向窗户。路易莎也听到了这个声音，从枕头上抬起头来。内特蹦跳着跑向窗前。

他们的房子离通往埃弗顿的主干道不远。隆隆声变得越来越大。莫利和丹尼骑着马飞奔而过，道路上扬起了一阵尘土。他们要前往埃弗顿。

莫利急切地想见到她的孩子们，她失去了理智。她根本不应该走这条路，但这是进出埃弗顿的唯一路线，但穿过浓密的灌木丛，会耽误他们的时间。莫利本想在夜色的掩护下进出埃弗顿镇，但讽刺的是，她径直从那个几天来一直想见她的男人旁边经过。这一次，内特担心的不再仅仅是莫利的安全。

二十九

麦吉尼斯家的石头小屋和毗邻的教堂前面，一切看起来都很正常。一盏灯暗淡的光透过紧闭的窗帘照射出来——也许是留作夜间照明的一盏灯？

“这些年来，你一直对我和我的孩子们很好……”莫利很严肃，她嘴里紧紧咬着一张纸，一边说话一边给一根绳子打结。“为此我非常感激，但是……”

莫利正在捆绑雪莉小姐和麦吉尼斯神父的手。他俩穿着睡衣，嘴巴被塞住了，一脸惊恐地被绑着坐在壁炉前。还有一些打斗的痕迹：家具散落在地板上，一个玻璃花瓶被打碎了。

莫利向雪莉小姐走得更近一些，把那个文件放在她的脸上。“你以为你知道什么是对我的孩子最好的，你就该下地狱！”说完，她转身从餐桌上拿起几条毯子和一袋食物。雪莉小姐开始哭泣，因为害怕又因为解脱：莫利没有要他俩的命。麦吉尼斯神父看起来好像心脏病发作了。他的眼睛睁得大大的，喘着粗气。

莫利把那张纸扔进火里，火焰吞噬了这些带有惩罚性质的字眼——八分之一黑人血统的人……*必要的迁移*……*通过的审批*——还有艾森曼赫尔法官的签名。莫利离开了，砰的一声关上了身后的门。

她的孩子们坐在后院一辆马车的后面。莫利把毯子发给他们，把食物放进去，一直推到最前面的座位上。莫利又花时间，看了看孩子们，她看到了他们天真的小眼睛里流露出的恐惧。看到妈妈伤痕累累的脸，再加上刚刚发生的事情，他们害怕极了。他们被嘈杂的说话声和家具被打翻的声音吵醒。紧接着丹尼冲进房间，催促他们穿好衣服，拿上毯子和枕头。莫利突然意识到孩子们吓坏了，赶忙挥手让他们过来。

她的三个最小的孩子爬了过来，虽然还是半睡半醒的状态，但看到他们的妈妈和哥哥还是很高兴。莫利拥抱他们，亲吻他们，用手轻轻地抚摸他们的脸。她是在他们身上寻找恩加里戈人的特征吗？孩子们并不明白妈妈怎么了。

丹尼在这驾双轮单座马车的前面看着，被妈妈对弟弟妹妹的温柔和深深的爱感动了。虽然他们不清楚发生了什么，但三个小人对妈妈充满了爱和钦佩。

莫利不想让孩子们看到她的情绪，她深吸一口气，望着天空。孩子们都跟随她的目光望向天空，想知道妈妈在看什么。

“感觉到这种宁静了吗？这种刺骨的寒冷，还有空气中的刺痛。”

每个孩子都花了点儿时间去感受他们母亲所描述的内容。

“要下雪了，”莫利说。她闭上了眼睛，清晨的寒冷刺痛使她神清气爽。她又停顿了一会儿。再次深呼吸。刺骨寒冷的空气刺痛了她的肺，肋骨断裂无疑加重了她的疼痛。她说道：“我们得走了。明天，我们就可以堆雪人，做雪糕了。”

莫利亲吻了德尔菲微笑的脸庞，把小姑娘的布娃娃塞到毯子下，紧紧地裹在女儿身上。她指示两个男孩安静地回到毯子下面，不要着凉，乖乖保持安静，躺着别起来。她检查了一下把骑警的马与马车后面系在一起的那根绳子，向丹尼扔了一条毯子。

“把你自己裹在这条毯子里，儿子，盖在你头上。任何人拦住我们，就说你得了流感。传染性很强。我说这话的时候，你咳嗽几次。我们正在去找人帮忙。其他的人绝不能偷看一眼。莫利把一条毛毯盖在他们身上，把孩子们隐藏起来。现在看起来好像毯子下面只有食物，没有孩子。

莫利爬到马车上，抓住马缰绳，用缰绳噼啪抽打马屁股。马车趔趄着走开了。“丹尼，再告诉我一遍，我们要去哪儿。”

双轮单座马车沿着黑暗的小街向前移动着，丹尼借机讲述了如何去山洞的细节，就像亚达卡给莫利讲述如何去山洞那样，亚达卡讲述的时候希望莫利和她的家人能加入他。多亏了亚达卡，他们才有这样一个机会。这不仅仅是一个生存的机会，一个一家人继续在一起的机会，更是一个了解他们是谁，感受他们大家庭的爱和温暖的机会。尽管条件很可能相当糟糕，至少来自这个新家庭的爱是纯洁的。希望他们能和这群人共度一段时光，他们是共同生活在这个世界上，却没有被现实所玷污的一群人。

丹尼给妈妈重复说着方向："朝东北方向走。当我们到达大水坑时，沿着右侧走。我们就会走到一块光秃秃的地方，再沿着左侧走。找到三个看起来像三个巨大鸸鹋蛋的巨石——洞穴就在那里。"

他们必须返回去穿过埃弗顿才能离开这个镇。马车沿着主街慢慢走着，莫利努力不发出声响。

"山洞里有给养，春天的时候，有人会来。"

莫利点头表示赞同，现在看起来山洞有点儿远。"你告诉他们黑玛丽。那是你该说的。他们就会知道你是谁了。"

"谁？"丹尼问道。

莫利花了一会儿工夫在嘴里念着这些外来的单词，然后自豪地说："他们是我们的族人，丹尼。我们的家族。"莫利低头看着丹尼，最后笑了。她的眼里充满了希望。

随着那片刻的疼痛逐渐缓解，莫利的肾上腺素正在消退，她的伤口尖锐地疼着。她弯着腰，捂着断裂的肋骨，呼吸急促起来。

"妈妈？"丹尼说，他担心妈妈。莫利筋疲力尽，转头看向丹尼。"妈妈，我永远不会去做一个赶牲口的人。"

听到这句话，莫利的心都碎了。她伸手抓住丹尼，把儿子搂在怀里，吻着他的额头。丹尼轻轻地呼出一口气，说道："永远和你在一起。"莫利对于有这样一个关心体贴自己的儿子感到庆幸。

她现在必须集中注意力，因为他们正在接近最后一个建筑——斯坦洛旅店，过了这家旅店，他们就安全地出镇了。她朝前面的大路看去，居然看见一个人，除了是约翰·麦克法伦，还可能是谁呢?

没错，就是他。她简直不敢相信。她的眼睛因受到的伤害而变得呆滞，周围的世界也慢了下来。

丹尼看到了妈妈的紧张。他看着麦克法伦，并不确定他是谁。丹尼用拳头攥紧了身旁的长矛。这就是他看到的对他妈妈做了可怕的事的那个人。这是吊死亚达卡的人之一。

麦克法伦踉踉跄跄地走到阴影里撒尿。莫利放慢了马的速度，把缰绳递给丹尼，说道："走到镇子的边上，丢下骑警的马，径直朝山洞去。我会赶上你的。听到了吗，丹尼尔·约翰逊?"

丹尼想说点儿什么，但他妈妈让他闭嘴了。"现在，一句话也别说，丹尼，求求你。"

丹尼抓住母亲的胳膊，不让她从马车上跳下来。"等我长大了，妈妈，我会回来让那个浑蛋付出代价的。我保证。为你。为亚达卡。我要用这支矛刺穿他。"

莫利深情地看着她的儿子——一种深沉而坚定的爱。他们之间传递着一种会意和理解。她可怜丹尼，是她让丹尼陷入了困境，但她快步跑进了阴影里。

情绪激动的丹尼不情愿地拉紧缰绳，马车沿着黑暗的街道走开了。*不要回头看。继续走，照妈妈说的做。她会没事的。她到底要干什么？该死的！我得把这该死的马车掉头回去……不，我要担心的是如何把我的弟弟妹妹送到安全的地方。送到那个洞穴。这是我对妈妈的承诺。她会如约来找我们的。她总是信守诺言。*

不知是这佯装的自信在作祟，还是他真的相信自己的想法，丹尼再次拉紧缰绳，驱赶着马继续往前走。

在斯坦洛旅店的旁边，麦克法伦在长长地撒着一泡尿，他看着天空，享受着释放后带来的轻松。他欣赏着周围的环境，对自己微笑着，在清晨的清爽气息中微微抖动了一下身体。太阳已经升起，但山脉挡住了它的光芒。

接着，他就吓得跳了起来。“搞什么鬼，臭女人！”

莫利就站在他面前。他脸色变了，好像吞了什么酸东西似的。他把最后一滴尿对准莫利的脚，但莫利纹丝不动。莫利只是盯着他，正在从内心深处鼓起勇气。

*

我需要这么做。站在你面前。让你知道，也让我知道你对我

来说什么都不是。你可能伤害过我，强奸我，但你再也不能伤害或恐吓我。因为我就站在你们面前，我很害怕，是的，但我不会向恐惧屈服或投降。对我做出那样的事情，你该下地狱的，你个浑蛋。你没有这个权利！你根本就完全没有这个权利。你控制不了自己，你什么都不是。

*

莫利没有意识到，眼泪正从她的脸上流下来。麦克法伦抬起眼睛，正好与她对视，他带着一种居高临下的微笑，抬起手，粗暴地擦去莫利脸上的泪水，然后猛地抓住她的下巴。“你们这些山里女人不知道什么时候该走开！”他咆哮道。什么东西从莫利的眼睛里闪过。莫利眼神呆滞，她晕了过去。

麦克法伦的脸扭曲了，他大口喘气，感到极度的疼痛，以至于他无法发出声音。他的膝盖失去控制，使他倒在地上，正好跪在莫利面前。他是不是因为饱受内疚之苦在请求莫利的原谅？他的手捂着下腹，现在血从他的裤子和手指里渗出来。

莫利把脸转向清晨的天空。开始下雪了。

麦克法伦最后倒了下来，仍然紧抱着下体，他的身体在出血。落在地上的雪花很快就变成了粉红色。

几片雪花打在莫利的脸上，使她从昏迷中苏醒过来。她大口喘气，咳嗽，唾沫四溅，然后环顾四周，看到了自己做了什么。她深感懊悔。但她忍住了没有喊出声，用带着血的颤抖的手捂住了嘴。她全身颤抖。她吃力地爬着离开，转过身来，正好看见内特·克林托夫中士！

他们面面相觑，都不知道下一步该做什么。内特也很震惊。

内特看到了莫利被打得惨不忍睹的脸和她用手捂着折断的肋骨那种尴尬的姿势。疼痛再次折磨着莫利的身体。她满眼泪水。内特忍不住为莫利感到难过。但正是溅在莫利手上和嘴上的鲜血让他无法视而不见。当然还有在他面前奄奄一息的那个人。内特眼睁睁地看着生命从麦克法伦的眼睛里消失了。

四周一片寂静。纯净的平和如同洒在天空的第一缕阳光。远处传来乌鸦的叫声。黎明到来了。新的一天。

莫利的眼睛朝着孩子们远去的方向瞥了一眼，希望他们继续往前走。她的眼神在恳求着。

内特在维护法律的誓言和为遍体鳞伤的莫利·约翰逊伸张正义之间左右为难。自从他从战场上退下来之后，他就再没见过像莫利所受的伤——足够的证据和理由让他睁一只眼闭一只眼，把她放了，但他发现骑警的马被拴在镇子边上，这匹马是政府派发的，现在骑马的人不知所踪，他必须解决这个棘手的问题。还有，不管他愿不愿意，他还得处理脚边这个死人。

莫利已经筋疲力尽了——她已经没有了斗志。她双膝发软，倒在了地上，垂着头。她的声音谦恭而柔和，几乎听不见，她发出了最后的恳求："求求你。救救我的孩子们。"

三十

两天半过去了。莫利脸上的一些瘀伤已经变黑，浮肿正在消退。伤口已经得到处理。她轻声地对自己唱着："我仍然希望那一刻会到来，你和我将合而为一的那一刻。"

莫利站在凳子上，从一个小牢房的窗户向外凝视着——这是她在埃弗顿监狱的牢房。她看着展现在她面前的白雪覆盖的土地，唱着："黑色，黑色，黑色是我真爱的头发颜色……"大雪覆盖了地面。*这对我的孩子来说，可不是件好事情*，她想。她的目光落在远处白雪覆盖的山脉上，她凝视着山脉，希望她的孩子们能活下来，前往亚达卡的洞穴。

内特从骑警斯宾塞·莱斯利曾经坐过的小桌子边拿过一把凳子，把它带到莫利的牢房门口。"外面是什么？"

"生活。"

内特从栅栏中间，把一杯温白兰地递进去，放在地板上，他试图让莫利冷静下来，面对即将到来的事情。"他们说今年冬天会很冷。今年的降雪量是前所未有的。”

“是真的。”

“这是一个黑人老协警告诉我的，他是和从北方来的骑警们一起来的。我对他们对这片土地的渊博知识感到惊讶。”为了强调这一点，内特停顿了一下。“他还说你的孩子们不见了。”

莫利的眼睛里闪过一丝忧虑。

内特的声音缓和下来。“你的孩子们呢，约翰逊太太？”他的眼睛盯着莫利的后背，希望莫利能感受到他的真诚。他向路易莎承诺过，他会确保他们的安全。“我可以帮助他们。我想帮助他们。”

埃弗顿新来的和平卫士不禁感到有点儿内疚。

*

内疚感让我心烦意乱，但我却不能摆脱他。也许我应该对莫利的罪行睁一只眼闭一只眼——显然，这是一个深受冤屈的女人的绝望之举。但我发过誓要维护法律，现在已经有一个杀人犯逍遥法外了。该死的！我整夜没合眼，为我的决定和如何安排莫利的一切而纠结。更别提我和路易莎之间的紧张关系也因此升级了。

英联邦法律与莫利·约翰逊，二者之间如何抉择？陪审团全部由男性组成。雪莉小姐公开了莫利的混血血统。法律结案陈词是：“她仇恨被她亲手杀害的白人，这种仇恨是世代相传的。正因为她了解到了自己的血统，还有她妈妈的过去，这些都是那个黑人告诉她的，这个黑人犯下了令人憎恨的谋杀罪，正在被通缉，他的确是一个冷酷无情的杀人犯。他鼓励莫利去复仇。”

我知道听证会是有偏见的，但我无能为力。唯一能为莫利做证的人是丹尼，但他却不知所踪。可怜的路易莎——不眠不休，一直在呼吁。呼吁立法来帮助家暴中的妻子，但根本不可能及时通过立法来帮助到莫利·约翰逊。可怜的女人。天哪，她现在正在经历着什么？但立法会帮助到其他人。至少莫利死的时候会知道总有一天会发生变化——而且这一天很快就会到来，如果这和路易莎有关的话。

*

路易莎的声音让内特从自己的思绪中走了出来。在被拘留的这几天里，莫利没有跟他说太多话，但现在她对他说，“我的孩子们将得到他们所需要的所有帮助和爱。”不管怎样，这是她的希望。

外面传来一声沉闷的震动，紧接着是一阵笑声。并不十分热闹，但充满了满足和喜悦。莫利伸长了她的脖子去看，右边，她看见绞刑架上一袋面粉在来回摆动，实施绞刑的人的套索紧紧套在袋子上。骑警们正在检查绳子的牢固度，以及他们刚刚竖起的绞刑架工艺如何。绞刑架是全新的，承重力不错。镇上的第一个死刑的准备工作已经完成——处死莫利·约翰逊，一个赶牲口人的妻子。今天她正在创造历史。骑警拿起他们的工具，悠闲地聊着天。

莫利把她的注意力转回到远处的群山，望着被白雪覆盖的疏花桉，这些疏花桉种在为扩充埃弗顿镇而清理出来的这片空地的边缘。莫利开始轻声地哼唱。

监狱的前门突然打开了，路易莎·克林托夫慌慌张张地走了进来。她端着一托盘热腾腾的食物，脚上穿着一双血红色的鞋子，一只胳膊搭着一条麝香粉色的连衣裙。脚上穿的这双鞋是她在墨尔本那次专门为她和内特举办的舞会上穿的。

内特走过去和她打招呼，但她后退了几步，两人之间依然存在芥蒂。她更关心的是约翰逊太太。她平静而严肃地说："对不起，内特。对不起打扰了。"

"路易莎，这不是女人该来的地方。"这句话刚一出口，内特就知道自己失言了。

"真的吗？好吧，这里面有个女人，在铁窗后面等着被处决，"路易莎反驳道。"我们一定可以做些什么来延缓执行。医生给她检查过了吗？她的精神状态如何？她刚生产完，又失去了一个孩子。她的其他孩子也让她挂心。你知道吗，内特？"

"路易莎，请别这么说。铁证如山。我目睹她杀了一个人，她手里拿着刀站在我面前。那个人的血溅到她的脸上。"

“所以，你就看到了她遭受重创的脸上溅满了受害人的血——但那个受害人是自食其果。内特，你也听到过那个男孩对你腿伤的判断。那才是他们真实生活的写照。约翰逊夫人一直在遭受丈夫暴力。”

“我们没有证人。”

“很难有这种证人。”

他们互相凝视着对方，都决心在这件事上坚持自己的立场。内特不情愿地说：“她已经认罪了。”

这句话给了路易莎重重一击，就像在肚子上挨了一拳。

内特只能冲着路易莎露出蹩脚的微笑。他非常爱他的妻子，钦佩她的坚定与善良，她的智慧与敏锐。

路易莎明白自己不可能再占上风，她问道：“能让她吃顿好饭，换件衣服吗？”

内特伸出他的双手，说道：“谢谢你，我会保证她得到这些的。”但路易莎从他身边绕过，向牢房走去。

“是你吗？”路易莎说。

莫利继续哼着歌，望着牢房的窗外。

路易莎不知道接下来该说什么。“你说话好吗，我来这里是作为一个……来……”

长时间的沉默。莫利没有动，也没有说什么。路易莎觉得自己看起来很愚蠢，她决定转身离开。

“你说得对。”

路易莎迅速转向莫利，向她伸出手。“告诉中士……或者我，你的孩子在哪里，这样才会有机会。丹尼会是对你和你的案子有很大帮助的证人。”

莫利转过身，面对着路易莎。“如果他不是呢？”

路易莎回答不上来。

“他们会看着我死去。把他们卷进来是为了什么？接下来会发生什么？他们会去哪里？谁来照看他们？”

莫利停顿了一下，让她的话悬在空气中。她知道内特在听。她希望让他们理解她不说话的原因。“不。我死的时候会知道他们是安全的……受到族人的保护，被族人爱着。”

路易莎迟疑地补充道：“这一点你也不能肯定。”

莫利毫不犹豫地反驳回去，说：“丹尼是个好孩子，聪明，坚强……”

她们之间的氛围，再次变得尴尬，又一次沉默。莫利把头转向牢房的窗户。她在犹豫吗？她的痛处被触碰到了吗？

现在路易莎明白了，这个女人已经做好了准备，她要为孩子们的未来而死。

“你丈夫派你来的？”莫利突然问。

“不，我是想，你可以好好吃一顿饭，换换衣服。”

“你认为我还需要什么？”莫利转身面对着路易莎，表情庄严。尽管身处困境，她仍能有她的体面。路易莎把衣服、鞋子和一盘食物放在旁边的凳子上。

“我不是故意来打扰你的。”

莫利转过身去。接着，路易莎在牢房的担架床上发现了她的一本妇女杂志——《黎明》。这是一本 A4 大小的单页书，她的第一个出版物。报纸的标题很醒目：*“家暴中的妻子：这纯粹是丈夫的权利吗？”*她看了一眼内特，知道一定是内特把这份单页的出版物交给莫利的——也许是希望莫利能阅读它，并对他敞开心扉。内特冲着路易莎会心地笑了一下，并轻轻地耸了耸肩，他们之间总有一些心照不宣。内特努力过了，希望莫利能够相信他。

路易莎转向莫利，莫利仍然凝视着牢房的窗户，“啊，我的杂志。还有内特的鲁莽。我猜他是想让你知道我们很关心你”。莫利回头看着路易莎，看到路易莎指着担架床，上面放着那页纸，她转头看向牢房外面的世界。又开始下雪了，她们可以听到雪花落在监狱木板条屋顶上轻柔的声音。莫利闭上眼睛听着。这是她能听到的最后的声音之一，很抚慰人心。

“你不过是一个局外人。”莫利说道。

路易莎吃了一惊。作为一名作家，她对自己能够深入写作对象的内心世界感到自豪。因为她的姐姐死于自己丈夫之手，一个所谓的绅士之手，路易莎说：“我努力为一个被人们避而不谈了太久的问题发声。”莫利沉默着，路易莎继续说下去，无法掩饰她的沮丧。“尽力给女性发声。”

莫利转向路易莎，“我只能听到——你的声音”。

当路易莎思考莫利所说的话时，两个女人之间的沉默令人不安。是路易莎打破了沉默，她说："说得对。谢谢你！"她平整了一下自己的连衣裙，她对这个评论感到有些尴尬。*该死，这女人说得对*。

莫利再次转身望向远处的群山，仍然希望她的孩子们能成功。*也许他们现在已经在温暖的洞穴里了？*她满脑子都是孩子们在篝火旁快乐、安全、温暖的画面，有人在为他们操心。

路易莎从内特的桌子后面抓起他的椅子，看了他一眼，好像在说，"请离开"。内特照做了。

她把椅子放在牢房栅栏前面，坐了下来，手里拿着笔记本和铅笔。过了一会儿，莫利转身看向她。*我真的能信任你吗？*

你可以相信我。

路易莎先开口了。"我能听到你讲述吗？你的故事，约翰逊太太？我想听你亲口说。"

"我叫莫利。"

"我能听听你的故事吗，莫利？"

深深地吸了一口气，很长时间以来，莫利第一次笑了。微笑中带着浓浓的悲伤。"为了我的孩子们。不要让我的罪恶给孩子们蒙上阴影，要让他们知道我对他们的爱。"

三十一

赤裸的、冰冷的、积雪覆盖的双脚迟疑地走上绞刑架，仿佛灌了铅一样。莫利告诉路易莎她不会穿那双鞋的。如果穿鞋，那就不是她了，她想纪念她的母亲。但最重要的是，她想感受……她还活着，在她走生命中最后的几步，做最后几次呼吸的时候，感受从头到脚趾的刺痛。*感受那刺骨的寒冷，空气中的刺痛……*

莫利看着绳子，脚步有些蹒跚。内特抓住她的胳膊肘，使她能够保持平衡。再走一步，她就到达绞刑台的顶端了。莫利开始在人群中寻找一个人。

站在她面前的大块头骑警接过套索，递给莫利。内特指引莫利走过去。骑警把套索套在莫利的脖子上，拉了一下，绷紧了，内特转过脸去。莫利被推回到现实中来，意识到她站在哪里，即将要发生什么。她低下头，看到绳子停在她的胸前，随着每一次急促而紧张的呼吸上下起伏着。

内特走开了，站到一边。他不能看莫利，他自己也显得很痛苦。

*

我希望我能让她和她的孩子们待在一起，让大山的法则做出这最后一次判决，一报还一报。

但我怎么能做到呢？我找到的所有证据都对她不利，尤其是她谋杀了莱斯利骑警。为了保持理智清醒，我必须相信我做的是对的。杀害她丈夫可能是出于自卫。她的儿子会是一个完美的证人，因为他一次又一次看到过他所说的妈妈遭受家暴的场景。但是，杀死一个履行职责的无辜骑警，这又怎么解释呢？这就是莫利被判死刑的原因。

*

内特摇着头，努力厘清思绪。

莫利站在绞刑架上，双手被绑在背后，绳子套在脖子上。艾森曼赫尔法官站在她身边，展开一卷纸，宣读对莫利的指控："你，莫利·约翰逊，将被处以绞刑。"

莫利再次在人群中搜寻着。孩子们分散在各处，她看着他们的脸：不是自己的孩子。她松了一口气。

艾森曼赫尔法官继续说道："谋杀了约翰·麦克法伦、斯宾塞·莱斯利骑警和你的丈夫乔·约翰逊。"

莫利发现路易莎·克林托夫在人群中挤来挤去，身上紧紧地裹着她的黑色斗篷。她们四目相对。另外两个女人，其中一个是艾尔必达·萨瓦，走到路易莎身边。她们都在连衣裙上披了一条毯子，三个人都穿着最鲜艳的衣服：一双鞋子、手套和一条围巾。她们看起来有点儿紧张。现在，这里出奇的安静。

艾森曼赫尔法官离开绞刑台，从内特身边走过。内特正看着他的妻子，神情沮丧。

莫利和路易莎互相点了点头，她们之间达成了一个无声的约定。莫利的目光在白雪覆盖的群山中找到了慰藉。这是一个令人惊叹的景象，完美的画面。

路易莎和她身边的两个女人脱下斗篷，露出裙子外面的围裙。上面用炭笔写着："听听她的声音！无力的处于家暴中的妻子们！马上立法保护妇女权利！"三个女人手拉着手向前走。男人们注意到了，嘟哝着表示不满。

内特被妻子的抗议深深感动了，为她的勇敢感到骄傲。但他被任命来埃弗顿维护法律，他不能动摇自己的立场。他也看向大山，寻求安慰和力量。大块头骑警走到莫利身后。内特挣扎着最后点点头。其中一个女人哭了起来。

莫利开始喃喃地唱着她爸爸最喜欢的歌："我仍然希望那个时刻会到来，那时你和我将合而为一。"她脚上的雪开始给她的身体带来一种刺痛的感觉，很快就传到了她的腿上……

*

现在，浮现我面前的是德尔菲的笑脸。这个甜美的女孩举起一条雏菊花环项链——不是刽子手的绞索，而是珍贵的小雏菊花，整齐地缠绕在一起，形成这条完美的项链。

哦，看，乔·朱尼尔和亨利·詹姆斯正在大声笑着，互相投掷雪。看见他们向我招手了吗？我希望他们能听话。我的两个小坏蛋。

现在从疏花桉后面走出来的是我的男孩——丹尼。他就在这里。我那漂亮的、体贴的男孩——不，我的年轻人——他在短短的十二年里目睹了所发生的一切，早已成为一个超越了他年龄的青年。看，他正在微笑，向我点头，鼓励我走下去。看，他举起了他的拳头，朝着拳头吹了一口气，就像我给他演示的那样。他张开手指，把这气息和话语送到乌鸦的翅膀上，乌鸦飞过头顶，把它们带给我。*永远和你在一起*……

我感到我的心都碎了。我的五脏六腑都要掉下来了，我感到自己温暖的尿液顺着腿往下流。但我不会跌倒。我不会放弃的。我是一个女人。一个恩加里戈女人——而不仅仅是一个赶牲口人的妻子。

我的丹尼转身要走。他走了出去，充满活力，意志坚定，我知道他和其他孩子们都很好。但是，等等——他转过身来最后看了我一眼，我知道他会记住我的。

我的孩子给了我力量。*群山——看向群山。那是家的方向……*

*

内特清了清嗓子，仍然不敢看莫利，莫利的眼里满是泪水。*天哪，我真的必须这么做。这些都不在他的计划里。他是来澳大利亚在高地上管理一个寂静的小镇的。*

他再也不能忍受了。拖延时间对谁都没有好处。他转向骑警，猛地点了点头，然后立刻把注意力转回到妻子身上。她没有转过身去，用戴着手套的手捂住了嘴，随着骑警迈步上前，压制住了自己的尖叫声。

*

乌鸦在上空盘旋，向我呼唤。鼓励我振作起精神，奉献我的灵魂。我做到了，我乘着它的翅膀飞走了……

*

积雪覆盖的高山上，一根树枝在积雪的重压下噼啪作响，折断了。莫利的几个男孩子惊恐地四处打转，亨利·詹姆斯疲惫不堪，倒在厚厚的雪里面。筋疲力尽的丹尼背着被冻伤的德尔菲。她紧闭的睫毛上结了小冰柱。不知道小家伙是死了还是睡着了。

在周围风景的映衬下，孩子们显得特别矮小。雪湮没到他们的膝盖，乔·朱尼尔帮他的弟弟站起来，他们继续跋涉。他们几乎要放弃了，筋疲力尽，寒冷让人恐惧。

丹尼绝望地审视着周围的风景。他们已经到达了一个看起来好像有人在这里过的一块空地，是一个完美的圆圈。他的眼睛在巨石间疯狂地扫视着，寻找那三个大的“鸸鹋蛋”。他几乎快要哭了。他看向左边。他看向右边。这里有很多巨石，但没有三个都像完美的大鸸鹋蛋，而且排成一行。

然后，从他的眼角，丹尼看到远处有一个女人，女人火红色的头发吸引了他的注意力。她站在一块巨石旁边。丹尼眨眨眼，女人消失了。丹尼以为自己可能看到了什么东西，于是又绕一圈，想看看女人去了哪里。他看到了挺立在他面前的三块巨石。他成功了！他做到了，就像他曾经说过的那样，为了他妈妈。

他的弟弟们走过来，站在他身边，丹尼朝巨石点了点头说：“就在那儿。山洞，就在三个看起来像巨型鸸鹋蛋的巨石后面。”

乔·朱尼尔和亨利·詹姆斯天真烂漫，歪着头，努力去看清“鸸鹋蛋”的外观。他们皱起了鼻子。“也许是袋熊的粪便吧，”乔·朱尼尔嬉皮笑脸地对弟弟说，弟弟同意他的看法。丹尼对他的弟弟们笑了笑。尽管处境艰难，*这两个坏蛋*……

丹尼补充说道：“食物、住所，春天的时候，会有人来。”

兄弟俩满怀信心地拉着彼此的手，在雪地里艰难地走着，沿着那个皮肤白皙、一头火红头发的土著妇女走过的路走着。他们一起消失在巨石后面。

后 记

我们从山里下来返回的时候，我十六岁。我听过很多关于我妈妈的故事，那些所谓敌视男性的疯狂行为。“一个充满仇恨的疯女人。”“这是她身上的黑人血统在作祟。”人们说。接着，我就看到了路易莎·克林托夫写的我妈妈的故事。

对于一个三十二岁的男人来说，丹尼的声音深沉、有男子气概、温柔而睿智。他已经长成了一个英俊、聪明的年轻人，又高又壮。他站在他的新壁炉旁。壁炉架上放着一篇装裱好的旧报纸文章，报头是大号黑色印刷体《黎明》。小字体的标题是：“赶牲口人的妻子：莫利·约翰逊的故事。”

“在她的作品中，路易莎问道，‘是犯罪还是正义？’要我说，是生存。作为她的大儿子，我知道这部作品的主题始终是生存。”

丹尼走过去和他皮肤黝黑的漂亮土著妻子坐在沙发上，妻子叫内尔，二十八岁，已经怀孕。丹尼握住她的手，轻轻地吻了一下。在他们面前，他们的六个孩子坐在一张负鼠皮地毯上，年龄从两岁到十二岁不等，肤色从棕色到橄榄色再到白皙，红头发，有雀斑，就像他们的曾祖母，黑玛丽——或者瓦拉甘吉，他们更喜欢这样叫她。他们都很认真地听爸爸讲话。

“这是我讲过的故事，也是我将一再讲下去的故事。这个生存的故事，我要把它传下去。”

每天晚上睡觉前的娱乐活动中，总会有一个故事，这个故事总是反复出现。有时是他们的爸爸给他们讲述这个故事，或者是他们的妈妈讲述关于这片土地的梦幻故事以及这片土地是如何形成的。其他时候，孩子们会重演他们喜爱和特别熟悉的一个故事——公牛的故事，向他们祖母莫利·约翰逊致敬。今晚，孩子们会把这个故事表演出现，这个深受大家喜爱故事是丹尼亲身经历过的，现在已经传给了他的孩子们。

丹尼喜欢重新讲述这个故事——亚达卡，一个伟大的男人，父亲和战士，如何表演公牛。回忆起往事，他笑了，但在那转瞬即逝的瞬间，他的眼中充满了悲伤，只有他的妻子能看到他的情绪变化——只有她知道这意味着什么。

孩子们跳了起来，讲起了他们的故事：他们的奶奶一枪就把一头大野生灰牛打倒在地，正好打在两眼中间。三个年幼的孩子表演在公牛面前被吓呆了，就像他的叔叔乔·朱尼尔那样，朱尼尔现在像他们的祖父乔一样是一个赶牲口人。他们的叔叔亨利·詹姆斯是一个商人，住在墨尔本，娶了一位女士，这位女士不喜欢经常来拜访，但他总是确保他的妻子和孩子们和他一起来，共同度过对三个兄弟来说特殊的一天。他们的姑姑德尔菲在国外，住在巴黎。自从她十六岁离开后，就没有回过家。

不过，很快，所有人都将回来庆祝丹尼和内尔的大儿子米里比的十二岁生日。米里比还将经历男人们入会仪式的最后阶段——他爸爸和叔叔们在高地上从他们的族人那里学到的仪式。他们的伯父布尔巴莱匆忙地把仪式传给他们——他知道古老的习俗很快就会失传。现代的生活方式正在入侵和摧毁恩加里戈人所珍视和赖以生存的一切。乔·朱尼尔和亨利·詹姆斯也是在参加完男人入会仪式之后才从山上下来返回的。

丹尼和他的兄弟们对于能够从他们的家族，他们的土著家族那里，从如此古老的一种文化中传承下来某些东西，感到庆幸，也感到很荣幸。他们骄傲地保留着这些传统，丹尼比其他人更骄傲。无论如何，在需要的时候，他们都能坚持自己的立场，捍卫自己的文化和族人。

在那个公牛的故事中，米里比扮演年轻时候的丹尼，在脏兮兮的地板上写字；丹尼的大女儿莫利·玛丽表演他的妈妈。他能从女儿身上看到母亲的影子，不是从外表上，而是从气质上。

丹尼和内尔已经翻新了莫利的旧棚屋，那棵古老的疏花桉还矗立在院子前面，守卫着棚屋。不过，现在紧挨着这棵树的是一条马道，丹尼经常听到骑马的人说，他们看到一个土著人站在那里，俯瞰着这个地方。“但当你走近时，他已经不见了。”

丹尼只是笑了笑，回答说：“是的。”

他用犁把土翻起来，再压实，把那条几乎看不见了的旧小路翻新了一下。这里没什么要隐藏的。但现在有一个相当大的栅栏门，你要穿过它才能进入后门，你还得经过两只看起来很凶恶的狗，分别叫阿利和盖特。

每天傍晚，丹尼仍然会清扫最上面的一层土，以清除白天来往的行人留下的足迹，“这样我就知道谁在附近，是动物还是人”。

丹尼的大女儿声音低沉沙哑，像她的祖母，她说：“给我枪。现在。慢慢地。”米里比递给她一支假装的枪，但随后他们的爸爸脱下衬衫，展示出胸部的部落标记，这是他的族人的荣誉徽章。他光着脚踩着地板，开始模仿公牛，就像亚达卡多年前做的那样。

公牛的故事也是一段旅程，约翰逊一家经历的一段旅程。丹尼把这个故事告诉了恩加里戈人，他们反过来把这个故事加入他们古老的模仿和舞蹈文化实践中，用歌曲和动作来构建起这个故事。

丹尼和他的弟弟妹妹们对恩加里戈人很喜欢这个故事感到欣慰，恩加里戈人很敬重他妈妈的勇敢，很尊重她的困境，也正因如此让她成为家族的一员。这是他们都能记住莫利的一种方式，也是整个部族共享莫利的故事一种方式。当男人和女人们，还有孩子们盛装打扮，脸上涂抹化妆为他们表演这个故事时，对丹尼来说，这是一个骄傲的时刻。

不过，今晚脸上没有涂抹化妆、没有歌唱或古代乐器——仅是丹尼的孩子们创作的一个简化版。

莫利·玛丽拿起假装的猎枪朝公牛射击。他们都很擅长表演——他们以前就表演过。这是一个被多次讲述过的故事，深受人们的喜爱。

米里比低声对他的妹妹说："射死它！"

莫利·玛丽喊道，"砰！"并使假装的猎枪向怀里后坐，与此同时，他们的爸爸扮演公牛，倒在地上，死了。孩子们欢呼起来，扑到爸爸身上。他的妻子拍着手，笑着，用她的母语伊尔卡拉语赞扬他们。她深情地看着他们，看着丹尼把他的孩子们搂在怀里。

他们的笑声和高兴的尖叫声从外面都能听到。莫利的旧棚屋现在变成了一个大家庭居住的房子，露台将房子完全围了起来。院子里火坑里的火还在燃烧，火光笼罩着整栋房子，而现在，电灯照亮了每个房间，从玻璃窗户透出的光也笼罩着整栋房子。两个烟囱在向外冒烟，一端是那个旧的用河岩搭建的烟囱，还有一个新建的为棚屋扩建部分取暖而新建的烟囱。这是一幅完美画面，这栋房子和宅地静静地矗立在漂亮的秋夜中。远处的山脉投下硕大的黑影，像城堡一样立在大房子的前面，但曾经包围着棚屋的茂密灌木丛已经消失了。

在屋里，莫利·玛丽请她的爸爸给他们讲一首诗。他们聚在一起，和他一起坐在负鼠皮地毯上。最小的孩子坐在父亲的腿上，依偎在父亲的胸前，吮吸着她的拇指。爸爸开始讲了：“莫纳洛。恩加里戈。家园。水。生命的力量。流淌在我们的血管里。边界。梦幻路线，我们坐在这边。家庭。妈妈。深厚的古老联系……”

外面，繁星满天，一轮新月微笑着照在下面的风景上。

那棵老疏花桉旁边站着一个女人。他们家来了一个访客。*哦，不——等等……这是这棵树的树干的女性形象，被黑夜和火光所夸大。或者是？*

啊，秋日的一场阵雨过后……正是这种稀世之美提醒着我，我为什么还在这里驻留。

莫利·约翰逊的传奇和家族长存。

在家园。

译后序

利亚·珀塞尔（Leah Purcell）是一位获得过多项大奖的澳大利亚土著剧作家、演员、导演、编剧和电影制片人。她的处女作《莫利》根据亨利·劳森（Henrys Lawson）的短篇小说《赶牲口人的妻子》改编，将一个无所畏惧、极具开拓性的土著人物置于多层次的反殖民叙事的中心，从原住民的角度审视拓荒者的生活。在劳森的小说中，名义上的妻子甚至没有名字：她只是在等待她的丈夫归来。与之不同，珀塞尔公开声明，她的版本讲述的是“一个在乡村小镇长大的土著妇女的个人经历”，小说蕴含着丰富的文化内涵，讲述几代人过去的故事。把故事讲出来，是一种保护历史的方式，也是一种与祖先的土地保持联系的方式。作为土著作家的珀塞尔对这个故事的热忱，从戏剧、小说再到电影，完全可以想象她曾经为这个故事的发生倾注了多少心力，小说能够打动读者当然水到渠成。

《莫利》描述澳大利亚大陆上移民初现时期欧洲殖民者对原住民的排斥与屠杀，而在这一沉重的主题背后，却是对于原住民传统的拥抱与一个女人、一位母亲，在时代车轮下奋力抗争的史诗。女主人公莫利身上体现出的那种人类所具有的最朴素、最原始的生存本能和对爱的坚守贯穿故事始终，震撼人心。“肤色是我的骄傲”，她这样直面性别暴力和不公。珀塞尔的笔下没有对生活进行美化，她把那些虚构的故事层层剥开，让它们暴露在阳光下。某种意义上来说，这是这个时代对于原住民女性叙事来说不可回避的主题。传统的澳大利亚边境书写，一直将土著人置于背景之中，作为向导或者仅仅是野蛮暴力的受害者。《莫利》修正了这一传统，并在某种程度上颠覆了这种传统，珀塞尔利用自己的家族史，树立了新的主角，将“一把枪”放在了作为战斗者的主角手中。在广袤的荒野中，主人公莫利是一个神枪手，手持一把步枪，能击退可能出现的侵犯她家人的任何人或兽。通过一系列紧张的悬念，唤起人性的背景，人类对抗自然、母性、生存，以及殖民者和土著文化的冲突等主题逐渐凸显，色彩纷呈，扣人心弦，可读性非常强。

与莫利·约翰逊的故事平行的是中士克林托夫一家人的故事。克林托夫是英国政府派到澳大利亚管理一个新建立的小镇，给这里带来“法律和秩序”的，妻子路易莎是崭露头角的女权主义作家，在伦敦和到澳大利亚后一直在为受虐的妻子们奔走。克林托夫就职后处理的第一个案件引出英国殖民者爱德华家族三代人在澳大利亚的经历，以及莫利的母亲和这个家族的纠葛。随着克林托夫夫妇与莫利和她的孩子们不断深入接触，莫利丈夫乔·约翰逊逐渐浮出水面，原来他并没有和同伴们去赶牲口，而是在对莫利施暴时被莫利失手打死，就埋在门前的柴堆下面。这直接导致骑警莱斯利来莫利家调查，结果被亚达卡失手打死，以及乔·约翰逊的两个伙伴来莫利家寻找他，打死了亚达卡，并对莫利施暴，将故事的矛盾冲突推向了高潮。从这些情节中，我们可以清晰地看到当时澳大利亚社会根深蒂固的男权至上。这也许是主人公莫利不能获得幸福的根源。珀塞尔对此一点也没有粉饰。

小说通过对土著人的描述隐射了殖民历史、对妇女和土著人的奴役的罪恶，以及一些恶性的社会疾病。那些试图带走莫利的孩子们的情节暗指的是“被偷走的一代”那段黑暗历史。澳大利亚黑人是原始民族，是石器时代的幸存者，生活在被时间遗忘的土地上。书中通过土著黑人亚达卡的出现，巧妙地将莫利的身世以及她与古老土著部落之间的联系逐渐呈现出来。通过亚达卡的回忆和描述，解开了萦绕在莫利脑海中的疑问，为什么在她每一次无法支撑的绝望中，总是会闪现那个熟悉的土著女人的身影，就像是一位保护神一样给她指引，教给她生活的常识，给予她活下去的勇气。原来那是来自她母族的部落，遥远而神秘。她和孩子们之间一直保留着向紧握的拳头吹气的习惯性小动作，就是力量的传承。

小说中的亚达卡是一个通缉犯，但他却是一个正直、温柔、能言善辩的男人，和莫利缺席的丈夫形成了鲜明对比。他对莫利表现出的关心和体贴，以及对莫利的大儿子丹尼的友善，并毫无保留地传授狩猎技巧，软化了多年遭受丈夫虐待的莫利冰冷的心，给整部小说增加了爱情的情节。有好几次，莫利差一点就要说出来自己对亚达卡的爱意和不舍了。但是，最终亚达卡还是惨死在莫利面前，那些内心的怜爱和温柔情愫，还没有来得及说出口。但亚达卡的出现给莫利的人生留下了出口，是亚达卡告诉她，在那三颗巨石的对面，有一个安全的庇护所，最终，孩子们在绝望中又找到了生机，也给故事的结局做了最好的布局。

原著语言简洁明了，行文轻快，结构紧凑，理清故事的脉络，理解大意不难，但要精准理解每个澳大利亚英语文化负载词、细腻的人物心理活动以及词句背后隐含的意思却并非易事，翻译出来更是颇费思量。这时，除了查阅资料，我还经常请教澳大利亚的老朋友比尔·甘觅奇，他帮我解决了许多难题，在此向他表示由衷的感谢。特别感谢李尧老师的指导和帮助。在翻译的同时，我曾将原著的部分章节用作了当时正在指导的内蒙古大学 2021 级和 2022 级英语笔译专业的研究生的翻译练习素材，他们选取了不同的章节，撰写自己的翻译报告。在教学中与同学们的多次讨论，对本人的翻译有很大的帮助，在此一并感谢几位同学的参与和贡献，他们分别是孙嘉欣、旖旎、石梦、杜彦锋、杨云蕾、李丽。

图书在版编目（CIP）数据

莫利 / (澳) 利亚 · 珀塞尔著；段满福，刘小虾译. —北京：中国工人出版社，2023.6
书名原文：*The Drover's Wife*
ISBN 978-7-5008-8207-7

Ⅰ. ①莫… Ⅱ. ①利… ②段… ③刘… Ⅲ. ①长篇小说－澳大利亚－现代
Ⅳ. ①I611.45

中国国家版本馆CIP数据核字（2023）第098184号

著作权合同登记号 图字：01-2022-2303
The Drover's Wife

First published by Hamish Hamilton Australia Pty Ltd. This edition published by arrangement with Penguin Random House Australia Pty Ltd.

莫 利

出 版 人 董 宽
责任编辑 宋 杨 李 骁
责任校对 张 彦
责任印制 黄 丽
出版发行 中国工人出版社
地 址 北京市东城区鼓楼外大街45号 邮编：100120
网 址 http://www.wp-china.com
电 话 （010）62005043（总编室）
（010）62005039（印制管理中心）
（010）62379038（社科文艺分社）
发行热线 （010）82029051 62383056
经 销 各地书店
印 刷 北京市密东印刷有限公司
开 本 880毫米×1230毫米 1/32
印 张 10.625
字 数 160千字
版 次 2023年8月第1版 2024年1月第2次印刷
定 价 58.00元

"澳大利亚当代文学译丛"是澳大利亚西悉尼大学澳华艺术文化研究院与中国工人出版社·尺寸联合推出的文学翻译系列。该系列由中方主编李尧教授和澳方主编韩静教授主持，中方顾问胡文仲先生和澳方顾问周思先生（Nicholas Jose）指导，中国工人出版社宋杨负责出版运作。该翻译项目旨在将更多的当代澳大利亚重要文学作品介绍给中国读者，推进两国之间的文学文化交流。《莫利》即是该系列的译本之一。